KB041231

Alonan Doyle

셜록 홈즈 전집 5

바스커빌 가의 사냥개

셜록 홈즈 전집 5

바스커빌 가의 사냥개

초판   1쇄 발행 2012년 12월 10일
개정판   1쇄 발행 2020년 6월 1일
              8쇄 발행 2023년 12월 30일

지은이   아서 코난 도일
옮긴이   박상은
펴낸이   한승수
펴낸곳   문예춘추사
편 집   구본영
마케팅   박건원
디자인   박소윤

등록번호   제300-1994-16
등록일자   1994년 1월 24일
주소   서울시 마포구 동교로27길 53 지남빌딩 309호
전화   02-338-0084
팩스   02-338-0087
블로그   moonchusa.blog.me
E-mail   moonchusa@naver.com

ISBN   978-89-7604-152-4 04840
             978-89-7604-147-0 (세트)

셜록 홈즈 전집 5

Sherlock Holmes

바스커빌 가의 사냥개

아서 코난 도일 지음 | 박상은 옮김

문예춘추사

일러두기

1. 외래어 표기법에 따르면 홈즈Holmes는 '홈스'로 써야 하나 이 책에서는 독자들에게 익숙한 '홈즈'로 표기하였습니다.

2. 원서에 쓰인 인치, 마일, 야드, 피트, 파운드 등의 단위는 우리에게 익숙한 센티미터, 미터, 킬로미터, 킬로그램, 그램 등으로 환산하여 표기하였습니다.

3. 최대한 원문에 가깝게 번역했으나 우리 정서에 맞지 않는 부분은 문장을 다듬었습니다. 또한 낯선 단어나 해석이 필요한 구절에 역주를 달아 독자들의 이해를 도왔습니다.

4. 다양한 작가의 그림을 실어 보는 재미를 살렸습니다.

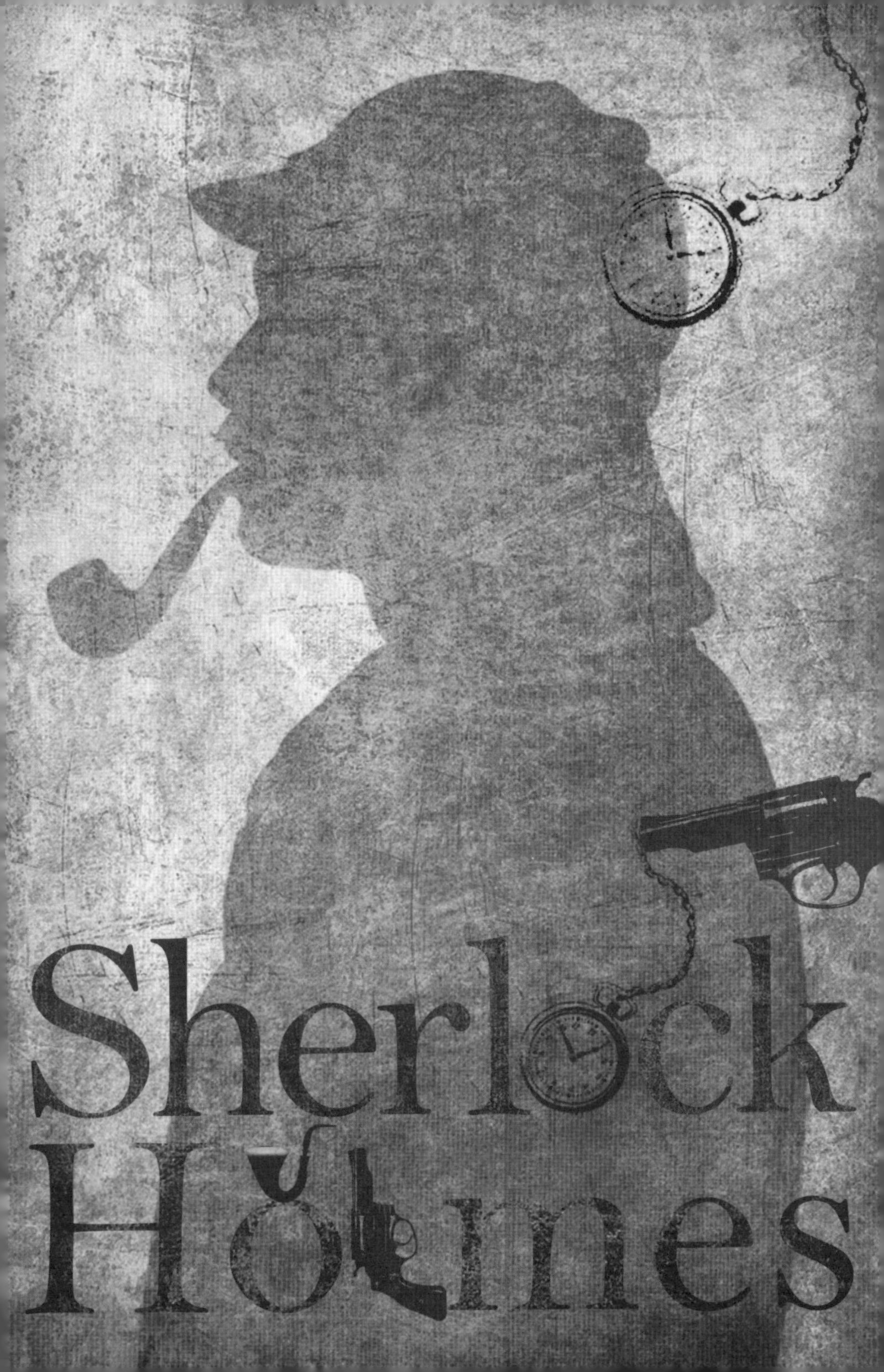
Sherlock
Holmes

친애하는 로빈슨에게
자네가 들려준 서부 지방의 전설 덕분에 내가 이 책을 시작할 수 있었네.
그 이야기와, 이것을 완성시키는 데 자네가 준 도움에 깊이 감사하네.

자네의 진정한 벗,
A. 코난 도일

1. 셜록 홈즈 씨

셜록 홈즈는 때때로 밤을 새울 때 말고는 늦잠을 잔다. 그런데 그날은 그가 식탁에 앉아 아침을 먹고 있었다. 나는 난로 앞 깔개가 있는 곳에서 어젯밤 손님이 놓고 간 지팡이를 집어 들었다. '페낭 로이어penang lawyer'라고 부르는 종류였다. 야자나무 줄기로 만든 굵고 멋진 지팡이로, 손잡이 부분이 둥근 공 모양으로 되어 있었다. 손잡이 바로 밑에는 폭 3센티미터 정도 되는 은테가 둘러져 있었는데 은테에는 '1884'라는 연도와 함께 '영국 왕립 외과의학교 회원 제임스 모티머에게. ─ C. C. H.의 친구들이'라는 문구가 새겨져 있었다. 개업의가 들고 다니기에 아주 잘 어울리는 고풍스러운 지팡이였다.

"왓슨, 자네는 그 지팡이를 어떻게 생각하나?"

홈즈는 내게 등을 돌리고 있었고 나는 지팡이를 손에 들고 아무 말 없이 살펴보던 참이었다.

"내가 뭘 하는지 어떻게 알았나? 자넨 뒤통수에 눈이라도 달렸나?"

"눈앞에 깨끗하게 닦아 놓은 은도금 커피포트가 있거든. 그보다 어서 말해 보게. 손님이 놓고 간 그 지팡이를 어떻게 생각하나? 애석하게도 우리는 그 손님을 만나지 못해서 무슨 일로 찾아왔는지 용건도 모르지 않는가? 그래서 그가 우연히 놓고 간 선물이 무척 중요한 단서가 되는 걸세. 그 지팡이를 보고 주인에 대해서 한번 추리해 주지 않겠나?"

나는 홈즈가 쓰는 방법을 최대한 따라하면서 말했다.

"글쎄, 모티머 박사는 자기 분야에서 성공한 의사 같군. 나이도 꽤 들었고, 남들에게 존경과 사랑을 받는 사람일 것 같아. 친구들로부터 이런 감사의 선물을 받은 걸 보면 말일세."

"훌륭해! 정말 대단하군."

"그리고 시골에 개인 병원을 가진 의사고 왕진을 갈 때는 걸어 다니는 듯하네."

"어째서?"

"이 지팡이는 원래 아주 멋있었을 테지만 지금은 이렇게 흠집이 가지 않았나. 도시에서 진료하는 의사의 것이라면 이렇게는 되지 않네. 단단한 철로 된 끝 부분이 이렇게 닳은 걸로 봐서는 틀림없이 아주 많이 걸어 다니고 있는 걸세."

"굉장해!"

홈즈가 말했다.

"그리고 'C. C. H.의 친구들'이라고 새겨져 있네만 'H'는 'Hunt'의 약자로 어떤 사냥 단체의 이름이라고 생각되네. 모티머 선생이 시골 사냥 단체 회원을 수술했거나 병을 고쳐 줘서 그 회원이 고맙다는 뜻으로 조그만 선물을 한 게 아닐까?"

"왓슨, 정말 훌륭해."

이렇게 말하면서 홈즈는 자리에서 일어나 담배에 불을 붙였다.

　"지금까지 자네는 나의 보잘것없는 활약상을 기록해 주었네. 늘 고맙게 생각하고 있지. 하지만 자네는 자신의 능력을 과소평가하고 있어. 내가 거둔 성공에는 자네의 도움이 컸다네. 자네 스스로는 빛을 발하기 힘들지도 모르지만 자네는 훌륭하게 빛을 전달하고 있어. 이 세상에는 하늘이 내린 재능은 가지지 못했어도 천재를 자극하는 훌륭한 힘을 가진 사람들이 있는 법이라네. 나 역시도 자네 덕을 톡톡히 보고 있지."

　홈즈가 이처럼 칭찬을 해 준 적이 없었기 때문에 나는 가슴속에서 솟아오르는 기쁨을 억누를 길이 없었다. 나는 지금까지 홈즈를 치켜세우고 그의 추리 방법을 세상에 널리 알리려고 노력했지만 그는 언제나 그것에 무관심한 듯 행동해서 곧잘 마음이 상했기 때문이다. 그리고 이제는 홈즈에게 칭찬을 받을 정도로 그의 추리 방법을 익혀 적용할 수 있게 되었다고 생각하니 자랑스러운 마음까지 들었다. 홈즈는 내가 들고 있던 지팡이를 받아들더니 몇 분 동안 육안으로 살펴보았다. 그는 곧 흥미롭다는 표정을 짓더니 담배를 내려놓고 창가로 지팡이를 가져가 확대경으로 다시 한 번 지팡이를 살펴봤다.

　그는 자신이 즐겨 않는 긴 의자 쪽으로 가면서 말했다.

　"기초적이긴 하지만 재미있군. 이 지팡이를 통해서 한두 가지 사실을 확실하게 알 수 있어.

그리고 몇몇 추론도 가능해."

나는 자신만만하게 물었다.

"내가 뭐 놓친 거라도 있나? 중요한 점은 전부 잡아낸 것 같은데."

"미안하지만 왓슨, 자네의 결론은 대부분 잘못됐다네. 조금 전에 자네가 나를 자극한다고 말했는데 사실 그건 자네가 오류를 범한 부분을 조사해 보면 진실을 발견하게 되는 경우가 많다는 뜻이었네. 하지만 이 지팡이의 경우에는, 자네가 그렇게 완전히 틀린 것은 아니야. 이 사람은 시골 개인 병원 의사가 분명하네. 그리고 많이 걷기도 하지."

"그렇다면 틀린 게 없지 않은가?"

"여기까지는 맞았다네."

"하지만, 내 추리는 거기서 끝나지 않았는가?"

"아니. 왓슨, 거기서 끝난 것이 아닐세. 결코 그렇지가 않아. 'C. C. H.'만 해도 그래. 생각해 보게, 의사가 받은 선물이라면 사냥 단체보다는 병원에서 받았을 가능성이 더 높지 않나? 그렇다면 뒤의 'H.'는 '병원Hospital'을 뜻할 테고 앞에 있는 'C. C.'라는 글자를 보면 채링 크로스 병원이라는 단어가 아주 자연스럽게 떠오르지 않겠는가?"

"흠, 일리가 있군."

"그렇게 생각하는 편이 더 정확할 걸세. 이 가설을 받아들인다면 어제의 그 손님에 대한 새로운 추리를 할 수 있는 근거를 갖게 되는 셈이지."

"'C. C. H.'가 채링 크로스 병원을 뜻한다고 치세. 거기서 어떤 추론을 이끌어 낼 수 있다는 거지?"

"뭔가 생각나는 게 없나? 내가 어떤 방법으로 추론하는지 자네도 알고 있겠지? 그것을 응용해 보게나."

"지금 떠오른 건 이 사람이 시골로 내려가기 전에 런던에서 일했다는 사실 정도일세."

"좀 더 생각을 과감하게 발전시켜 볼 수 없겠나? 이런 식으로 생각해 보는 거지. 주로 어떤 경우에 이런 선물을 받을까? 언제 친구들이 돈을 모아서 호의를 표할까? 틀림없이 모티머 박사가 병원을 그만두고 개인 병원을 개업할 때였을 거야. 그렇다면 이것으로 선물에 얽힌 내용을 알 게 된 셈이지. 박사가 병원을 그만두고 시골로 내려가 개인 병원을 차린 건 틀림없는 사실일 걸세. 그렇다면 시골로 내려갈 때 선물을 받았다고 생각할 수 있지 않겠나?"

"그렇군. 그런 것 같네."

"그리고 모티머 박사는 병원의 간부가 아니었다는 사실도 알 수 있네. 보통 그런 지위에 오르는 건 런던에서 이름이 알려진 의사들뿐이고, 그런 인물이라면 시골로 내려갈 리가 없으니까. 그렇다면 그는 채링 크로스 병원에서 어느 정도 지위에 있었던 걸까? 병원 의사이기는 하지만 간부가 아니라면 병원 기숙사에서 묵으며 일하는 외과의나 내과의의 레지던트였을 걸세. 의대 상급생에 비해서 별로 다를 것이 없었겠지. 병원을 그만둔 건 5년 전이었고. 아, 그건 지팡이에 새겨진 연호를 보면 알 수 있네. 어쨌든 이제 자네가 말했던 풍채 좋은 중년 개업의의 모습은 완전히 사라져 버리네, 왓슨. 그 대신 서른이 채 안 된, 사람은 좋지만 별 야심도 없고 좀 덜렁대는 청년 의사가 하나 나타난다네. 그리고 그는 개를 애지중지 키우고 있어. 이건 어림잡아 짐작할 뿐이지만 아마 그 개는 테리어보다 크고 마스티프보다 작을 걸세."

셜록 홈즈는 긴 의자에 기대고 앉아서 동그랗고 작은 연기를 천장을 향해 내뱉었다. 나는 어이가 없어서 웃음밖에 나오지 않았다.

"개에 대해서는 확인할 길이 없지만 적어도 자네가 말한 나이나 경력을 갖춘 실제 인물은 아주 간단하게 확인할 수 있지."

나는 의학서들이 나란히 꽂혀 있는 작은 책꽂이에서 의사 주소록을 꺼내 그의 이름을 찾아보았다. 모티머라는 성을 가진 의사가 몇 명 있었지만 우리를 찾아온 사람인 듯한 인물은 한 명밖에 없었다. 나는 그의 경력을 읽기 시작했다.

"제임스 모티머. 1882년, 영국 왕립 외과의학교 회원. 영국 남서부의 데번셔 다트무어의 그림펜에 거주. 1882년부터 1884년까지 채링 크로스 병원에 머물며 외과의로 근무. 〈질병은 격세유전인가?〉라는 논문으로 비교병리학 부문에서 잭슨 상을 수상. 스웨덴 병리학회 외국 회원. 〈격세유전에 의한 기형의 예〉(〈란셋〉, 1882), 〈인류는 진보하는가?〉(〈심리학 저널〉, 1883년 3월)등의 논문이 있음. 그림펜, 소슬리, 하이 배로의 의료 담당자."

홈즈가 장난스럽게 웃으며 말했다.

"시골 사냥 단체에 대한 말은 안 나왔지만 자네 추리대로 어제 그 손님은 시골 의사였군. 내 추리도 상당히 정확한 듯한데. 덜렁대며 야심이 없는 사람 좋은 인물이라고 본 것 말일세. 내 경험에 비추어 본 거지. 기념품을 받을 정도라면 다른 사람들에게 호감을 주는 인물일 테고 런던의 일자리를 버리고 시골로 내려간 걸 보면 야심이 있어 보이지도 않네. 그리고 남의 집에서 한 시간이나 기다렸으면서 명함도 놓지 않고 지팡이도 잊은 채 갔다면 틀림없이 덜렁대는 사람일 걸세."

"그렇다면 개는?"

"그 개는 이 지팡이를 물고 주인 뒤를 따라다니는 버릇이 있네. 지팡이가 무거워서 한가운데를 꽉 물어야 했지. 그 바람에 이빨 자국이 확실하게 남아 있어. 이빨 자국의 간격을 보아하니 그 개의 턱은 테리어라고 보기에는 너무 넓고 마스티프라고 보기에는 너무 좁아. 그 개는 말이지, 그래, 털이 곱슬곱슬한 스패니얼이로군."

홈즈는 자리에서 일어나 방 안을 서성이며 말하다가 창가에 멈춰 섰다. 그가 너무 자신 있게 단언했기에 나는 깜짝 놀라 얼굴을 들었다.

"어떻게 그리 자신 있게 말할 수 있나?"

"아주 간단한 일일세. 현관문 앞 계단에 그 개가 있거든. 주인이 벨을 누르고 있네. 아, 자네도 여기 있어 주게나. 손님도 같은 의사이니 자네가 있으면 내게 도움이 될 걸세. 자, 극적인 운명의 순간일세, 왓슨. 자네 인생으로 걸어 들어오는 발소리가 계단을 올라오고 있네. 하지만 자네는 그것이 길조인지 흉조인지 알 길이 없지. 제임스 모티머 의학박사는 범죄 전문가인 셜록 홈즈에게 무엇을 묻고 싶어 할까?"

전형적인 시골 의사의 모습을 그리던 나는 우리를 방문한 손님의 모습을 보고 놀라지 않을 수 없었다. 그는 매우 키가 크고 날씬했다. 날카로운 회색 눈 사이로 부리같이 높은 매부리코가 솟아 있었고 사이가 좁은 눈이 금테 안경 너머에서 반짝반짝 빛이 났다. 의사다운 정장을 입기는 했지만 옷차림에 거의 신경을 쓰지 않는 듯 지저분한 프록코트와 해진 바지 차림이었다. 아직 젊은데도 등을 구부정하게 굽히고 고개를 앞으로 내민 채 걸었는데 그에게서 다정한 느낌을 받을 수 있었다. 그는 방으로 들어서서 지팡이를 보고는 기쁜 듯 소리를 지르며 달려왔다.

"아, 다행이다! 이걸 놓고 간 곳이 여기인지 아니면 선박 회사인지 아리송했거든요. 이 지팡이는 절대로 잊어버려선 안 되는 건데."

"선물로 받은 것 같더군요."

홈즈가 말했다.

"네, 그렇습니다."

"채링 크로스 병원에서 받으신 거죠?"

"아니요, 결혼식 선물로 친구 두어 명이 보내 준 겁니다."

"이런, 이런. 잘못 짚은 모양이군."

홈즈가 고개를 저으며 말했다.

모티머 박사는 무슨 소리인지 모르겠다는 듯 안경 너머의 눈을 깜박였다.

"뭘 잘못 짚었단 말씀이시죠?"

"선생의 말씀을 듣고 우리가 한 추리가 잘못됐다는 걸 알았을 뿐입니다. 결혼 선물로 이걸 받으셨다고요?"

"네, 결혼을 하면서 그 병원을 그만뒀습니다. 진찰의[1]가 되겠다던 꿈도 그때 접은 셈이죠. 저도 가정을 갖게 됐으니까요."

홈즈가 말했다.

"그렇군요. 우리의 추리가 완전히 빗나가지는 않은 모양입니다. 그건 그렇고 모티머 박사님……."

"아니요, 괜찮습니다. 그냥 모티머 씨라고 부르시면 됩니다. 저는 그저 영국 왕립 외과의학교 회원에 지나지 않으니까요."

"그리고 매우 신중하게 사고하는 분이시겠지요."

"과학을 배우기는 했지만 취미 정도로만 생각하고 있습니다. 미지의 바닷가에서 조개껍데기나 줍고 있는 꼴이죠. 그건 그렇고, 셜록 홈즈 선생님이 맞으시죠?"

"네, 그리고 이쪽은 친구인 왓슨 박사입니다."

"안녕하십니까? 박사님의 성함도 많이 들었습니다. 그리고 홈즈 선생님, 선생님의 외모는 매우 흥미롭군요. 이렇게 두상이 길고 눈두덩이 발달한 분일 줄은 몰랐습니다. 죄송하지만 머리 위 관상 봉합 부분을 만져 봐도 괜찮겠습니까? 홈즈 선생님의 두개골 모형이라면 어느 인류학 박물관이든 아주 소중하게 전시할 겁니다. 원본을 전시할 수 있을 때까지는요. 솔직히 말씀드리자면 선생님의 두개골이 몹시 탐나는군요. 아니, 무슨 악의가 있어서 드리는 말씀이 아닙니다."

셜록 홈즈는 이 특이한 손님에게 의자를 권했다.

"나도 그렇지만, 모티머 박사님도 상당히 연구에 몰두하는 성격이군요. 검지를 보니 손으로 말아 피우는 담배를 피우시는 것 같고요. 사양하지 말고 피우세요."

---

1) consulting practice. 왕진과 조제는 하지 않는 진찰 전문의.

손님은 종이와 담배를 꺼내더니 멋진 손놀림으로 담배를 말았다. 그의 길고 가느다랗게 떨리는 손가락은 곤충의 더듬이처럼 민첩하게 움직였다. 홈즈는 아무 말도 하지 않았지만 그의 날카로운 시선을 보니 이 기묘한 손님에게 흥미를 느끼는 듯했다.

"그건 그렇고 내 두개골을 조사하기 위해서 어젯밤과 오늘 아침, 두 차례에 걸쳐서 여기를 찾아오신 건 아닐 텐데요."

잠시 시간이 흐른 뒤에 홈즈가 물었다.

"물론 그건 아닙니다. 선생님의 두상을 관찰할 기회를 갖게 된 것은 무척 영광이지만요. 제가 별로 활동적인 사람이 아님에도 불구하고 이렇게 선생님을 찾아뵌 것은 갑자기 중대한 문제가 생겼기 때문입니다. 그래서 유럽에서 두 번째로 훌륭한 전문가인 선생님에게……."

"그렇습니까? 그렇다면 그 명예로운 첫 번째 전문가는 누구입니까?"

홈즈는 무뚝뚝하게 물었다.

"논리적인 과학 정신이라면 프랑스의 인류학자인 베르티용[2]의 업적을 높이 평가하고 있습니다."

"그렇다면 베르티용 씨에게 이야기해 보면 어떻겠습니까?"

"논리적인 과학 정신이라면 그렇다고 말씀드렸습니다. 현실적인 문제라면 홈즈 선생님이 최고의 전문가라는 사실을 모두가 인정하고 있습니다. 혹시 제가 괜히 눈치 없이……."

"조금은 그렇군요. 어쨌든 모티머 박사님, 이제 본론으로 들어가지요. 어떤 문제 때문에 내 힘을 필요로 하는 건지 간단하게 말씀해 주십시오."

---

2) Alphonse Bertillon(1853~1914). 프랑스의 경찰관이자 생물 통계학 연구가. 인류학 지식을 이용한 베르티용식 인체측정법을 만들어 범죄자를 식별하였다.

2. 바스커빌 가의 저주

"제 주머니에 필사한 문서가 하나 있습니다."

제임스 모티머 박사가 말했다.

"이 방에 들어오실 때부터 이미 알고 있었습니다."

홈즈가 말했다.

"오래된 문서입니다."

"위조품이 아니라면 18세기 초에 만들어진 거로군요."

"어떻게 아십니까?"

"그 문서가 3, 4센티미터 정도 주머니 위로 삐져나와 있습니다. 그래서 말씀하시는 동안에 감정을 좀 했지요. 문서의 작성 연대를 10년 전후의 오차 범위 내에서 판정하지 못한다면 전문가라고 할 수 없겠죠. 대단한 건 아니지만 나는 고문서 감정에 대한 논문을 발표한 적이 있습니다. 내가 보기에는 1730년대의 서류 같군요."

"정확한 연대는 1742년입니다."

모티머가 가슴에 달린 주머니에서 고문서를 꺼냈다.

"이 고문서는 바스커빌 가에 대대로 전해 내려오는 것인데 찰스 바스커빌 경이 제게 맡겼습니다. 바스커빌 경은 석 달 전에 갑자기 비극적인 죽음을 맞이했지요. 경의 죽음 때문에 데번셔에 한바탕 소동이 벌어졌습니다. 저는 바스커빌 경의 주치의였는데 우리 둘은 친한 친구라고 할 수 있는 사이였습니다. 경은 의지가 강했고 머리가 좋은 데다 경험도 풍부한 사람으로, 저처럼 미신을 믿지 않는 분이었습니다. 하지만 이 고문서만큼은 예외였죠. 이것을 아주 심각하게 받아들였습니다. 자신에게 다가올 그런 무시무시한 최후를 미리 알고 있었을지도 모르지요."

고문서를 받아든 홈즈는 무릎 위에서 그것을 펼쳐 보았다.

"이것 좀 보게, 왓슨. 길고 짧은 'S'를 번갈아 가며 사용했지? 이것도 연대를 식별하는 데 도움이 된다네."

나는 홈즈의 어깨 너머로 누런 종이에 적힌 빛바랜 글자들을 들여다보았다. 윗부분에 〈바스커빌 저택〉이라는 제목이 있었고 그 밑에 '1742'이라는 커다랗게 흘려 쓴 숫자가 있었다.

"진술서 같군요."

"네. 바스커빌 가에 전해 오는 전설을 쓴 글입니다."

"하지만 선생께서는 좀 더 최근에 일어난 문제 때문에 여기를 찾아오신 게 아닙니까?"

홈즈가 말했다.

"그렇습니다. 아주 최근의 일입니다. 그것도 앞으로 24시간 안에 결정을 내려야 하는 긴박한 사태에 관한 문제입니다. 하지만 이 사본은 그다지 길지 않을 뿐만 아니라 이번 문제와 깊은 관계가 있으니 괜찮으시다면 제가 읽어 드리겠습니다."

홈즈는 의자에 몸을 기대고 양 손가락 끝을 모으더니 눈을 감았다. 모
티어 박사는 고문서를 불빛에 비추어 보며 높은 목소리로 다음과 같은
기괴한 이야기를 줄줄 읽어 내렸다.

'바스커빌 가의 사냥개'의 유래에 대해서는 수많은 설들이 있다. 휴고
바스커빌의 직계자손인 나는 대대로 전해 내려오는 이야기를 아버지에
게서 들었다. 나는 그 이야기를 진심으로 믿고 있으며 그것을 여기에 써
서 후세에 남긴다.

나의 자손들이여, 죄를 벌하시는 정의의 신께서는 넓은 마음으로 죄를

용서하기도 하신다는 사실을 믿어라. 그 어떤 저주라도 기도와 회개로 풀수 있다는 사실을 말이다. 이 말을 교훈 삼아 과거의 일을 두려워하지는 말되 앞으로는 깊이 생각하여 신중하게 행동하여라. 그리고 우리 가문에 그토록 엄청난 고통을 안긴 정욕이 다시 고개를 들어 집안이 파멸로 향하지 않도록 조심하여라.

커다란 반란[3]이 일어났을 때(이 사건에 대해서는 역사가 클라렌든 백작이 쓴 《대반란사》를 읽어 보도록 하여라), 이 바스커빌 장원은 휴고라는 사람의 영지였다. 휴고는 신을 두려워하지 않았고, 더러운 야수 같은 그의 성격을 모르는 사람이 없었다. 성인聖人들마저 이 지방을 기피한다는 사실을 이곳 주민들도 잘 알고 있었다. 휴고의 그 방탕하고 잔인한 성격은 서부 지방에서도 악명 높았기 때문이다. 그런 휴고가 바스커빌 저택 가까이에 살던 한 농부의 딸을 사랑하게 되었다. 그렇게 시커먼 정욕을 아름다운 사랑이라고 부를 수 있을지는 모르겠지만 말이다. 아무튼 자부심 강하고 조신한 그 젊은 아가씨는 휴고의 악명이 두려워 언제나 피하기만 했다. 그러다가 어느 해 9월 29일, 성 미카엘 축일에 휴고는 아가씨의 아버지와 남자 형제들이 집을 비웠다는 사실을 알고 바로 망나니 같은 친구 대여섯 명을 데리고 그녀의 집에 숨어들어 아가씨를 납치했다. 저택으로 끌려온 아가씨는 2층 방에 갇히고 말았다. 휴고는 친구들과 함께 매일 밤 하던 것처럼 술판을 벌였다. 틀림없이 그 가엾은 아가씨는 밑에서 들려오는 노랫소리, 고함 소리, 무시무시한 욕설에 치를 떨었을 것이다. 술에 취한 휴고 바스커빌이 내뱉는 말은, 따라 하기만 해도 지옥으로 떨어지지 않을까

---

3) 1640년대부터 약 20년간 일어난 영국의 청교도 혁명을 가리킨다. 혁명의 중심에는 정치가이자 군인이었던 올리버 크롬웰이 있었는데, 그는 내전 끝에 영국 왕 찰스 1세를 사로잡아 처형하고 잉글랜드 공화국을 세웠다. 그리고 스스로 호국경의 자리에 올라 엄격한 청교도 윤리로 영국을 다스렸다.

하는 정도로 끔찍했기 때문이다. 더 이상 두려움을 견딜 수 없었던 아가씨는 용맹스러운 사내들도 망설이는 일을 해냈다. 그녀는 남쪽 벽에 무성하게 자란 덩굴을 타고 건물 밑으로 내려왔다. 아직도 벽을 덮고 있는 그 담쟁이덩굴 말이다. 그러고는 황야 건너 바스커빌 저택에서 14킬로미터나 떨어진 아버지 집으로 향했다.

그로부터 얼마 지나지 않아서 휴고는 자리에서 일어났다. 그리고 먹을 것, 마실 것, 거기에 아마도 더욱 고약한 마음을 가지고 납치한 아가씨를 가둬 놓은 위층으로 올라갔다. 그는 그제야 새는 날아가 버렸고 새장이 텅 비었다는 사실을 알게 되었다. 휴고는 귀신 들린 사람처럼 날뛰며 밑으로 뛰어내려 와 술판이 벌어진 식탁 위에 올라서더니 포도주 병과 접시 등을 발로 걷어차며 친구들 앞에서 큰 소리로 '그 여자를 데려올 수만 있다면 오늘 밤부터 내 몸과 영혼을 악마에게 주어도 좋다!'고 말했다. 먹고 마시며 떠들어 대던 무리는 그

가 미쳐 날뛰는 모습을 멍하니 바라보았는데, 그중 지독하게 취한 자가, 아니 어쩌면 끔찍하게 사악한 자였을지도 모르는 누군가가 개를 풀어 놓으라고 외쳤다.

집 밖으로 달려 나간 휴고는 마부들에게 말에 안장을 얹고 우리에서 개들을 끌고 나와 아가씨의 손수건 냄새를 맡게 하라고 명령했다. 그는 개들을

달리게 하고 자신도 고함을 지르며 달빛이 쏟아지는 황야를 향해 달렸다. 이 모든 일이 순식간에 일어났기 때문에 술을 마시던 친구들도 그저 멍하니 서 있기만 했다. 그러다 곧 정신을 차리고 황야에서 무슨 일이 일어날지 깨닫게 되었다. 모든 게 아수라장이 되었다. 어떤 자는 권총을, 어떤 자는 말을, 어떤 자는 술을 소리 높여 찾았다. 얼마 지나지 않아 광기가 사라지고 정신이 들자 그들 13명은 말에 올라 함께 추격에 나섰다. 달이 그들 머리 위에서 밝게 빛나고 있었다. 아버지의 집으로 달아난 아가씨가 지나갔을 길을 생각하면서 그들은 나란히, 서둘러 달렸다.

말을 타고 3킬로미터쯤 달려왔을 때, 밤의 황야에서 양치기를 만난 그 자들은 여자를 추적하는 사람을 보지 못했느냐고 큰 소리로 물었다. 전하는 말에 따르면, 그 양치기는 겁에 질려서 한동안 입을 열지도 못했다고 한다. 간신히 정신을 차린 양치기는 개에게 쫓기는 가엾은 아가씨를 보았다고 말했다. 그리고 이렇게 덧붙였다.

'더욱 무시무시한 것은, 생각하기만 해도 끔찍한 지옥의 개들이 검은 말을 타고 달리는 휴고 바스커빌 경의 뒤를 소리도 없이 쫓아갔다는 사실입니다.'

술에 취한 무리는 양치기에게 욕을 퍼붓고는 다시 서둘러 앞으로 달려가기 시작했다. 그런데 곧 황야를 달리는 말발굽 소리가 울려 퍼지더니 사람을 태우지 않은 검은 말이 입에 하얀 거품을 물고 덧없이 고삐만 나부끼며 달려와 그들 곁을 스치고 지나갔다. 그들은 그 모습을 보고 비명을 질렀다. 말할 수 없는 공포에 사로잡힌 취한들은 말머리를 돌려 도망가고 싶었지만 오히려 말의 간격을 좁혀 서로를 의지하며 황야를 향해서 더욱 앞으로 나갔다. 아마 혼자였다면 도망쳤겠지만 그럴 수는 없었다.

이렇게 두려움에 떨며 앞으로 나아가다가 곧 사냥개 떼들을 만났다.

그런데 용맹스럽기로 유명한 개들이 계곡의 웅덩이에 한데 모여서 낑낑 거리고 있었다. 어떤 녀석은 꼬리를 내렸고, 어떤 녀석은 털을 곤두세웠 으며, 어떤 녀석은 눈을 까뒤집고 좁은 계곡을 살피며 두려움에 떨고 있 었다. 이제 취기가 상당히 가신 추격자들은 달리던 말을 세웠다. 추격자 대부분이 더 이상 앞으로 나갈 기색도 보이지 않았지만, 그중 용기 있거 나 아니면 아직 술이 덜 깬 세 사람이 계곡의 웅덩이 쪽으로 말을 몰았다. 웅덩이의 바닥에는 거대한 바위 두 개가 놓여 있었는데, 지금도 볼 수 있 는 그 바위들은 고대에 어떤 사람들이 옮겨 놓은 것이라고 한다.

그림자도 없이 달빛이 쏟아지는 웅덩이의 한가운데에 두려움과 피로

를 이기지 못하고 숨이 끊어진 가련한 아가씨의 시신이 있었다. 하지만 세 취한들이 머리카락이 곤두설 만큼 공포를 느낀 것은 아가씨의 시신 때문이 아니었다. 그렇다고 해서 그 부근에 쓰러져 있던 휴고 바스커빌을 보고 놀란 것도 아니었다. 그들을 공포로 몰아넣은 것은 휴고의 몸에 올라타서 그의 목덜미를 물어뜯고 있는 거대한 검은 짐승이었다. 모습은 개와 비슷했지만 세상의 그 어떤 사냥개보다도 훨씬 더 거대했다. 세 명이 쳐다보고 있을 때에도 녀석은 계속 휴고의 목을 물어뜯었다. 그 악마 같은 개가 번뜩이는 눈과 피가 뚝뚝 떨어지는 이빨을 세 사람 쪽으로 돌리자 그들은 숨이 넘어갈 듯 비명을 지르며 도망쳤다. 이야기에 따르면, 그중 한 사람은 그날 밤에 숨을 거뒀고 두 사람은 목숨은 건졌지만 미치광이가 되었다고 한다.

내 자손들이여, 바로 이것이 후에 우리 가문의 저주가 된 사냥개의 유래다. 내가 여기에 이 이야기를 적어 남기는 까닭은, 사건의 진상을 정확히 밝혀 기록해 두면 암시나 추측으로 아는 것보다는 두려움이 적어질 것이라고 생각했기 때문이다. 우리 혈족 중에서 의문의 죽음을 맞이한 사람들이 많다는 사실을 부인할 수는 없다. 하지만 성경에서 말하기를 죄 없는 자에 대한 벌은 서너 대를 넘지 않는다고 한다. 우리 주님의 무한한 자비에 의지하여 살아가라. 나의 자손들이여, 너희들의 마음을 신께 맡기고 부디 악령이 꿈틀대는 어두운 밤에는 황야를 지나지 않도록 주의하여라.

너희의 여동생인 엘리자베스에게는 말하지 말 것을 당부하며, 휴고 바스커빌의 후손인 로저와 존에게 보낸다.

모티머는 이 기괴한 이야기를 끝까지 다 읽은 다음 안경을 이마 위로 밀어 올리고 홈즈의 얼굴을 가만히 바라봤다. 홈즈는 하품을 하더니 담배꽁초를 난로 안으로 던져 넣으며 물었다.

"더 없습니까?"

"흥미롭지 않습니까?"

"옛날이야기를 모으는 사람이라면 그렇겠지요."

모티머가 주머니 속에서 접힌 신문을 꺼냈다.

"그렇다면 좀 더 최근의 것을 읽어 드리겠습니다. 이건 올 6월 14일자 〈데번셔 소식지〉입니다. 이 날짜보다 며칠 전에 일어난 찰스 바스커빌 경의 갑작스런 죽음에 관한 짧은 기사가 실려 있습니다."

홈즈는 굳어진 표정으로 몸을 앞으로 내밀었다. 방문객은 안경을 고쳐 쓰더니 소리를 내서 읽기 시작했다.

찰스 바스커빌 경은 다음 선거에서 데번셔 중부의 자유당 출마 후보로 거론되었으나 그의 갑작스러운 죽음으로 인해 그 지역에 어두운 구름이 드리워졌다. 찰스 경이 바스커빌 저택에서 생활한 기간은 짧았지만, 성격이 온화하고 마음이 관대하여 경을 알고 있는 사람들의 애정과 존경을 한 몸에 받았다. 벼락부자들이 판을 치고 있는 요즘, 데번셔의 전통 있는 가문의 후예가 스스로 재산을 모아 몰락했던 가문을 다시 일으켜 세우기 위해 이곳으로 돌아온 것은 우리를 몹시 기쁘게 하는 소식이었다.

독자들도 이미 알고 있듯이 찰스 경은 남아프리카에 투자하여 막대한 부를 얻었다. 현명하게도 물러설 때를 알았던 경은 적당한 시기에 투자를 멈추었고, 거둔 이익을 챙겨 영국으로 돌아왔다. 그가 바스커빌 저택에 산 지는 겨우 2년 남짓 되었다. 그가 사망함에 따라 물거품이 된 부흥 계획이 얼마나 거대한 것이었는지는 모든 사람들이 잘 아는 바이다. 대를 이을 자손이 없는 찰스 경은 생전에 재산 일부를 우리 지역에 환원하겠다는 뜻을 밝혀 왔으므로 그의 갑작스러운 죽음을 진심으로 애도하는 자가 많다. 지금까지 경이 지방의 자선 사업에 막대한 자금을 기부했다는 사실은 본지에서도 자주 취재하여 보도했다.

찰스 경의 사망 원인이 충분히 밝혀졌다고는 말할 수 없지만 적어도 검시 결과는 이 지방의 미신 때문이라는 풍문을 잠재우는 데 충분했다. 타살이나 초자연적인 원인 때문에 사망했다고 의심할 만한 점은 전혀 없다. 찰스 경은 일찍 부인을 여의었고, 사고방식도 남달랐다고 한다. 그는 막대한 재산을 소유하고 있었음에도 검소하게 생활했다. 저택의 고용인도 배리모어 부부뿐이었는데 남편은 집사로, 아내는 가정부로 일했다. 이 부부와 몇몇 친구들의 증언에 따르면 찰스 경은 한동안 건강이 좋지 않았다고 한다. 특히 심장병 때문에 혈색이 좋지 않고 호흡곤란을 느끼기도 했으며 신경쇠약에 의한 발작을 보일 때도 있었다고 전해진다. 고인의 친구이자 주치의인 제임스 모티머 박사도 같은 증언을 했다.

사건의 경위는 명백하다. 찰스 바스커빌 경에게는 매일 밤 잠들기 전에 바스커빌 저택의 유명한 주목朱木 오솔길을 산책하는 습관이 있었다. 배리모어 부부의 증언도 그 사실을 확인해 주고 있다. 5월 4일, 경은 배리모어 집사에게 다음 날 런던으로 떠나겠다고 말하고 외출을 준비하도록 명했다. 그날 밤, 경은 평소와 다름없이 담배를 물고 산책에 나섰다가 돌아오지 않았다. 집사는 밤 12시에 현관문이 열려 있는 것을 보고 놀라 램프에 불을 붙여 들고 주인을 찾아 나섰다. 그날은 비가 내렸기 때문에 주목 오솔길에 난 찰스 경의 발자국을 따라가는 것은 그리 어렵지 않았다. 오솔길 중간 지점쯤에 황야로 통하는 문이 있었는데, 발자국으로 봐서 찰스 경이 한동안 그곳에 머물렀다는 사실을 알 수 있었다. 그런 다음 찰스 경은 다시 앞으로 나갔는데 오솔길이 끝나는 부분에서 시신으로 발견됐다.

그런데 한 가지 이해할 수 없는 사실이 있다. 배리모어의 증언에 따르면 황야로 통하는 문을 지난 곳에서부터 경의 발걸음이 바뀌었다는 것이다. 거기서부터는 까치발로 걸어간 것처럼 보인다고 했다. 그날 밤, 머피라는 집시 출신의 말 장수가 현장에서 가까운 황야에 있었는데 그가 말하기를 자신은 술에 매우 취해 있었다고 한다. 그는 비명 소리를 들었다고 강하게 주장했지만 어느 방향에서 들려왔는지는 대답하지 못했다.

찰스 경의 시신에 폭행을 당한 흔적은 없었다. 하지만 모티머 박사에 따르면 경의 얼굴이 너무나도 심하게 일그러져 있어서 처음에는 친구이자 주치의인 자신도 찰스 경의 시신이 아니라며 부인할 정도였다고 하는데, 호흡 곤란이나 극도의 심장 피로로 사망하면 그러한 현상은 흔히 나타난다고 한다. 검시 심문 결과, 경이 오랫동안 내장 질환을 앓고 있었다는 사실이 밝혀져 이번 사건을 설명할 수 있게 되었다. 검시 배심원단도 검시 보고를 인정했다.

찰스 경의 후계자가 바스커빌 저택으로 들어와 중단된 사업을 계속해 줄 날이

기다려지는 지금, 검시 심문의 평결은 희소식이라 할 수 있다. 검시관이 이 사건과 관련해서 떠도는 풍문을 잠재우지 못했다면 바스커빌 저택의 주인을 찾기 어려웠을 것이다.

찰스 바스커빌 경과 가장 가까운 혈육은 경의 동생의 아들인 헨리 바스커빌 씨인 것으로 알려졌다. 그의 행방은 확실하지 않지만 마지막 소식은 미국에서 들려왔으며, 막대한 재산의 상속자가 되었다는 사실을 알리기 위해 구체적인 행방을 찾고 있다.

모티머 박사는 신문을 접어서 주머니에 넣었다.

"홈즈 선생님, 이것이 찰스 바스커빌 경의 죽음에 대해서 발표된 사실들입니다."

"구미가 당기는 흥미로운 사건을 알려 주셔서 감사합니다. 당시 신문에서 읽은 기억은 있지만 그때 나는 바티칸 카메오 사건에 매달려 있었거든요. 교황께 심려를 끼치고 싶지 않아서 아무리 내 흥미를 끄는 사건이라 할지라도 관여하지 못했습니다. 그 신문 기사에 실린 내용이 발표된 사실의 전부인가요?"

"그렇습니다."

"그럼, 알려지지 않은 사실에 대해서 들려주시죠."

홈즈는 의자에 몸을 기대더니 양 손가락 끝을 붙이며 재판관처럼 냉정한 표정을 지었다. 모티머 박사의 얼굴 위로 어떤 강렬한 감정이 드러나기 시작했다.

"알겠습니다. 지금부터 하는 얘기는 누구에게도 털어놓은 적이 없습니다. 검시 심문이 있을 때에도 말을 하지 않았던 이유는 과학자가 미신을 믿는다는 소리를 들을까 봐 두려웠기 때문입니다. 그리고 신문에서도 말했듯이 기분 나쁜 소문을 부채질하는 꼴이 되어 바스커빌 저택에 들어올 주인이 없어질지도 모른다는 생각이 들어서이기도 합니다. 이런 두 가지 이유에서, 알고 있어도 입을 다물고 있는 편이 낫겠다고 판단했습니다. 그렇긴 하지만 선생님에게는 모든 것을 이야기하는 편이 좋겠지요.

그 부근의 황야에는 주민이 아주 적기 때문에 가까이에 사는 사람들은 서로 친하게 지냅니다. 그래서 저도 찰스 바스커빌 경과 많은 시간을 함께했습니다. 래프터 저택의 프랭클랜드 씨와 박물학자인 스태플턴 씨를 빼면 인근에는 이렇다 할 교육을 받은 사람이 없으니까요. 찰스 경은 사람들과 어울리기를 그다지 즐기지 않는 분이었지만 병에 걸린 뒤부터는 저와 친하게 지내기 시작했습니다. 과학에 관심이 있어서 서로 이야기가 잘 통했습니다. 찰스 경은 남아프리카에서 수많은 과학적 자료들을 가지고 돌아왔습니다. 우리는 부시맨과 호텐토트 족의 비교해부학 등을 논하면서 멋진 밤을 보내곤 했습니다.

최근 몇 달 동안 찰스 경의 신경이 극도로 날카로워져서 아주 위험한 상태였다는 사실을 저는 아주 잘 알고 있었습니다. 조금 전에 읽어 드렸던 전설을 마음에 담고 있었던 거죠. 저택 안에서 산책하는 건 그만두지 않았지만 너무 걱정한 나머지 밤에는 황야로 나가려 들지 않을 정도였습니다. 믿기 힘드실지 몰라도 찰스 경은 자기 집안을 덮친 무서운 운명을 진심으로 믿고 있었습니다. 자손에게는 재앙이 미치지 않을 것이라고 고문서에 적혀 있었지만 마음을 놓지 못했습니다. 언제나 소름끼치는 존재가 주위를 맴돌고 있다고 생각했습니다. 밤에 왕진을 다니며 이상한 짐승을 보지 못했는지, 개가 울부짖는 소리를 듣지 못했는지 몇 번이고 물어보았으니까요. 개가 짖는 소리에 대해서는 특히 많이 물어보

왔는데 그때마다 목소리는 흥분에 젖어 있었습니다.

비극이 일어나기 3주일쯤 전, 마차를 타고 바스커빌 저택까지 간 그날 밤의 일을 잊을 수가 없습니다. 찰스 경은 그때 마침 현관에 서 있었습니다. 이륜마차에서 내릴 때 경이 저를 지켜보고 있었는데 웬일인지 경은 제 어깨너머로 시선을 고정한 채 움직이지 않았습니다. 극도의 두려움에 사로잡힌 표정으로 가만히 바라보고 있었지요. 제가 고개를 휙 뒤돌아보니 마차가 드나드는 문 앞으로 송아지처럼 검고 커다란 짐승이 지나가는 것이 보였습니다. 찰스 경이 너무나도 두려워했기 때문에 짐승이 있었던 곳으로 가서 조사해 보았습니다. 짐승은 이미 사라져 버렸

지만 그 일 때문에 찰스 경은 신경이 매우 쇠약해져 있었습니다. 그날은 찰스 경 곁에서 밤을 보냈습니다. 경은 자기가 왜 그렇게 두려워하는지 이야기해 주고, 제가 처음에 선생님에게 읽어 드린 그 고문서를 보관해 달라면서 제게 맡겼습니다. 이 일을 말쓰드리는 까닭은 이것이 그 뒤에 일어난 비극과 깊은 연관이 있을지도 모른다고 생각하기 때문입니다. 하지만 당시에는 저도 대수롭지 않게 생각했고, 경이 쓸데없는 두려움에 떨고 있다고만 생각했습니다.

찰스 경이 런던으로 가겠다고 한 것은 제가 그렇게 하도록 권했기 때문입니다. 심장도 좋지 않은데 근거 없는 망상에 사로잡혀서 괜한 걱정을 하며 생활한다면 틀림없이 건강에 나쁜 영향을 줄 테니까요. 두세 달 정도 도시에서 기분 전환을 하고 오면 마음이 한결 가벼워질 것이라고 생각했습니다. 찰스 경과 제 친구인 스태플턴 씨도 경의 건강을 걱정했고 우리는 같은 의견이었습니다. 그런데 마지막 순간에 파국이 찾아왔습니다.

찰스 경이 죽은 날 밤, 처음 시신을 발견한 배리모어 집사가 마부 퍼킨스에게 말을 타고 가서 제게 이 사실을 알리라고 명했습니다. 저는 그날 늦게까지 잠들지 않고 있었기 때문에 사건이 일어난 지 채 한 시간도 지나지 않아서 바스커빌 저택에 도착했습니다. 저는 검시 심문에서 말한 모든 사실을 직접 살펴보고 확인했습니다. 주목 오솔길을 제 발로 걸어 보았고, 황야로 통하는 문에서는 찰스 경이 한동안 머물러 있었던 발자국을 발견했으며, 그 다음에는 경의 발자국이 바뀌었다는 사실도 확인했습니다. 축축한 자갈길에 배리모어의 발자국 말고는 아무것도 없다는 사실도 확인했습니다.

마지막으로 저는 그때까지 아무도 건드리지 않은 시신을 조심스럽게 살펴봤습니다. 찰스 경은 엎드린 채로 쓰러져 있었습니다. 두 손을 위로 올리고 있었고 손가락은 땅바닥을 움켜쥐고 있었습니다. 얼굴은 격렬한 감정에 휩싸인 듯 제가 알아볼 수 없을 정도로 일그러져 있었습니다. 몸에 외상을 입은 흔적은 전혀 없었습니다.

그런데 검시 심문에서 배리모어는 한 가지 잘못된 사실을 진술했습니다. 그는 시신 주변에 아무런 발자국도 없었다고 증언했습니다. 그는 몰랐던 것입니다. 하지만 전 시신에서 조금 떨어진 장소에서 선명한 자국을 봤습니다."

"발자국이었나요?"

"네, 발자국이었습니다."

"남자의 발자국이었습니까? 아니면 여자의 발자국이었나요?"

그 순간 모티머 박사는 기묘한 표정을 지었다. 그는 아주 낮은 목소리로 대답했다.

"홈즈 선생님, 그건 어마어마하게 커다란 개의 발자국이었습니다."

3. 수수께끼

　고백하건대 나는 그 말을 듣는 순간 온몸에 소름이 돋았다. 모티머 박사도 자기 이야기에 커다란 두려움을 느끼고 있었는지 목소리가 조금 떨리고 있었다. 홈즈는 흥분해서 몸을 앞으로 내밀었다. 그의 두 눈에서 강한 흥미를 느꼈을 때 나타나는 번뜩이는 눈빛이 보였다.

　"정말 봤습니까?"

　"정말입니다. 잘못 봤을 리가 없습니다."

　"아무에게도 말하지 않았나요?"

　"말해 봤자 아무도 믿어 주지 않았을 겁니다."

　"다른 사람들은 왜 그걸 보지 못했을까요?"

　"발자국은 시신에서 18미터 정도 떨어진 곳에 있었고 아무도 그것에 신경 쓰지 않았으니까요. 저도 그 전설을 몰랐다면 대수롭지 않게 넘겼을 겁니다."

　"황야에는 양치기 개들이 많지 않나요?"

"많습니다. 하지만 그건 양치기 개의 발자국이 아니었습니다."

"커다란 발자국이라고 하셨죠?"

"어마어마하게 컸습니다."

"그런데 그 개가 시신 쪽으로는 접근하지 않았단 말이죠?"

"그렇습니다."

"그날 밤, 날씨는 어땠습니까?"

"잔뜩 흐리고 습도가 높았습니다."

"비는 내리지 않았고요?"

"네."

"오솔길은 어떻게 생겼죠?"

"길 양쪽에 높이가 3미터 정도 되는 주목들이 울타리처럼 자라 있습니다. 꽤 오래 전에 심어 놓아 매우 울창해서 그 사이를 비집고 나갈 수가 없지요. 그 사이에는 폭이 약 2.5미터 정도 되는 길이 나 있습니다."

"울타리와 길 사이에는 무엇이 있습니까?"

"폭이 2미터 정도인 잔디밭이 양쪽에 있습니다."

"주목 울타리 밖으로 나갈 수 있는 문이 하나 있다고요?"

"그렇습니다. 황야로 통하는 문입니다."

"다른 출입구는 없습니까?"

"네, 없습니다."

"그렇다면 저택이나 황야로 난 길을 지나야만 주목 오솔길로 들어설 수 있습니까?"

"오솔길 끝에 별채가 있습니다. 거기에도 문이 있지요."

"찰스 경이 거기까지 갔나요?"

"아니요, 경은 거기에서 50미터가 안 되는 곳에 쓰러져 있었습니다."

"모티머 박사님, 하나 더 묻겠습니다. 이건 매우 중요한 일입니다. 박사님이 발견한 발자국은 잔디가 아니라 오솔길에 찍혀 있었지요?"

"잔디에는 발자국이 남지 않으니까요."

"그 발자국은 황야로 통하는 문 쪽으로 나 있었습니까?"

"네. 그것도 잔디와 만나는 부분에 찍혀 있었습니다."

"점점 더 재미있어지는군요. 그럼, 한 가지 더. 황야로 통하는 문은 닫혀 있었나요?"

"닫혀서 자물쇠로 채워져 있었습니다."

"문의 높이는 얼마나 되죠?"

"1.2미터 정도 됩니다."

"그럼, 뛰어넘으려면 얼마든지 뛰어넘을 수 있겠군요."

"네."

"문 주위에 발자국 같은 건 없었나요?"

"특별히 눈에 띄는 건 없었습니다."

"이런! 조사한 사람이 없었습니까?"

"아니요. 제가 직접 살펴봤습니다."

"그런데 아무것도 없었다고요?"

"발자국이 어지럽게 찍혀 있었습니다. 찰스 경은 틀림없이 거기서 5분에서 10분 정도 서성거렸을 겁니다."

"그 사실을 어떻게 알죠?"

"담뱃재가 갑절로 떨어져 있었으니까요."

"정말 대단해! 이분은 우리의 동지라고 하기에 손색이 없는 분일세, 왓슨. 그런데 발자국은?"

"자갈길의 일부에 찰스 경의 발자국이 여기저기 찍혀 있었습니다. 그

외의 발자국은 보이지 않았고요."

셜록 홈즈가 갑자기 무릎을 쳤다. 그러고는 큰 소리로 말했다.

"내가 거기 있었으면 좋았을걸! 아주 흥미로운 사건이라 과학적인 전문가라면 누구나 달려들고 싶어 안달일 텐데. 내가 조사했다면 그 자갈길에서 많은 것들을 읽어 낼 수 있었을 거야. 지금 그 길은 이미 빗물에 씻기고 호기심 많은 사람들의 나막신에 엉망이 되어 버렸겠지? 모티머 박사님, 왜 나를 부르지 않았습니까? 이건 전부 박사님의 책임입니다."

"부를 수가 없었습니다. 그렇게 하면 조금 전에 했던 이야기가 세상에도 알려지게 됩니다. 그걸 피하고 싶었다고 조금 전에 말씀드리지 않았습니까? 게다가……."

"무슨 말이든 다 해 보세요."

"아무리 경험이 풍부하고 실력 좋은 탐정이라 할지라도 어떻게 해 볼 수 없는 영역이 있는 법입니다."

"초자연현상 말씀입니까?"

"꼭 그렇다는 건 아닙니다."

"하지만 마음속으로는 그렇게 생각하고 있군요?"

"홈즈 선생님, 저는 그 비극이 일어난 뒤, 자연의 법칙으로는 설명할 수 없는 몇 가지 일들에 대해 들었습니다."

"예를 들자면?"

"그 소름 끼치는 사건이 일어나기 전의 일인데, 바스커빌 가의 악령을 닮은 짐승의 모습을 황야에서 본 사람이 몇 명 있었습니다. 그것은 상식적으로는 상상할 수도 없는 동물이었습니다. 사람들이 한결같이 말하기를 거대하고 빛을 뿜어내는 요괴 같은 짐승이었다고 합니다. 저는 목격자들을 만나 이것저것 물어보았습니다. 한 명은 꼼꼼한 시골 사람이었고, 또 한 명은 말편자를 만드는 사람, 마지막 한 명은 황야의 농부였습니다. 모두 하나같이 무시무시한 괴물 이야기를 들려줬는데 전설에 나오는 지옥의 마견魔犬과 똑같은 모습이었습니다. 그 지방은 지금 공포에 휩싸여 있습니다. 밤에 황야로 나가는 사람은 두려움을 모르는 사내 정도일 겁니다."

"과학을 배운 박사님도 초자연적인 존재를 믿습니까?"

"무엇을 믿어야 좋을지 모르겠습니다."

홈즈가 어깨를 한 번 들썩였다.

"지금까지 나는 눈에 보이는 세상에 대해서만 조사해 왔습니다. 합리적인 방식으로 악과 싸워 왔다고 생각하고 있지요. 그래서 상대가 진짜 마왕이라면 녀석과 싸우는 것은 정말 거대한 과업이 될 겁니다. 하지만 개의 발자국은 현실의 것이 틀림없습니다."

"전설 속의 개도 마계의 존재이지만 실제로 사람의 목을 물어뜯었습니다."

"완전히 초자연주의자 같은 말이로군요. 그렇다면 좀 이상한데요, 모티머 박사님. 초자연을 믿고 있다면 왜 나를 찾아왔습니까? 조사해 봐야 소용없다고 생각하면서도 왜 이제 와서 조사를 의뢰하는 겁니까?"

"저는 조사해 달라고 말하지 않았습니다."

"그럼 내게 원하는 것은 무엇입니까?"

"제가 헨리 바스커빌 경에게 어떻게 해 줘야 할지 가르쳐 주십시오."

모티머 박사는 이렇게 말하며 시계를 보고 다시 말을 이었다.

"앞으로 정확히 75분 뒤에 워털루 역에 도착할 예정입니다."

"바스커빌 가의 상속인입니까?"

"그렇습니다. 찰스 경이 돌아가시고 나서, 미국이 아닌 캐나다에서 농사를 짓고 있던 이 젊은 신사를 간신히 찾아냈습니다. 제가 받은 보고서에 따르면 흠잡을 데 없는 인물인 것 같습니다. 이건 의사로서가 아니라 찰스 경의 유언을 들은 유언 집행자로서의 제 견해입니다."

"그 외에 상속권이 있는 사람은 없나요?"

"없습니다. 우리들이 조사한 바에 따르면 혈연이 있는 사람이라고는 바스커빌 가의 삼형제 중 막내인 로저 바스커빌뿐이었습니다. 불운한 찰스 경이 맏아들이었고, 둘째는 젊은 나이에 사망했습니다. 지금 오고 있는 헨리 경의 아버지죠. 그리고 막내인 로저는 집안의 골칫거리였던 모양입니다. 바스커빌 가의 그 잔인한 사람의 피를 이어받았는지 지금까지 남아 있는 휴고의 초상화와 꼭 닮았다고 합니다. 로저는 온갖 나쁜 짓을 하다가 마침내 영국에서 도망쳐 중앙아메리카로 갔는데 1876년에 황열병으로 세상을 떴습니다. 결국 바스커빌 가에 남은 사람이라고는 헨리 경밖에 없습니다. 그리고 오늘 아침에 그가 사우샘프턴 항구에 도착했다는 전보를 받았습니다. 그럼 선생님, 이제 제가 어떻게 하면 좋겠습니까?"

"조상 대대로 내려온 집으로 데려가면 되지 않습니까?"

"당연히 그래야지요. 하지만 바스커빌 저택에서 살던 사람들은 모두 비참한 최후를 맞았습니다. 만약 찰스 경이 죽기 전에 저와 대화할 수 있었다면 이렇게 충고해 주셨을 겁니다. 전통 있는 가문의 마지막 후손으로 막대한 부를 상속받을 사람을 죽음의 집으로 인도하지 말라고요. 하지만 그 가난하고 황량한 지방이 번성하느냐 마느냐 하는 문제가 그 사람 손에 달려 있습니다. 만약 바스커빌 저택에서 살 사람이 없어진다면 찰스 경이 해 온 훌륭한 일들은 전부 헛수고가 되고 맙니다. 저는 그 일이 저만의 생각에 휘둘릴까 봐 선생님에게 사정을 설명하고 의견을 구하러 온 것입니다."

홈즈는 한동안 생각에 잠겨 있었다.

"간단하게 말하자면 문제는 이렇군요. 다트무어에 악마가 있으니 바스커빌 가의 사람이 거주하기에는 위험하다는 것이지요?"

"적어도 그럴 만한 증거가 있다고 말씀드릴 수 있습니다."

"그렇군요. 하지만 박사님의 초자연설이 사실이라면 그 청년은 런던에 있든 데번셔에 있든 저주를 받을 겁니다. 악마가 교구 위원회처럼 한정된 범위에서만 활동한다는 건 말이 안 되니까요."

"홈즈 선생님도 이 문제에 관여한다면 그렇게 마음 편한 소리는 못 하실 겁니다. 선생님의 의견대로라면 이 청년은 데번셔에 있어도 런던에 있는 것만큼 위험하다는 말이 됩니다. 그는 앞으로 50분 정도 지나면 이 곳에 도착합니다. 어떻게 하라는 말씀이신가요?"

"박사님의 스패니얼이 현관문을 긁어 대고 있군요. 마차를 불러서 개와 함께 워털루 역으로 가서 헨리 바스커빌 경을 맞이하세요."

"그 다음에는 어떻게 합니까?"

"그 다음에는 나도 이 사건을 어떻게 다뤄야 할지 생각해 보겠습니다. 내가 생각을 정리할 때까지 그에게 아무 말도 하지 마세요."

"얼마나 기다리면 되겠습니까?"

"24시간만 기다리십시오. 모티머 박사님, 내일 아침 10시에 다시 한 번 와 주시겠습니까? 그때 헨리 바스커빌 경을 데리고 온다면 계획을 세우는 데 도움이 될 겁니다."

"알겠습니다. 그렇게 하지요."

모티머 박사는 셔츠의 소맷자락에 약속 내용을 적고 생각에 잠긴 멍한 표정으로 발걸음을 재촉했다. 홈즈는 바로 뒤따라가더니 계단 위에서 그를 불러 세웠다.

"모티머 박사님, 하나만 더 물어보겠습니다. 찰스 바스커빌 경이 돌아가시기 전에 몇몇 사람들이 황야에서 괴수를 목격했다고 하셨죠?"

"세 명입니다."

"그 후에도 목격한 사람이 있습니까?"

"아니요. 없습니다."

"고맙습니다. 그럼, 내일 뵙겠습니다."

홈즈는 다시 자기 자리로 돌아왔다. 마음에 드는 일을 만나 속으로 만족스러워하는 기색이었다.

"외출할 건가, 왓슨?"

"내가 뭐 도와줄 거라도 있나?"

"아니, 지금은 아닐세. 자네의 도움이 필요한 건 조사가 시작된 다음부터야. 어쨌든 이번 사건은 아주 독특하고 멋진 사건이야. 브래들리의 가게 앞을 지날 때 칼로 썬 가장 독한 담배를 500그램만 가져다 달라고 말해 주겠나? 거 참, 자네를 귀찮게 하는군. 그리고 정말 미안하지만 저녁까지 혼자 있었으면 좋겠네. 밤에 의뢰받은 이번 사건에 대해서 함께 이야기를 나눈다면 무척 즐거울 걸세."

홈즈가 정신을 집중할 때는 그를 혼자 내버려 두는 것이 가장 좋다는 사실을 나는 잘 알고 있었다. 그동안 내 친구는 온갖 증거들을 생각하고 여러 가지 가설들을 세워서 비교하며, 본질적인 것과 사소한 것을 구분한 후 중요한 문제점을 발견해 낼 것이다. 그래서 나는 저녁 시간이 지날 때까지 베이커 가로 돌아가지 않고 클럽에서 시간을 보내다가 거의 9시가 다 돼서야 집으로 돌아왔다.

거실 문을 연 순간, 나는 불이라도 난 줄 알았다. 탁자 위에 있는 램프 빛이 뿌옇게 보일 정도로 방 안에 연기가 가득했다. 그러나 안으로 들어선 나는 목을 찌르는 듯 독한 그 연기가 실은 담배 연기였다는 사실을 알고 마음을 놓았다. 연기 너머로 실내복을 입고 검은 도자기로 만든 파이프를 입에 문 채 팔걸이의자에 앉은 홈즈의 모습이 흐릿하게 보였다. 그의 주변에는 둘둘 말아 놓은 종이가 여기저기 널려 있었다.

"왓슨, 자네 감기라도 걸렸나?"

"무슨 소린가? 이 독가스 때문이지."

"그러고 보니 연기가 좀 자욱하긴 하군."

"좀 자욱하다고? 질식해 죽을 것 같네."

"그럼 창문을 열게나. 자네는 하루 종일 클럽에 있었던 모양이군."

"그걸 어떻게 알았지?"

"내 말이 맞았나 보군."

"맞았네. 근데 그걸 어떻게 알았나?"

"늘 감탄을 해 주니 정말 기쁘네, 왓슨. 그럼 자네에 대한 나의 추리에 대해서 잠깐 설명해 보겠네. 비가 내려 길이 질퍽이는 날, 한 신사가 외출을 했다네. 저녁이 지나 그가 돌아왔는데 모자와 구두 모두가 번쩍번쩍하고 어디 한 군데 더러워진 곳이 없었어. 즉, 어디 한 군데서 하루 종일 자리를 옮기지 않았다는 소리지. 그에게는 친한 친구도 없네. 그렇다면 그가 어디에 있었겠나? 어떤가? 아주 간단하지?"

"그렇군. 답은 아주 간단하군."

"이 세상에는 너무나도 뻔한 일들만 일어나고 있는데 아무도 그걸 눈치채지 못한단 말이야. 내가 어디에 갔다 왔는지 알겠는가?"

"자네는 종일 여기에 있지 않았나?"

"그렇지 않네. 난 데번셔까지 갔다 왔다네."

"정신이 다녀온 거겠지?"

"그렇다네. 몸은 이 팔걸이의자에 앉아 있었지만. 정신이 자리를 비운 사이에 몸은 두 주전자나 되는 커피를 마셨고, 믿을 수 없을 정도로 많은 담배를 피웠다네. 그러면 안 되는데 말이야. 자네가 나간 뒤에 스탬퍼드의 가게로 사람을 보내서 다트무어 부근의 황야가 실린 육지 측량부의 지도[4]를 사다 달라고 했

네. 그리고 내 마음은 하루 종일 황야를 돌아다녔지. 어디든 자유로이 돌아다녔으니 정말 굉장한 일 아니겠는가?"

"대축척지도였지?"

"그렇다네. 주목 오솔길의 이름은 실려 있지 않았지만. 보게, 황야의 왼쪽으로 뻗어 있는 이 부분이 그 길인 것 같네. 이 조그만 부분이 우리 친구 모티머 박사가 살고 있는 그림펜 마을일세. 보다

시피 반경 8킬로미터 이내에는 집 두세 채가 있을

---

4) Ordnance map. 영국 및 아일랜드를 대단히 상세하게 나타낸 지도. '육지 측량부'라는 영국 기관에서 제작한다.

뿐이야. 이게 바로 모티머 박사가 이야기했던 래프터 저택이지. 여기에 표시된 집은 스태플턴인지 뭔지 하는 그 박물학자의 집일 걸세. 황야에 는 농가 두 채가 있어. 하이 토어와 파울마이어라네. 여기서 22킬로미터 떨어진 곳에 커다란 프린스타운 교도소가 있네. 드문드문 떨어져 있는 이 건물들 주위에는 사람의 그림자라고는 찾아볼 수 없는 메마른 황야 가 펼쳐져 있다네. 즉, 그 비극은 이런 무대에서 펼쳐진 것이지. 우리도 바로 이 무대에서 한바탕 활약을 해야 할 것 같네."

"쓸쓸하기 짝이 없는 무대로군."

"그렇다네. 이야기에 아주 잘 어울리는 배경이지. 정말 악마가 이 세상 에 관여하고 싶어 했다면 말일세."

"그렇다면 자네마저도 초자연을 믿게 되었다는 말인가?"

"악마의 수하가 인간의 모습으로 나타난 것일지도 모르지. 우선 두 가 지 문제를 생각해 봐야 하네. 하나는 이 비극이 범죄 사건일까 하는 점 이지. 두 번째는, 이것이 범죄 사건이라면 그 목적과 범행 수법은 무엇 일까 하는 점이고. 물론 모티머 박사의 추측이 정확하다면 자연의 법칙 으로는 설명할 수 없는 마력을 상대해야 한다네. 그렇다면 조사해 봐야 소용없는 일이지. 하지만 모티머 박사의 그 설을 받아들이기 전에 우리 는 모든 가설을 철저하게 분석해 볼 필요가 있네. 왓슨, 이제 그만 창을 닫으면 어떨까? 조금 이상하게 들릴지도 모르겠지만 밀폐된 공기가 사 고할 때 집중력을 높여 준다는 사실을 알게 됐다네. 상자 속에 들어가서 생각한다는 건 좀 지나친 표현일지도 모르겠지만 내 생각을 극단적으로 몰고 간다면 그렇게 될 수도 있겠어. 자네도 이 사건에 대해서 생각을 좀 해 보았는가?"

"그럼. 하루 종일 생각해 봤다네."

"어떻게 생각하나?"

"솔직히 나는 뭐가 뭔지 하나도 모르겠네."

"이건 꽤나 희한한 사건일세. 눈에 띄는 점이 몇 가지 있어. 예를 들어서 발자국이 바뀌었다는 사실을 자네는 어떻게 생각하는가?"

"모티머 박사는 경이 뒤꿈치를 들고 걸었다고 말했지."

"그건 어떤 이름 모를 바보가 검시 심문에서 한 얘기를 그대로 옮긴 것에 불과하다네. 오솔길을 까치발로 걸어 다닐 사람이 대체 어디 있겠는가?"

"그럼 어떻게 된 건가?"

"달린 거야, 왓슨. 그 사람은 이를 악물고 달린 걸세. 목숨을 걸고 도망치다가 심장이 파열돼서 죽을 때까지 뛰고 또 뛴 거라고."

"무엇을 피해 도망친 걸까?"

"바로 그 점이 수수께끼라네. 달리기 전부터 공포에 휩싸여 제정신이 아니었던 듯해."

"왜 그렇게 생각하지?"

"그가 겁에 질린 원인이 황야 쪽에서 다가온 것 같네. 아마도, 아니, 그것 말고는 달리 생각할 길이 없어. 집과 반대 방향으로 달리다니 몹시 당황한 상태가 아니라면 그런 행동을 할 리가 없다네. 집시의 증언이 정확하다면 찰스 경은 살려달라고 외치면서 도움을 받을 수 없는 방향으로 달린 셈이 되네. 그리고 그날 밤 누구를 기다렸던 것인지, 그것도 수수께끼라네. 자신의 저택 안에서가 아니라 주목 오솔길에서 기다리고 있었으니까."

"찰스 경이 누군가를 기다리고 있었다고 생각하는 건가?"

"찰스 경은 나이도 많고 몸도 허약했네. 밤에 산책을 나간다는 건 얼마든지 있을 수 있는 일이지만 길은 젖어 있었고 비가 내릴 것 같은 밤이었다네. 그런 날에, 모티머 박사가 담뱃재를 보고 추론했듯이 5분이나 10분 정도 서 있었다는 것이 자연스러운 일인가? 흠, 아까 박사의 실제적인 감각을 좀 더 인정해 줄걸 그랬군."

"그렇지만 매일 산책을 했다고 하지 않았는가?"

"매일 밤마다 황야로 통하는 문 앞에 멈춰 섰다고는 보기 어렵네. 아니, 오히려 황야를 무서워했다고 하지 않았는가? 그날 밤, 그는 거기서 무엇인가를 기다린 걸세. 런던으로 떠나기 전날 밤에 말이야. 이제 어떻게 된 건지 짐작이 가지 않는가, 왓슨? 서서히 윤곽이 잡히는군. 바이올린을 좀 집어 주게나. 오늘은 이 정도로만 하고 내일 아침에 다시 생각해야겠네. 내일 아침이면 모티머 박사와 헨리 바스커빌 경을 만날 수 있으니 그때부터 생각해도 늦지 않을 걸세."

4. 헨리 바스커빌 경

우리는 평소보다 조금 이른 시간에 아침 식사
를 마쳤다. 홈즈는 실내복을 입은 채 약속 시간
이 되기를 기다렸다. 우리 의뢰인은 시간에 철
저한 사람이었다. 모티머 박사는 시계가 10시를
알리는 것과 동시에 젊은 준남작[5]을 데리고 모
습을 드러냈다. 헨리 바스커빌 경은 30세 정도로
보였는데, 검은 눈은 날카로웠고 눈썹은 숯으로
그린 듯 짙었다. 키가 크지는 않았지만 체격이 매
우 다부진 사람으로 앞뒤 재지 않고 행동할 것 같은
강한 얼굴이었다. 붉은빛이 감도는 트위드[6]로 만든 옷

5) baronet. 남작baron 아래이자 기사knight 위의 계급으로, 귀족은 아니지만 대를 이어 세습된다. 영국에만 있는
특수한 작위이며 우리나라에서는 흔히 준남작으로 번역된다.
6) tweed. 비교적 굵은 스코틀랜드산 양털로 짠 직물. 잉글랜드와 스코틀랜드 사이를 흐르는 트위드 강 근처에서
만들어져 이런 이름이 붙었다.

을 입고 있었다. 지금까지 집 밖에서 활동한 시간이 많았는지 얼굴이 햇볕에 타 검게 그을려 있었다. 그렇지만 차분한 눈빛과 자신감에 넘치는 태도를 보면 그가 신사임을 알 수 있었다. 모티머 박사가 그를 소개해 주었다.

"이분이 헨리 바스커빌 경입니다."

"이 친구에게 셜록 홈즈 선생님을 만나 보라는 권고를 받았습니다. 그렇지 않아도 나도 여기로 와 볼 생각이었는데 말이죠. 홈즈 선생님은 수많은 수수께끼들을 푸셨다고 들었습니다. 그런데 오늘 아침 내게도 영문을 알 수 없는 일이 생겼습니다."

"이쪽으로 앉으세요, 헨리 경. 경이 런던에 도착한 다음에 무슨 이상한 일이 일어났다는 말씀인가요?"

"그렇게 대단한 일은 아닙니다. 단순한 장난에 지나지 않을지도 모릅니다. 오늘 아침에 받은 것인데 이걸 편지라고 해야 할지 모르겠군요."

헨리 경이 탁자 위에 봉투 하나를 올려놓았다. 우리는 모두 그것을 들여다보았다. 흔히 볼 수 있는 회색빛이 감도는 봉투였다. 흘려 쓴 글씨로 '노섬버랜드 호텔, 헨리 바스커빌 경'이라고 적혀 있었고 채링 크로스 소인이 찍혀 있었다. 소인이 찍힌 날짜는 어젯밤이었다.

"경이 노섬버랜드 호텔에 묵는다는 사실은 누가 알고 있었습니까?"

홈즈는 날카로운 시선으로 방문객을 바라봤다.

"아는 사람은 아무도 없습니다. 모티머 박사를 만난 다음에 결정한 일이니까요."

"하지만 모티머 박사님은 그 전부터 묵고 있었겠죠?"

"네, 하지만 저는 친구 집에 묵고 있었습니다. 우리가 그 호텔에 묵을 거라는 사실은 아무도 몰랐을 겁니다."

"그렇군요. 경의 일거수일투족을 유심히 살피는 사람이 있는 것 같습니다."

홈즈가 봉투에서 편지를 꺼냈다. 종이는 두 번 접혀 있었는데 홈즈는 그것을 펼쳐 탁자 위에 올려놓았다. 종이 한가운데에 인쇄된 글자들을 오려 붙여 만든 글이 한 줄 쓰여 있었다.

자신의 생명과 이성의 가치를 생각한다면 황야에서 멀어질 것.

그런데 '황야'라는 글자만은 잉크로 적혀 있었다. 헨리 바스커빌 경이 입을 열었다.

"어떻습니까? 이게 무슨 의미인지, 그리고 이처럼 내게 관심을 보이는 사람이 누군지 선생님이라면 알아낼 수 있지 않겠습니까?"

"모티머 박사님은 어떻게 생각합니까? 여기에 초자연적인 것은 조금도 없는 것 같은데요."

"그렇군요. 하지만 이 편지는 초자연적인 사건을 믿는 사람이 보낸 것이라고 볼 수도 있지요."

"사건이라니요? 여러분은 내 일에 대해서 나보다도 훨씬 더 잘 알고 계신 듯하군요."

헨리 경이 두 사람 사이에 끼어들며 날카롭게 말했다.

"이 방을 나가실 때쯤이면 많은 사실을 알게 될 겁니다, 헨리 경. 괜찮으시다면 우선은 이 흥미로운 편지를 잠깐 조사해 보고 싶은데요. 이건 어제 써서 어젯밤에 보낸 것이 틀림없습니다. 왓슨, 어제 발간된 〈타임스〉를 가지고 있나?"

"방 한쪽에 있네."

"미안하지만 좀 가져다줄 수 있겠나? 안쪽 페이지, 사설이 실린 면일세."

홈즈가 재빨리 사설을 훑어보았다.

"여기 자유무역에 관한 연설이 있네. 잠깐 들어 보게나. '사람들은 보호관세를 적용하면 자신의 산업과 무역 거래가 회복되리라고 생각하기 쉽다. 그러나 이성적으로 생각한다면 보호관세로 인해 우리나라가 부에서 멀어지고, 수입품의 가치가 감소하며, 이 나라의 생명력과 삶의 질이 떨어질 것이 자명하다.' 어떤가, 왓슨? 멋진 의견이라고 생각지 않는가?"

홈즈는 기쁘다는 듯이 두 손을 비비면서 큰 소리로 말했다.

모티머 박사는 직업적인 호기심을 느꼈는지 홈즈를 바라보았다. 헨리 바스커빌 경은 어찌 된 영문이냐는 듯 검은 눈으로 나를 바라봤다.

"나는 관세 같은 건 잘 모르겠지만 문제의 편지와는 그다지 상관 없는 거 같은데요."

"천만의 말씀입니다. 헨리 경, 이것은 매우 중요한 단서라고 생각합니다. 경보다 여기 있는 왓슨이 내 행동을 더 잘 이해하고 있을 겁니다. 아, 하지만 저 친구도 이 기사의 의미를 잘 모르는 모양이로군요."

"맞아. 솔직히 말하면 무슨 관계가 있는 건지 하나도 모르겠네."

"그렇지만 말일세, 이 두 가지는 아주 밀접한 관계를 가지고 있네. 편지는 이 기사를 오려서 만든 거야. '자신의', '생명', '이성', '가치', '생각한다면', '에서 멀어', '질 것' 등을 보게나. 이 글자들을 어디서 오려 냈는지 알겠지?"

"정말이군요! 기분은 좀 나쁘지만요."

헨리 경이 큰 소리로 말했다.

"아직 조금 미심쩍다고 해도 '생각한다면'과 '에서 멀어'라는 말들이 통째로 오려진 것을 보면 곧 이해할 수 있을 겁니다."

"그렇군요! 말씀하신 대로 되어 있습니다!"

"정말 대단합니다. 이렇게 훌륭한 분일 줄이야! 편지의 글자를 신문에서 오려 냈다는 정도만 꿰뚫어 봤다면 저도 이렇게 놀라지는 않았을 겁니다. 그런데 선생님은 신문의 이름까지 알고 있었습니다. 게다가 사설에서 오려 냈다는 사실까지 맞혔고요. 그렇게 정확하게 추리를 해 내시다니, 대체 어떻게 하신 겁니까?"

모티머 박사가 정말 놀랐다는 표정으로 홈즈를 쳐다봤다.

"모티머 박사님은 두개골만 보고도 흑인과 에스키모를 구별할 수 있지요?"

"물론입니다."

"어떻게요?"

"그건 제 연구 분야입니다. 둘 사이에는 명백한 차이점이 있으니까요. 앞머리의 돌출 정도, 안면각, 턱뼈의 곡선 그리고……."

"바로 그겁니다. 이건 내 연구 분야니까요. 차이를 아주 명백하게 알 수 있죠. 흑인과 에스키모의 차이만큼이나 내 눈에는 〈타임스〉의 질서 정연한 9포인트 버조이스 활자와 싸구려 석간신문의 조잡한 활자가 달라 보입니다. 범죄 전문가에게 활자를 식별하는 능력은 아주 초보적인 지식 중 하나죠. 하지만 사실은 나도 풋내기 시절에는 〈리드 머큐리〉와 〈웨스턴 모닝 뉴스〉를 혼동한 적이 있습니다. 그런데 〈타임스〉의 사설은 특징이 뚜렷하기 때문에 절대로 편지의 활자를 다른 신문에서 오려 낸 것이라고는 생각할 수 없습니다. 이 편지는 어제 만들어졌어요. 그러니까 어제 〈타임스〉를 보면 편지의 글자를 찾아낼 가능성이 높다고 생각한 겁니다."

"말씀대로라면 누군가가 신문을 오려서 이 편지를……."

헨리 바스커빌 경이 말했다.

"손톱 깎는 가위를 사용한 겁니다. '에서 멀어'를 오릴 때 가위질을 두 번 한 흔적이 있어요. 거기에서 날이 아주 짧은 가위를 사용했다는 사실을 알 수 있습니다."

"정말로 그렇습니다. 그렇다면 날이 짧은 가위로 신문의 글자를 오려서 풀로……."

"고무를 녹여 만든 풀로 붙였습니다."

홈즈가 말했다.

"네, 고무풀로 종이에 붙였군요. 그런데 왜 '황야'라는 글자는 손으로 썼을까요?"

"신문에서 찾을 수 없었을 테니까요. 다른 글자들은 전부 흔한 단어들이고 어느 신문에서나 볼 수 있을 겁니다. 하지만 '황야'라는 말은 그리 자주 쓰지 않지요."

"그렇군요. 듣고 나니 알 것 같습니다. 그 외에 이 편지에서 읽어 낸 것은 없습니까?"

"한두 가지 눈에 띄는 점이 있군요. 우선, 꼬리를 밟히지 않으려고 꽤 애를 쓴 듯합니다. 받는 사람의 이름을 아주 심하게 흘려 썼죠? 하지만 〈타임스〉는 고등 교육을 받은 사람들만 읽는 신문이라고 봐도 좋을 겁니다. 그렇다면 교육을 받은 사람이 그렇지 않은 사람처럼 보이려고 흘려 썼다는 사실을 알 수 있습니다. 필적을 감추려고 했다는 점은 그가 경이 알고 있는 사람이거나 앞으로 만나게 될 사람이라는 점을 말해 줍니다. 그리고 글자를 똑바로 자르지 않았죠? 높이가 들쑥날쑥합니다. 예를 들어서 '생명'이라는 글자는 기묘하게 위로 솟아 있는데, 이건 자를 때 주의를 기울이지 않았거나 너무 서두른 나머지 비뚤게 잘랐기 때문이겠죠. 내 생각에는 너무 흥분해서 그런 듯싶군요. 이런 중요한 편지를 쓰는 사람이 부주의했을 것 같지는 않으니까요. 만약 서둘러서 자른 거라면 이번에는 그가 왜 그랬을까 하는 흥미로운 의문이 솟아납니다. 빨리 보내면 헨리 경이 호텔을 떠나기 전에 받아볼 수 있을 것이라고 생각했기 때문이겠죠. 그렇다면 편지를 보낸 사람은 누군가에게 방해 받을까 봐 염려하고 있었다는 얘긴데, 과연 그 방해자는 누구였을까요?"

"그렇군요. 그 점을 추측해 봐야겠군요."

홈즈의 설명을 듣고 모티머 박사가 말했다.

"아니, 여러 가지 가능성을 생각하고 비교해 봐서 그중에서 가장 그럴듯한 것을 찾아내고 있습니다. 상상력을 과학적으로 사용하고 있는 거죠. 그리고 내 추론은 언제나 물적 증거에 바탕을 두고 있습니다. 여러분은 추측이라고 할지 모르겠지만 나는 이 편지를 쓴 사람이 주소를 호텔에서 썼다고 확신합니다."

"그걸 어떻게 알 수 있습니까?"

"편지를 잘 보세요. 이걸 쓴 사람이 펜과 잉크 때문에 애를 먹었다는 사실을 잘 알 수 있을 겁니다. 한 글자를 쓰는데 두 번이나 겹쳐 썼어요.

그리고 짧은 주소를 쓰는데 세 번이나 잉크가 말랐다는 건 잉크병에 잉크가 거의 없었다는 사실을 말해 줍니다. 잘 생각해 보세요. 자신의 펜과 잉크라면 그렇게 될 때까지 그냥 내버려 두지는 않을 겁니다. 그것도 펜과 잉크가 둘 다 그렇게 되는 일은 아주 드물죠. 하지만 잘 아시는 대로 호텔에 있는 펜과 잉크는 늘 그런 상태에 있어도 이상하지 않아요. 오히려 그렇지 않은 것들을 찾아보기 힘들 정도죠. 장담하건대 채링 크로스 가 부근에 있는 호텔들의 쓰레기통을 뒤져서 사설이 오려진 〈타임스〉를 찾아내기만 한다면 누가 이 기묘한 편지를 보냈는지 간단히 알아낼 수 있을 겁니다. 아니, 이건 뭐지?"

홈즈가 글자를 붙인 편지를 눈앞에 바싹 가져다 찬찬히 살펴보았다.

"왜 그러나?"

"아니, 아무것도 아닐세. 그냥 흰 종이일 뿐이야. 아무런 무늬도 없군. 이 기묘한 편지에서는 더 이상 알아낼 게 없겠어. 아참, 헨리 경. 런던에 오신 이후로 뭔가 특이한 경험을 하지는 않았습니까?"

홈즈가 편지를 내려놓으며 말했다.

"글쎄요. 특별한 일은 없었습니다."

"누군가가 뒤를 따라온다거나 쳐다보고 있는 것 같은 느낌을 받은 적
도 없었나요?"

"마치 모험 소설의 세계 속으로 들어온 기분이 드는군요. 내가 무엇
때문에 미행이나 감시를 당하겠습니까?"

손님이 말했다.

"나는 지금부터 그것을 조사하려고 합니다. 그 전에 뭔가 들려주실 말
은 없습니까?"

"말할 만한 가치가 있을지는 모르겠지만 말입니다."

"일상의 뻔한 일들을 제외하면 무엇이든 상관없습니다."

헨리 경이 빙그레 웃으며 말했다.

"나는 지금까지 인생 대부분을 미국과 캐나다에서 보냈기 때문에 영
국의 생활에 대해서는 아는 게 거의 없습니다. 하지만 구두가 한쪽만 없
어지는 건 영국에서도 평범한 일은 아니겠지요?"

"구두 한쪽을 잃어버리셨나요?"

"헨리 경, 어디다 벗어 두고 잊어버린 것이니 호텔에 가면 바로 찾을
수 있을 겁니다. 그런 하찮은 일은 홈즈 선생님에게 말씀드려 봐야 별
도움이 안 될 겁니다."

모티머 박사가 참견했다.

"하지만 홈즈 선생님은 평범한 일이 아니라면 뭐든 말해 달라고 하시
니까요."

"그렇습니다. 아무리 하찮아 보이는 일이라도 상관없습니다. 구두 한
쪽이 없어졌다고요?"

"아마 어디다 빠뜨리고 왔나 봅니다. 어젯밤 방 앞에 나란히 꺼내 놓
았는데 오늘 아침에 보니 한쪽밖에 없었습니다. 구두닦이에게도 물어봤

는데 잘 모르겠다고 하더군요. 어젯밤에 스트랜드 가에서 새로 산 구두
인데 아직 제대로 신어 보지도 못했습니다. 정말 화가 났지요."

"한 번도 신지 않은 새 구두를 닦으려고 밖에 내놓으신 겁니까?"

"갈색 구두였는데 아직 광택을 내 두지 않아서 우선 닦아야겠다고 생
각했거든요."

"그럼 어제 런던에 도착해서 호텔을 잡은 뒤 바로 외출해서 구두를 사
셨군요."

"여러 가지 물건을 샀습니다. 모티머 선생님이 함께 가 주셨죠. 시골
지주가 돼야 한다면 그에 어울리는 차림을 해야 할 텐데 저 대서양 건너
편에 있었을 때는 그런 것에 신경을 쓰지 않았으니까요. 어제 산 것 중
에 하나가 갈색 구두였습니다. 6달러나 했는데 신어 보기도 전에 도둑을
맞다니."

"어쨌든 조금 이상한 도둑이군요. 한쪽만 가져다 어디에 쓰려는 걸까
요? 하지만 모티머 박사님이 말한 대로 곧 찾을 수 있을 겁니다."

홈즈가 말했다.

"여러분, 나는 내가 아는 것을 다 이야기했습니다. 약속한 대로 이게
어떻게 된 일인지 설명해 주셨으면 합니다."

헨리 경이 야무진 목소리로 말했다.

"그래야겠지요. 모티머 박사님, 어제 우리에게 하신 이야기를 지금 헨
리 경에게 다시 한 번 말씀해 주시는 게 좋겠습니다."

홈즈가 권하자 모티머 박사는 주머니에서 고문서를 꺼내 어제 아침에
했던 이야기를 되풀이했다. 헨리 바스커빌 경은 가만히 귀 기울여 듣다
가 종종 놀랍다는 듯 소리를 내곤 했다. 긴 이야기가 끝나자 헨리 경이
말했다.

"그렇습니까? 그렇다면 나는 유산과 저주를 함께 상속받은 셈이군요. 어렸을 때부터 그 사냥개 이야기를 듣기는 했습니다. 우리 집안에서는 종종 그 이야기를 했거든요. 하지만 난 한 번도 심각하게 받아들인 적이 없습니다. 어쨌든 백부님께서 돌아가신 이유는……. 뭐라고 해야 하나, 머릿속이 뒤죽박죽이라 뭐가 뭔지 하나도 모르겠습니다. 여러분도 이 사건을 경찰에 이야기해야 할지 목사에게 이야기해야 할지 결정을 내리지 못한 듯하군요."

"그렇습니다."

"거기에 호텔에 묵고 있는 내게 편지까지 왔고요. 이 일도 사건과 무슨 관계가 있는 것 같습니다."

"황야에서 무슨 일이 있었는지 우리보다 더 자세히 알고 있는 사람이 있나 봅니다."

모티머 박사가 말했다.

"그 사람은 헨리 경에게 위험을 알리려 한 것이니 아마도 적의는 없었을 겁니다."

홈즈도 자기 의견을 내놓았다.

"어쩌면 음모를 꾸미는 데 방해가 되기 때문에 나를 겁주는 걸지도 모르고요."

"물론, 그렇게도 생각할 수 있겠죠. 모티머 박사님, 여러 가지 추론이 가능한 재미있는 수수께끼를 들려주셔서 감사합니다. 이제 헨리 경이 이대로 바스커빌 저택으로 돌아가야 하느냐 마느냐 하는 현실적인 문제를 결정해야겠군요."

"내가 바스커빌 저택으로 가면 안 될 이유라도 있습니까?"

"위험할 수도 있으니까요."

"바스커빌 가의 악마가 위험한 겁니까, 아니면 베일 속의 인물이 위험한 겁니까?"

"지금부터 그걸 밝혀내는 것이 우리가 할 일입니다."

"어느 쪽이든 내 대답은 분명합니다. 이 세상에 악마가 있을 리 없습니다. 그리고 누구든지 내가 조상 대대로 살던 집에 돌아가는 걸 막을 수는 없습니다. 이 마음은 절대로 변하지 않을 겁니다."

그렇게 말하면서 헨리 경은 벌겋게 달아오른 얼굴로 검은 눈썹을 찌푸렸다. 누가 봐도 바스커빌 가의 뜨거운 피가 마지막으로 남은 이 사람에게도 전해졌음을 알 수 있었다.

"여러분의 이야기를 듣고 생각해 볼 시간이 너무 짧습니다. 아무도 이 자리에서 이해하고 판단할 수는 없을 겁니다. 아, 벌써 11시 반입니다. 나는 곧장 호텔로 돌아가겠습니다. 홈즈 선생님, 친구인 왓슨 박사님과 함께 2시까지 와 주실 수 있겠습니까? 점심 식사를 함께 하고 싶습니다. 그때면 나도 마음을 확실하게 정할 수 있을 겁니다."

"왓슨, 자네 괜찮은가?"

"난 괜찮네."

"그럼 같이 가도록 하지요. 마차를 불러 드릴까요?"

"아닙니다. 걸어가겠습니다. 이번 일로 머리가 좀 멍해서요."

"그럼, 나도 같이 가겠습니다."

모티머 박사가 말했다.

"그럼 2시에 기다리고 있겠습니다. 안녕히 계십시오."

계단을 내려가는 두 사람의 발소리와 현관문 닫히는 소리가 들려왔다. 그 순간 홈즈는 세상만사를 귀찮아하는 몽상가에서 활동가로 변신했다.

"왓슨, 모자와 구두! 서둘러! 어서 서두르라고!"

그는 자신의 방으로 뛰어 들어가더니 순식간에 평상복을 벗고 프록코트로 갈아입고 나왔다. 우리는 계단을 뛰어 내려가 거리로 나섰다. 200미터 정도 떨어진 곳에 옥스퍼드 가를 향해 걸어가는 모티머 박사와 헨리 바스커빌 경의 모습이 보였다.

"뛰어가서 불러 세울까?"

"그럼 안 되지. 자네만 괜찮다면 우린 둘로 족하네. 저 두 사람은 아주 현명하군그래. 산책하기에 정말 좋은 날씨가 아닌가?"

홈즈가 빠른 걸음으로 걷기 시작했다. 곧 거리는 100미터 정도로 줄어들었다. 우리는 그대로 옥스퍼드 가에서 리젠트 가까지 그들을 따라갔고, 그들이 잠깐 발걸음을 멈추고 가게의 진열대 안을 들여다보자 홈즈도 똑같이 행동했다. 갑자기 홈즈가 작게 환호성을 올렸다. 그의 시선을 따라가 보니 길 건너편에 있는 영업용 이륜마차가 보였다. 남자 손님이 탄 그 마차는 서서히 움직이기 시작했다.

"왓슨, 저 사람일세! 이리 오게나. 하다못해 얼굴이라도 확실하게 봐 두어야겠어."

그 순간이었다. 마차의 옆쪽 창을 통해서 검은 수염이 덥수룩하게 자란 사내가 날카로운 눈빛으로 우리를 쳐다봤다. 사내가 곧 마부석과 통하는 곳에 드리워진 막을 걷어 올린 후 마부에게 다그치듯 무엇인가를 명하자마자 마차는 미친 듯이 달려 리젠트 가를 빠져나갔다. 홈즈는 다른 영업용 마차를 찾아 주위를 둘러보았지만 빈 마차는 한 대도 보이지 않았다. 그러자 그는 갑자기 마차들이 오가는 차도를 따라 사내가 탄 마차를 쫓으며 맹렬한 속도로 달리기 시작했다. 하지만 너무 늦어 버렸는지 마차는 이미 사라지고 없었다.

"이런, 운이 없기도 했지만 아무래도 바보 같은 짓을 한 것 같네. 자네가 정직한 사람이라면 내 성공담 옆에 이번 일도 나란히 기록해 주게."

마차의 물결에서 빠져나온 홈즈가 숨을 헐떡이며 내뱉듯 말했다. 분한 나머지 그의 얼굴은 파랗게 질려 있었다.

"그 사람은 누굴까?"

"나도 전혀 모르겠네."

"염탐꾼일까?"

"글쎄. 아까 그가 들려준 이야기에 따르면 런던에 왔을 때부터 누군가가 헨리 경을 미행했던 것만은 틀림이 없네. 그렇지 않고서야 그가 노섬버랜드 호텔에 묵는다는 사실을 어떻게 그렇게 빨리 알 수 있었겠는가? 첫째 날부터 미행을 했다면 분명히 둘째 날에도 미행할 거라고 생각했지. 자네도 눈치챘겠지만 모티머 박사가 그 전설을 읽을 때 나는 두 번이나 창가로 가 보았다네."

"그랬지."

"거리를 서성이는 자가 있는지 찾아봤는데 결국 아무도 발견하지 못했어. 왓슨, 우리 상대는 머리가 좋고 계획적인 녀석일세. 이 사건은 수수께끼투성이인 데다가 상대방이 선의를 품고 있는지 악의를 품고 있는지도 모르겠네. 하지만 어떤 꿍꿍이가 있는 세력이라는 게 느껴져. 아까 두 사람이 우리 집에서 나가고 나서 나는 그들을 미행하는 자를 알아낼 수 있겠다고 생각하고 바로 뒤를 밟았네. 그런데 그자는 마차를 이용했어. 자기 다리조차도 믿지 않은 것을 보면 아주 머리가 좋은 자인 것 같네. 마차를 타면 두 사람이 눈치채지 못하게 천천히 따라가기도 하고 앞질러 갈 수도 있으니 말일세. 그리고 우리 친구들이 마차를 타더라도 결코 놓치지 않는다는 유리한 점도 있지. 하지만 거기엔 단점도 하나 따라온다네."

"마부에게 모든 걸 맡겨야 한다는 점이겠지."

"바로 그걸세."

"맞아! 마차의 번호를 기억해 뒀으면 좋았을 텐데."

"이보게 왓슨. 내가 아무리 멍청한 짓을 했다지만 마차 번호까지 잊었을 거라고 생각하지는 않겠지? 2704번이었어. 하지만 지금을 별 도움이 되지 않을 걸세."

"자네도 할 만큼 했어."

"그 마차를 발견한 순간, 바로 뒤로 돌아섰어야 했는데. 그랬다면 우리도 쉽게 마차를 잡아탈 수 있었을 거고, 적당한 거리를 두고 뒤를 밟을 수도 있었겠지. 노섬버랜드 호텔로 먼저 가서 기다렸다면 더 좋았을 테고. 그 수수께끼의 인물이 경을 따라왔을 때 우리가 반대로 미행을 할 수도 있었을 거야. 그런데 너무 서두르는 바람에 눈 깜짝할 사이에 놓치고 말았다네. 그 때문에 우리 계획은 엉망이 됐고 용의자도 사라졌어."

우리는 이런 대화를 나누면서 리젠트 가를 천천히 걸었다. 어느 틈엔가 모티머 박사와 그 동행자의 모습도 시야에서 사라지고 말았다.

"이젠 그 두 사람을 따라가 봐야 별 수 없을 걸세. 미행하던 사내는 사라져 버렸고 다시는 돌아오지 않을 테니까. 다음에는 어떤 방법을 써야 할지 잘 생각해서 거기에 승부를 걸어야겠네. 마차에 타고 있던 사람의 얼굴을 봤는가?"

"얼굴을 온통 덮고 있는 수염은 확실하게 봤다네."

"나도. 하지만 아무리 생각해 봐도 가짜 수염일 것 같네. 그렇게 빈틈 없는 사람이 미행을 하면서 눈에 띄는 수염을 그냥 뒀겠나? 얼굴을 가리기 위해서 붙인 거겠지. 왓슨, 여기에 잠깐 들렀다 가야겠네."

홈즈가 속달우편 취급 회사의 지점으로 들어서자 지배인이 아주 반가워하며 홈즈를 맞았다.

"아, 월슨 씨. 전에 내가 도와주었던 조그만 사건을 아직도 기억해 주시는군요."

"잊을 리가 있겠습니까? 제 명예를 구해 주신 걸요. 아니, 제 목숨을 구해 주신 거나 다름없습니다."

"그건 좀 과장이 지나치네요. 그건 그렇고 여기에 카트라이트라는 소년이 있었죠? 그 사건 때 상당히 큰 도움을 받았는데."

"네, 아직 일하고 있습니다."

"그 아이를 좀 불러 주시면 고맙겠습니다. 그리고 이 5파운드짜리 지폐를 잔돈으로 바꿔 주시고요."

　영리해 보이는 열네 살짜리 소년이 지배인의 부름을 받고 나왔다. 소년은 유명한 탐정의 얼굴을 존경하는 표정으로 가만히 올려보았다.

　"호텔 리스트 좀 보여 주세요. 고맙습니다. 자, 카트라이트. 여기에 스물세 곳의 호텔이 실려 있지? 전부 채링 크로스 부근에 있는 호텔들이다."

　"그렇습니다, 선생님."

　"네가 이 호텔들을 차례대로 방문해 주었으면 한다."

　"네, 알겠습니다."

　"일을 시작하기 전에 먼저 바깥 수위들에게 1실링씩 건네주어야 한다. 자, 여기 23실링."

　"알겠습니다, 선생님."

"그런 다음, 어제 나온 폐지를 보여 달라고 해라. 중요한 전보를 잘못 배달해서 찾는 거라고 하면 된다. 알겠지?"

"네."

"하지만 네가 진짜로 찾아야 할 건 가위로 몇 군데 오려 낸 흔적이 있는 〈타임스〉 신문이다. 이건 견본이야. 바로 이 페이지인데 금방 알아볼 수 있겠지?"

"네, 선생님."

"어느 호텔에서나 바깥 수위가 안쪽 수위를 부를 거야. 그 안쪽 수위에게도 1실링씩을 건네주어라. 여기 23실링이다. 스물세 곳의 호텔 중에서 스무 군데 정도는 어제 나온 폐지를 태워 버렸거나 처분했다고 할 거야. 하지만 나머지 세 군데 정도에서는 산더미처럼 쌓인 종이들을 보여 줄 텐데 거기서 〈타임스〉의 이 부분을 찾아보도록 해라. 발견할 확률은 아주 낮을 거야. 10실링을 더 줄 테니까 만약의 경우에 쓰도록 해라. 저녁까지는 전보로 그 결과를 베이커 가에 있는 우리 집으로 알려주고.

자, 왓슨. 이제 남은 일은 전보를 쳐서 2704호 마차를 몬 마부 이름을 물어보는 일뿐일세. 그 일이 끝나면 본드 가에 있는 화랑이나 기웃거리며 시간을 보내다 호텔로 가자고."

5. 끊어진 세 가닥 실

셜록 홈즈는 자기감정을 아주 잘 조절하는 사람이었다. 우리가 두 시간 동안이나 빠져들었던 사건은 완전히 잊어버린 듯했다. 그는 근대 벨기에 거장의 그림에 완전히 매료되어, 화랑을 나와 노섬버랜드 호텔로 갈 때까지 잘 알지도 못하는 미술에 대해서만 이야기했다.

"헨리 바스커빌 경이 2층에서 기다리고 계십니다. 손님이 오시면 바로 안내하라고 일러 두셨습니다."

프론트 직원이 말했다.

"숙박부를 좀 볼 수 있겠소?"

홈즈가 말했다.

"여기 있습니다."

숙박부를 보니 바스커빌 아래에 두 명의 이름이 올라 있었다. 하나는 뉴캐슬 시의 테오필루스 존슨과 그의 가족이었고 나머지 하나는 하이로지에서 온 올드모어 부인과 하녀였다.

"이 사람은 내가 아는 그 존슨일 거야. 변호사인데 머리는 하얗고 걸을 때 다리를 절지 않소?"

홈즈가 안쪽 수위에게 물었다.

"아닙니다. 이 존슨 씨는 광산 주인입니다. 아주 활달한 분으로 나이도 선생님과 비슷할 겁니다."

"광산 주인일 리가 없는데."

"아닙니다, 선생님. 존슨 씨는 벌써 몇 년째 우리 호텔을 자주 찾아 주고 계십니다. 그래서 잘 알지요."

"여기 올드모어 여사도 들어 본 적이 있는 것 같군. 귀찮게 해서 미안하지만 아는 사람을 만나러 왔다가 다른 친구를 만나는 경우도 종종 있거든요."

"부인은 몸이 약하십니다. 부군께서 글로스터 시장을 지내셨다는 이야기를 들었습니다. 부인께서는 런던에 오시면 언제나 우리 호텔에 묵으시죠."

"고맙소. 아무래도 내가 알고 있는 분이 아닌 듯하군."

그러고 나서 계단을 오르며 홈즈가 나직한 목소리로 말했다.

"왓슨, 이 질문을 통해서 우리는 중요한 사실을 확인했네. 헨리 경에게 묘한 관심을 보이는 인물이 이 호텔에 묵지 않는다는 사실을 말일세. 즉, 상대에게 자신의 모습이 보이지 않도록 조심하면서 아주 주의 깊게 그를 감시하고 있다는 뜻이지. 어떤가? 아주 의미심장하지 않나?"

"뭐가 말인가?"

"그건 말이지……, 이런, 무슨 일입니까?"

계단을 오르자마자 우리는 헨리 바스커빌 경을 만나게 되었다. 그는 얼굴이 시뻘겋게 달아오를 만큼 화를 내면서 한 손에 낡은 구두를 들고

있었다. 너무 화가 나서 말도 제대로 할 수 없을 정도였다. 간신히 말할 수 있게 되었을 때, 그의 입에서는 아침에 들었던 것보다 훨씬 더 심한 대서양 건너편의 억양이 튀어나왔다. 경은 고함을 질러 댔다.

"이 망할 호텔은 날 바보로 아는 거야, 뭐야? 장난도 정도껏 쳐야지! 그러다가 큰코다칠 줄 알아! 제기랄, 만약 저 녀석이 구두를 못 찾아오면 그땐 각오들 하라고. 홈즈 선생님, 나도 기분이 좋을 땐 장난을 받아주지만 이건 너무 지나칩니다."

"아직 구두를 못 찾으셨나요?"

"네, 아직 못 찾았습니다. 무슨 수를 써서라도 찾아낼 겁니다."

"그런데 오늘 아침에 새로 산 갈색 구두를 잃어버렸다고 하시지 않았습니까?"

"네, 맞습니다. 그런데 지금은 낡은 검정 구두가 없어졌어요."

"뭐라고요? 설마요!"

"설마가 사람 잡는다니까요. 내가 가진 구두는 세 켤레밖에 없습니다. 어제 산 갈색 구두, 낡은 검정 구두, 그리고 지금 신고 있는 이 에나멜 구두 이렇게요. 어제는 갈색 구두 한 짝을 도둑맞았고 오늘은 검정 구두 한 짝을 도둑맞았습니다. 이봐, 찾았나? 멍청하게 서 있지만 말고 뭐라고 말 좀 해 보라고!"

독일인 직원이 겁먹은 표정으로 다가왔다.

"죄송합니다, 손님. 호텔 안을 샅샅이 뒤져 봤지만 도저히 찾을 수가 없었습니다."

"기가 막히는군. 저녁까지는 꼭 찾아내라고. 아니면 지배인을 불러다가 당장 이 호텔에서 나가겠다고 할 테니까!"

"반드시 찾아내겠습니다, 손님. 그때까지 조금만 더 기다려 주십시오."

"당연하지! 이제 이런 도둑놈 소굴에는 절대로 머물지 않을 테니까. 정말 죄송합니다, 홈즈 선생님. 이런 하찮은 일로 소란을 피워서……."

"아닙니다. 그럴 만도 하군요."

"네? 그렇게 중요한 일입니까?"

"경은 어떻게 생각하십니까?"

"이렇게 저렇게 생각할 것도 없습니다. 이렇게 어처구니없고 이상한 일은 처음 당해 봅니다."

"정말로 이상한 일입니다."

홈즈가 생각에 잠기며 말했다.

"홈즈 선생님의 생각은 어떤가요?"

"사실은 나도 잘 모르겠습니다, 헨리 경. 이번 사건은 정말 복잡하군요. 찰스 바스커빌 경의 죽음과 연관 지어 생각해 볼 때, 내가 지금까지 다룬 500건 정도의 중요한 사건들 중에서 이처럼 복잡한 사건도 없었습니다. 하지만 단서가 될 만한 실오라기를 몇 가닥 쥐고 있으니 그것들을 감아 나가면 진상을 알게 될 겁니다. 엉뚱한 실을 따라가다 시간만 낭비하게 될지도 모르지만 언젠가는 반드시 제대로 된 실을 잡아당길 수 있을 겁니다."

우리는 즐겁게 점심을 먹었다. 식사 도중에는 우리를 한곳으로 모으게 된 사건에 대해서 거의 이야기하지 않았다. 식사를 마치고 응접실에서 편안한 시간을 보낼 때 비로소 홈즈가 헨리 경에게 앞으로 어떻게 할 것인지를 물었다.

"바스커빌 저택으로 갈 생각입니다"

"언제요?"

"이번 주말에 가겠습니다."

"현명한 선택입니다. 경은 지금 미행을 당하고 있어요. 확실한 증거도 있지만, 인구가 수백만 명에 달하는 대도시에서 상대의 정체와 의도를 밝혀내기란 그리 쉬운 일이 아니죠. 어떤 음모를 가지고 경을 해치려는 걸지도 모르지만 우리가 그걸 막을 수 있다고 장담할 수는 없습니다. 모티머 박사님, 오늘 아침에 우리 집에서 나간 뒤부터 계속 미행을 당했다는 사실은 모르셨죠?"

모티머 박사가 놀라 당황하며 말했다.

"미행이라고요? 누구한테요?"

"안타깝지만 나도 잘 모릅니다. 다트무어에 사는 지인이나 이웃 중에 검은 턱수염을 기른 사람이 있습니까?"

"아니요, 아, 잠깐만. 있습니다. 배리모어요. 찰스 바스커빌 경의 집사가 검은 턱수염을 기르고 있습니다."

"그렇군. 그런데 배리모어는 어디에 있죠?"

"저택을 관리하고 있습니다."

"그가 정말 거기에 있는지, 혹시 런던에 오지는 않았는지 확인해 봐야겠습니다."

"어떻게 하면 됩니까?"

"전보용지가 있으면 한 장 주십시오. 거기에 '헨리 경을 맞을 준비는 되었는지?'라고 써서 보내면 됩니다. 받는 사람은 바스커빌 저택의 배리모어로 하고요. 가장 가까이에 있는 전신국이 어디죠? 그림펜이요? 아, 좋습니다. 그럼 그림펜의 전신국장에게도 전보를 한 통 보냅시다. '배리모어 앞으로 보낸 전보는 본인에게 건네줄 것. 부재 시에는 노섬버랜드 호텔, 헨리 바스커빌 앞으로 반송 바람.'이라고요. 이렇게 하면 저녁까지는 배리모어가 데번셔의 저택에 있는지 알 수 있을 겁니다."

홈즈의 말이 끝나자 헨리 경이 말했다.

"그렇군요. 그런데 모티머 박사님, 배리모어는 어떤 사람입니까?"

"그의 돌아가신 아버지도 관리인이었습니다. 4대째 바스커빌 저택을 관리하고 있지요. 제가 알고 있기로 배리모어 부부는 그 부근에서도 평판이 좋습니다."

"그리고 바스커빌 저택의 주인이 없으면 그 부부는 편안하게 생활을 할 수 있겠군요."

"그렇겠지요."

모티머 박사는 바스커빌의 말에 수긍했다. 이번에는 홈즈가 물었다.

"배리모어는 찰스 경에게 얼마를 받았습니까?"

"부부가 각각 500파운드씩 받았습니다."

"하! 부부는 전부터 그 사실을 알고 있었나요?"

"네. 찰스 경은 유언장의 내용을 즐겨 말씀하시곤 했습니다."

"아주 재미있네요."

"찰스 경에게 유산을 받은 사람이라고 해서 의심의 눈초리로 보지는 마십시오. 저도 1,000파운드를 받았으니까요."

"아, 그래요? 그 외에 또 누가 받았습니까?"

"아주 적은 액수지만 많은 사람들이 받았습니다. 그리고 상당수의 자선단체도 돈을 받았습니다. 나머지는 전부 헨리 경의 몫이고요."

"그 나머지라는 게 얼마 정도 됩니까?"

"74만 파운드입니다."

홈즈가 놀라서 눈을 크게 떴다.

"그렇게 많을 줄은 미처 몰랐군요."

"찰스 경이 재산가라는 말은 익히 들었지만 정확한 액수는 증서와 증권 등을 조사해 보고 나서야 알게 되었습니다. 총액이 100만 파운드 가까이 됩니다."

"그랬군! 그 정도라면 목숨 걸고 뛰어들 만하군요. 모티머 박사님, 한 가지만 더 물어보겠습니다. 불길한 말을 해서 정말 죄송하지만 만약 여기에 계신 헨리 경에게 무슨 일이 일어나기라도 한다면 재산은 누가 상속하게 됩니까?"

"찰스 경의 동생인 로저 바스커빌이 결혼도 하지 않은 채 죽었으니 먼 사촌뻘 되는 데스먼드 가의 사람에게 넘어갑니다. 제임스 데스먼드 씨는 웨스트머랜드 주에 사시는 나이 지긋한 목사님입니다."

"고맙습니다. 아주 흥미롭군요. 제임스 데스먼드 씨를 만난 적이 있습니까?"

"네. 전에 찰스 경을 찾아온 적이 있었습니다. 그는 청빈한 생활을 하고 있는 아주 훌륭한 목사였습니다. 찰스 경이 유산을 물려주겠다고 했지만 좀처럼 받으려 들지 않아서 억지로 떠밀다시피 해서 유산을 물려주었습니다."

"그럼, 그렇게 검소한 분이 찰스 경의 어마어마한 재산을 상속하게 된다는 말인가요?"

"한정상속이기 때문에 부동산만 상속하게 됩니다. 현금 같은 동산動産도 상속할 수는 있지만 그건 유언으로 다른 사람을 지정하지 않았을 경우에만 가능합니다. 물론 동산은 유언을 쓴 사람이 자기 마음대로 사용할 수도 있지만요."

"헨리 경도 유언장을 썼습니까?"

"아니요. 썼을 리가 없지 않습니까? 사정이 어떻게 된 건지 겨우 어제 들었습니다. 그런 건 쓸 여유도 없었습니다. 어쨌든 저는 동산을 작위, 부동산과 분리하면 안 된다고 생각합니다. 돌아가신 백부님도 그렇게 생각하고 계셨습니다. 토지와 저택을 유지해 나갈 수 있을 만큼의 돈이 없다면 바스커빌 가의 영광을 되찾을 수도 없을 겁니다. 저택, 토지, 돈은 함께 관리를 해야 합니다."

"나도 그렇게 생각합니다. 헨리 경, 서둘러 데번셔로 가야겠다는 경의 의견에는 나도 동의하지만 한 가지 조건이 있습니다. 혼자 가서는 안 된다는 겁니다."

"모티머 박사가 함께 가지 않습니까?"

"하지만 모티머 박사님은 다른 일도 있고, 집도 바스커빌 저택에서 몇 킬로미터나 떨어져 있습니다. 박사님이 아무리 신경 쓴다 해도 무슨 일이 생겼을 때 제때 도착하지 못할 우려가 있습니다. 헨리 경, 아무리 생각해 봐도 혼자 가는 건 위험합니다. 언제나 경의 옆에 있을 수 있는 사람을 데려가야 합니다."

"홈즈 선생님이 함께 가 주실 수는 없겠습니까?"

"위험한 일이 일어날 조짐이 보인다면 그때는 무슨 수를 써서라도 달려가지요. 하지만 이해해 주십시오. 나는 지금 여러 가지 일을 맡고 있고 의뢰인들도 헤아릴 수 없이 많아서 오랫동안 런던을 떠나 있을 수가 없습니다. 지금도 영국에서 가장 존경받는 분이 협박을 당해 명예를 잃을 위기에 놓여 있습니다. 비극적인 스캔들을 막을 수 있는 건 나밖에 없으니 부디 경께서는 내가 다트무어에 가지 못하는 것을 이해해 주셨으면 합니다."

"그렇다면 다른 사람을 추천해 주십시오."

홈즈가 내 팔에 손을 얹으며 말했다.

"내 친구와 함께 가신다면 무슨 일이 일어나더라도 옆에서 커다란 힘이 되어 드릴 겁니다. 그건 내가 보장하지요."

갑작스런 이야기에 나는 깜짝 놀랐다. 그런데 대답을 하기도 전에 헨리 경이 내 손을 잡으며 말했다.

"정말 기쁩니다! 왓슨 박사님은 내 상황에 대해서도, 사건이 어떻게 돌아가고 있는지도 잘 알고 계시니까요. 바스커빌 저택으로 오셔서 도움을 주신다면 그 은혜는 평생 잊지 못할 겁니다."

언제나 그렇듯이 나는 모험의 냄새를 맡으면 그 유혹을 참지 못했다. 게다가 홈즈의 말이 내 마음을 흔들어 놓았으며, 헨리 경도 내가 함께 가 주기를 열렬히 바라고 있어서 그 청을 물리치기가 더욱 어려웠다.

"기꺼이 가겠습니다. 이보다 더 유익하게 시간을 보낼 수 있는 일도 없을 겁니다."

"모든 일에 대해서 상세히 알려주기를 바라네, 왓슨. 틀림없이 위험이 닥칠 걸세. 그럴 조짐이 보이면 내가 어떻게 해야 할지를 알려주겠네. 토요일에 출발할 수 있겠지?"

홈즈가 말했다.

"어떻습니까? 왓슨 박사님."

"갈 수 있습니다."

"그럼, 특별한 일이 없으면 토요일에 패딩턴발 10시 반 기차에서 뵙겠습니다."

우리가 자리에서 일어났을 때 헨리 경이 기쁨의 소리를 질렀다. 그리고 방 한쪽 구석으로 달려가더니 장식장 밑에서 갈색 구두를 꺼냈다.

"없어졌던 구두다!"

그가 큰 소리로 외쳤다.

"이번 문제가 이렇게 간단히 풀렸으면 좋으련만!"

셜록 홈즈의 말에 모티머 박사가 중얼거렸다.

"하지만 정말 이상합니다. 점심 식사를 들기 전에 제가 이 방을 전부 찾아봤거든요."

바스커빌도 거들었다.

"나도 그랬습니다. 아주 구석구석 샅샅이요."

"그때는 분명히 구두가 없었습니다."

"그럼 점심을 먹는 동안에 직원이 가져다 놓았겠죠."

독일인 직원을 불러다 물어봤지만 그저 모른다고만 대답할 뿐 아무리 조사를 해 봐도 수수께끼는 풀리지 않았다. 정체를 알 수 없는 작은 괴 사건이 꼬리에 꼬리를 물고 하나 더 늘어난 셈이었다. 찰스 경의 죽음을 둘러싼 괴상한 이야기는 그렇다 치더라도 겨우 이틀 동안에 설명할 수 없는 사건들이 연속해서 일어났다. 신문을 오려 붙여 만든 편지가 배달되고, 이륜마차 안에 앉아 미행하는 검은 턱수염의 사내가 나타났으며, 새 구두와 낡은 검정 구두가 한 짝씩 없어지더니 이번에는 없어졌던 새 구두 한 짝이 다시 나타났다.

베이커 가로 돌아오는 마차 안에서 홈즈는 단 한 번도 입을 열지 않았다. 눈썹이 일그러진 굳은 표정을 보고 나는 홈즈가 무엇을 생각하는지 알 수 있었다. 그도 나처럼, 연관성이 없어 보이는 기묘한 사건들을 완벽하게 짜 맞출 수 있는 논리를 찾고 있는 것이었다. 그날 오후부터 밤늦게까지 홈즈는 담배연기를 피워 올리며 깊은 생각에 잠겨 있었다.

저녁을 먹기 직전에 전보 두 통이 날아왔다. 하나는 '배리모어는 저택에 있음.—바스커빌'이라는 내용이었고, 다른 하나는 '지시한 대로 스물세 군데 호텔을 뒤졌으나 안타깝게도 오려 낸 흔적이 있는 〈타임스〉는 찾지 못했음.—카트라이트'라는 내용이었다.

"왓슨, 단서가 될 만한 실 두 가닥이 끊겨 버렸네. 이렇게 일이 안 풀릴 때일수록 더욱 투지가 불타오른단 말이야. 이젠 다른 단서를 따라가 봐야겠군."

"그 미행자를 마차에 태운 마부가 아직 남아 있단 말이지?"

"그렇다네. 이미 마차 등록소에 전보를 쳤지. 마부의 이름과 주소를 알아내기 위해서 말이야. 아, 답장이 온 걸까?"

현관의 벨을 울린 건 답장을 가져온 사람이 아니라 반갑게도 그 마부 본인이었다. 방문이 열리자 한눈에도 마부처럼 생긴 우락부락한 사람이 굳은 표정으로 들어왔다.

"사무소에서 연락을 받았습니다. 여기 사는 분이 2704번 마차에 대해서 물어봤다고 해서요. 7년이나 마부 노릇을 했지만 단 한 번도 불평을 들은 적이 없었습니다. 무슨 일인지 직접 들어 보려고 마차장에서 바로 달려왔습니다."

"불만이 있어서 부른 건 아니오. 불만은커녕 내가 묻는 말에만 확실하게 대답해 준다면 반 파운드를 드릴 생각을 하고 있었지."

"야, 오늘은 정말 운수가 대통한 날이군. 그래, 뭘 알고 싶은 겁니까?"

마부가 기쁜 듯 소리 내어 웃었다.

"우선 당신의 이름과 주소를 알려 주시오. 나중에 다시 물어볼 일이 생길지도 모르니까."

"존 클레이턴, 서더크 구 터페이 로 3번지에 살고 있습니다. 워털루 역

옆에 있는 시플레이 마차 사무소에서 밥을 벌어먹고 살지요."

셜록 홈즈는 그것을 받아 적었다.

"클레이턴, 오늘 아침 10시에 우리 집을 엿보다가 리젠트 가까지 두 신사를 미행한 손님에 대해 아는 것을 전부 들려주시오."

마부의 얼굴에 놀라는 빛이 역력했다. 그리고 조금 난처한 기색도 보였다.

"나리는 모든 걸 알고 계시니 말해 봤자 별로 도움이 될 것 같지 않습니다. 그리고 사실, 그 신사가 말하기를 자기는 탐정이니 아무한테도 자기 얘기를 하면 안 된다고 했거든요."

"이보시오, 이건 아주 중요한 문제요. 자꾸 숨기려 들면 당신의 처지가 아주 곤란해질 거야. 그 손님이 탐정이라고 했단 말이오?"

"네."

"언제 그런 말을 했소?"

"내릴 때 했습니다."

"그 외에 다른 말은 하지 않았소?"

"자기 이름을 말했습니다."

홈즈는 승리감이 담긴 눈길로 나를 힐끗 쳐다보았다.

"이름을 말했다고? 어리석은 짓을 했군. 이름이 뭐랍니까?"

"셜록 홈즈라던데요."

마부의 대답을 듣고 홈즈는 낯빛이 변할 만큼 크게 놀랐다. 한동안 눈만 껌뻑이다가 곧 웃음을 터뜨렸다.

"당했어, 왓슨! 이거 완전히 당했어. 한 방 먹었군그래. 나만큼 뛰어난 솜씨일세. 그래, 자기 이름이 홈즈라고 했단 말이오?"

"그렇습니다. 그 신사가 그렇게 말했습니다."

"알았소. 그럼 그를 어디서 태웠소? 그 다음에 어떤 일이 있었는지도 전부 말해 주시오."

"그 손님은 9시 반쯤 트라팔가 광장에서 마차를 타셨지요. 자기는 탐정인데 오늘 하루 자기 말대로만 움직여 주면 2기니를 주겠다고 했습니다. 좀처럼 찾아오지 않는 기회였죠. 처음에는 노섬버랜드 호텔로 갔습니다. 두 신사가 나타나 마차에 오를 때까지 기다렸고, 그 뒤를 따라서 이 부근까지 왔습니다."

"이 집 앞까지?"

홈즈가 말했다.

"글쎄, 그건 잘 기억이 나지 않습니다. 어쨌든 그 손님은 무슨 일이 일어날지 전부 알고 있는 듯했습니다. 여기로 통한 도로 중간에 마차를 세워 놓고 한 시간 반 정도 기다렸을 겁니다. 그런 다음 밖으로 나온 두 신사가 제 마차 옆으로 지나가자 베이커 가를 따라서⋯⋯."

"그건 나도 알고 있소."

"리젠트 가를 4분의 3정도 지났을 겁니다. 그때 손님이 갑자기 등 뒤의 막을 걷어 올리더니 전속력으로 워털루 역으로 가자고 소리를 지르더군요. 채찍으로 말을 두들겨 쏜살같이 달렸습니다. 10분도 걸리지 않았으니까요. 역에 도착하자 손님은 약속대로 2기니를 주고 역으로 들어갔습니다. 맞아요, 바로 그때 뒤돌아서더니 이렇게 말했습니다. '자네가 태운 손님의 이름은 셜록 홈즈라네. 기억해 두면 재미있는 일이 벌어질 걸세.'라고요. 그래서 이름을 알게 된 겁니다."

"그렇군. 그 뒤로는 그를 보지 못했소?"

"역으로 들어가는 모습을 본 게 마지막이었습니다."

"그 셜록 홈즈 씨의 생김새는?"

마부가 머리를 긁적였다.

"그렇게 큰 특징은 없는 손님이라서⋯⋯. 나이는 마흔쯤 되어 보였습니다. 키는 평범한 편으로 나리보다는 6, 7센티미터 정도 작았을 겁니다. 돈이 꽤 많아 보이는 멋쟁이였죠. 검은 수염을 각지게 잘 다듬었고, 얼굴에는 핏기 없이 푸른빛이 돌았습니다. 제가 기억하고 있는 건 그 정도입니다."

"눈의 색깔은?"

"그건 잘 모르겠습니다."

"그 외에 생각나는 건 없소?"

"하나도 없습니다."

"알겠소. 자, 약속한 반 파운드요. 또 다른 것도 생각해 낸다면 반 파운드를 더 주겠소. 이제 가 보시오."

존 클레이턴은 기쁨을 주체하지 못하며 밖으로 나갔다. 홈즈가 어깨를 들썩이더니 쓴웃음을 지었다.

"세 번째 실도 끊어져 버렸군. 다시 원점으로 돌아오게 됐어. 정말 교활한 놈이야! 녀석은 우리 집 주소도, 헨리 바스커빌 경이 내게 의뢰를 했다는 사실도 다 알고 있었어. 리젠트 가에서는 우리의 행동을 완전히 꿰뚫어 봤고 내가 마차 번호를 기억해 뒀다가 마부를 부를 줄 알고 그런 무례한 인사를 보낸 걸세. 왓슨, 이번 상대는 무서운 놈일세. 내가 런던에서 놈에게 완전히 당해 버린 거야. 데번셔로 가서 자네가 잘 처리해 주길 바라네. 하지만 조금 불안해지는군."

"뭐가 불안하단 말인가?"

"자네를 보내는 것. 왓슨, 이건 아주 추악한 사건이야. 추악한 데다가 위험하기까지 한 사건이지. 영 마음에 들지가 않아. 이 친구야, 자네는 웃을지 몰라도 난 자네가 무사히 베이커 가로 다시 돌아온다면 무척이나 기쁠 거라는 말을 하고 싶네."

6. 바스커빌 저택

헨리 바스커빌 경과 모티머 박사가 모든 준비를 마쳤다. 예정대로 우리는 데번셔를 향해 출발했다. 셜록 홈즈가 마차로 역까지 데려다 주며 마지막으로 지시를 내리고 충고해 주었다.

"왓슨, 여기서 여러 가지 가설과 의혹들을 미리 말해서 자네 마음의 눈을 흐리게 하고 싶지는 않네. 내가 원하는 건 자네가 사실을 가능한 한 그대로 내게 알려 주는 거야. 추리는 내게 맡겨 두고."

"어떤 사실을 말하는 건가?"

"이번 사건과 조금이라도 연관있어 보이는 거라면 뭐든 상관없네. 특히 헨리 경과 이웃 사람들과의 관계라든지, 찰스 경의 죽음에 대한 새로운 사실에 대해서는 신경을 좀 써 주게나. 지난 며칠 동안 나도 여러 가지로 조사해 봤지만 특별한 성과는 없었다네. 다만 딱 한 가지 알아낸 게 있다면, 다음 상속인인 제임스 데스먼드 씨는 온후하기 이를 데 없는 신사로 협박 편지와는 상관이 없을 것 같다는 점이라네. 데스먼드 씨는 용의 선상에서 제외시켜도 좋을 거라고 생각하고 있어. 남은 건 헨리 경 주위의 황야에서 사는 사람들일세."

"우선 배리모어 부부를 저택에서 나가게 하는 건 어떻겠나?"

"그건 안 될 말일세. 절대로 그렇게 해서는 안 돼. 만약 부부에게 아무런 죄가 없다면 그들의 억울함을 어떻게 하겠나? 그리고 부부가 실제로 나쁜 짓을 했다면 죗값을 치를 기회를 우리가 없애 주는 꼴이 되지 않겠는가? 절대로 그래선 안 되네. 용의자 리스트에 올려놓고 말없이 지켜봐야 해. 저택에는 마부도 있었을 걸세. 황야에는 농부 둘이 있고, 우리 친구인 모티머 박사도 있네. 모티머는 정말 정직한 사람이라고 생각하지만 그의 부인에 대해서는 아무것도 아는 게 없어. 그리고 박물학자인 스태플턴과 그의 누이동생도 있는데, 그 아가씨는 젊고 매력적인 사람이라고 하네. 래프터 저택의 프랭클랜드 씨에 대해서도 아는 게 없지. 그 외에도 한두 사람이 더 있는 듯해. 이 사람들에 대해서는 특별히 관심을 가지고 조사할 필요가 있다네."

"최선을 다하겠네."

"무기는 가지고 가지?"

"응, 나도 그러는 편이 좋을 거 같아서."

"그래, 그러는 편이 나을 걸세. 밤이고 낮이고 늘 권총을 몸에 지니고 있어야 하네. 방심은 금물일세."

두 사람은 이미 일등 객차에 자리를 잡아놓고 플랫폼에 서서 나를 기다리고 있었다.

내 친구가 근황을 묻자 모티머 박사가 대답했다.

"아니요. 그 뒤론 아무 일도 없었습니다. 그리고 지난 이틀 동안에는 미행한 자도 없었습니다. 외출할 때 충분히 주의를 기울였으니까 미행이 있었다면 못 봤을 리가 없습니다."

"두 분은 언제나 함께 움직였습니까?"

"어제 오후에는 따로 있었습니다. 저는 런던에 올 때마다 하루 정도는 즐겁게 보내기 위해 시간을 빼놓지요. 그래서 어제는 외과의학교 박물관에서 시간을 보냈습니다."

"나는 공원에 갔습니다. 하지만 아무 일도 없었습니다."

헨리 경이 말했다.

"너무 경솔하게 행동하셨군요.'

홈즈가 진지한 얼굴로 머리를 절레절레 흔들며 말했다.

"헨리 경, 앞으로는 제발 혼자 다니지 마십시오. 어떤 위험이 도사리고 있을지 알 수 없습니다. 그건 그렇고 검은 구두 한 짝은 찾으셨나요?"

"아니요. 그건 찾지 못했습니다."

"그렇군요. 정말 희한한 일이네요. 그럼 조심해서 가세요."

기차가 움직이기 시작하자 홈즈가 헨리 경에게 말했다.

"헨리 경, 모티머 박사가 읽어 준 그 기묘한 전설의 '악령이 꿈틀대는 어두운 밤에는 황야를 지나지 않도록 주의하여라.'라는 구절을 절대 잊어서는 안 됩니다."

멀어져 가는 플랫폼을 되돌아보니 우리를 떠나보내는 키 큰 홈즈의 모습은 언제까지고 움직일 줄을 몰랐다.

여행은 시간이 흐르는 것도 모를 정도로 즐거웠다. 나는 두 사람과 한 층 더 친해졌으며, 모티머 박사의 스패니얼과도 장난을 쳤다. 런던을 떠난 지 몇 시간이 지나자 갈색 땅이 붉은빛을 띠기 시작했다. 벽돌로 지은 집 대신 화강암으로 지은 집들이 보이기 시작했다. 멋진 나무 울타리로 둘러싸인 목장에서는 붉은 소들이 풀을 뜯고 있었다. 싱싱한 풀, 울창한 나무들로 봐서 비는 많지만 풍요로운 지방임을 알 수 있었다. 바스커빌의 젊은 상속인은 줄곧 창 밖 풍경만을 바라보다가 데번셔의 그리운 풍경이 나타나자 환호성을 질렀다.

"왓슨 박사님, 나는 고향을 떠난 뒤로 많은 곳을 둘러봤습니다. 하지만 이곳처럼 멋진 곳은 볼 수가 없었지요."

"제가 본 데번셔 출신 남자들은 모두 자기 고향을 걸고 맹세하더군요."

헨리 경과 내 대화에 모티머 박사도 끼어들었다.

"그건 지역 못지않게 인종과도 관계가 있을 겁니다. 이분의 머리를 보시면 금방 알 수 있지요. 켈트 족 특유의 둥근 머리형이 아닙니까? 거기에는 켈트 족의 정열과 애정이 잘 나타나 있습니다. 돌아가신 찰스 경의 두상은 아주 보기 드문 타입이었는데 게일 족과 이베리아 족의 특징을 두루 갖추고 있었습니다. 그건 그렇고 마지막으로 바스커빌 저택을 보신 건 아주 어렸을 때였지요?"

"바스커빌 저택은 본 적이 없습니다. 아버지가 돌아가셨을 때, 나는 10대 소년이었고 남부 해안에 있는 조그만 집에서 살고 있었으니까요. 그 후에 난 바로 친구를 의지해서 미국으로 건너갔기 때문에 왓슨 박사님과 마찬가지로 바스커빌 저택에는 처음 가 봅니다. 황야가 보고 싶어서 견딜 수가 없군요."

"그렇습니까? 하지만 그 소망은 아주 간단하게 이뤄질 겁니다. 보세요, 황야가 마중을 나왔습니다."

모티머 박사가 창밖을 손가락으로 가리키며 말했다.

사각형으로 구획된 푸른 밭, 부드러운 곡선을 그리고 있는 숲이 보였고, 그 뒤쪽 멀리 험준한 정상이 보이는 음험한 잿빛 구릉이 희미하게 모습을 드러내고 있었다. 꿈에서나 볼 수 있는 환상적인 풍경이었다. 헨리 경은 빨려 들어갈 것만 같은 눈빛으로 오랫동안 그곳을 바라봤다. 그가 조상 대대로 지배하고 흔적을 남겨 왔던 땅을 처음으로 바라보며 격렬한 감정에 휩싸였다는 사실을 잘 알 수 있었다. 평범한 객차 한 구석에 미국식 영어를 구사하는 청년이 트위드로 만든 옷을 입고 앉아 있었다. 하지만 햇볕에 그을린, 감정이 풍부한 그 얼굴을 가만히 보고 있으니 이 사람이야말로 위세 좋은 고귀한 핏줄의 후손이라는 느낌이 들었다. 짙은 눈썹, 풍부한 감성이 드러나 있는 코, 커다란 갈색 눈에는 자부심과 용기, 힘이 넘쳐나고 있었다. 비록 위험천만한 일이 저 황야에서 기다리고 있다 하더라도 동료의 위험을 모른 척하지 않고 용감하게 맞설, 더할 나위 없이 믿음직스러운 인물이었다.

기차가 조그만 시골 역에 멈춰 서자 우리는 객실에서 내렸다. 낮고 흰 울타리 밖에서 지붕이 없는 쌍두마차가 기다리고 있었다. 역장과 짐꾼들이 몰려와 법석을 떨며 짐을 날라 주는 것을 보니 우리들이 도착한 것이 커다란 사건인 모양이었다. 아름답고 소박한 마을이었는데 역을 막 나선 곳에 검은 제복을 입은 병사 두 명이 소총을 들고 서 있어서 깜짝 놀라고 말았다. 우리가 옆을 지나칠 때 그들은 날카로운 시선으로 우리를 노려봤다. 몸집은 작지만 험상궂은 얼굴에 다부진 체격을 가진 마부가 헨리 바스커빌 경을 맞으러 왔다. 우리는 곧 하얀빛이 도는 넓은 길을 달리기 시작했다. 길 양쪽에는 완만한 기복을 이루는 목초지가 있었고 그 길을 올라가면서 울창한 나무들 사이로 박공을 댄 예스러운 집들을 볼 수 있었다. 하지만 그 햇볕을 받고 있는 평화로운 전원 풍경 너머에는 음울한 황야가 펼쳐져 있었으며, 황야의 끝으로는 저녁 하늘을 머리에 인 험준한 정상의 음울한 구릉이 이어져 있었다.

마차가 옆길로 벗어나더니 오랜 세월 동안 바큇자국에 움푹 파인 좁은 길을 따라 올라갔다. 양편의 높은 둑에는 이슬을 머금은 두툼한 이끼와 고비가 빽빽하게 자라나 있었다. 청동색 고사리와 반점 무늬의 가시나무가 저녁 햇빛에 희미하게 빛나고 있었다. 천천히 언덕을 따라 올라가자 화강암으로 만들어진 좁다란 다리가 나왔다. 우리는 잿빛 바위 사이로 거품을 일으키며 소리 높여 흘러가는 냇물을 따라갔다. 길과 냇물도 낮은 참나무와 전나무가 빽빽하게 자란 골짜기를 따라 구불구불 뻗어 있었다.

헨리 경은 길이 꺾일 때마다 탄성을 지르며 주위 풍경에 시선을 빼앗긴 채 끝도 없이 질문을 던졌다. 그의 눈에는 모든 풍경이 아름답게 보였겠지만 나는 늦가을을 알리는 풍경 속에 침울한 빛이 감돌고 있음을 느낄 수 있었다. 낙엽이 길을 가득 메우고 있었으며 지나가는 우리 머리 위로 떨어져 내리기도 했다. 바닥에 나뒹굴며 썩어 가는 낙엽이 바퀴 소리마저 집어삼켰다. 돌아온 바스커빌 가의 주인을 맞이하기 위해서 자연은 참으로 쓸쓸한 선물을 준비했구나 하는 생각이 들었다.

"그런데 저건 뭐죠?"

모티머 박사가 큰 소리로 물었다. 황야에서 벗어난 곳에 히스 꽃이 무성한 기슭이 있었다. 그 기슭 위에 기마병들의 조각상 같은 군인들이 말에 탄 채 라이플총[7]을 손에 쥐고 있었다. 그 군인은 우리가 가는 길을 빤히 지켜보았다.

"퍼킨스, 이게 어찌된 일이지?"

모티머 박사가 마부에게 묻자 그는 자리에서 절반쯤 뒤돌아서 말했다.

"프린스타운 교도소에서 죄수가 탈출했습니다. 벌써 사흘이나 됐지요. 간수들이 길과 역을 완전히 차단했지만 죄수는 온데간데없이 사라졌다고 합니다. 이 부근 사람들 모두가 두려움에 떨고 있습니다. 이래서 어디두 다리 쭉 뻗고 잠이나 잘 수 있겠습니까?"

"단서가 될 만한 사실을 신고하면 5파운드를 받을 수 있을 텐데?"

"그렇지요. 하지만 5파운드 때문에 목이 떨어질지도 모르는데 누가 그런 짓을 하겠습니까? 그 놈은 보통 죄수가 아니라 무슨 짓을 저지를지 모를 놈이랍니다."

"이름이 뭐지?"

"셀던입니다. 노팅 힐에서 살인을 저지른 놈이지요."

나는 그 사건을 잘 알고 있었다. 범죄 수법이 매우 잔인하고 특이해서 홈즈가 흥미를 보였기 때문이었다. 그 행동이 너무나도 잔학한 나머지 정신에 이상이 있을지도 모른다는 의문이 제기되어 범인의 형량은 사형에서 무기징역으로 감형되었다. 마차가 언덕 위로 올라서자 끝없는 황야가 눈앞에 펼쳐졌다. 울퉁불퉁한 돌무덤과 바위산이 곳곳에서 눈에 띄었다. 황야를 건너가는 싸늘한 바람에 우리는 몸서리쳤다. 저 황량한 황야 어딘가에 자신을 밖으로 내몬 세상을 증오하는 야수 같은 흉악범이 토굴 속에 몸을 숨기고 있는 것이다. 그런 생각이 들자 이 불모의 땅과 싸늘한 바람, 기울어 가는 저녁 하늘에서는 섬뜩한 기운이 느껴지기

---

7) rifle. 총신 안에 나사 모양의 홈이 새겨져 있어서 탄알이 회전하면서 날아가는 총. 명중률이 높고 사정거리가 길다.

까지 했다. 젊은 헨리 경마
저 입을 다문 채 외투 깃을
여미고 있었다.

풍요로운 땅은 이미 오래
전에 발밑으로 사라졌다. 뒤
돌아보니 기울어 가는 저녁
해가 계곡을 황금빛 실타래
로 물들이고 있었으며, 쟁기
로 갈아엎은 붉은 대지와 한
데 어울려 넓게 펴져 있는
숲을 벌겋게 불태우는 듯했
다. 우리가 가는 길은 더욱
황량해졌다. 길은 거대한 바

위가 흩어져 있는 검붉은 색과 올리브 색 경사지를 향해서 길게 뻗어 있
었다. 드문드문 눈에 띄는 황야 가운데 위치한 농민의 집은 벽과 지붕이
그대로 드러난 석조 건물이었는데 거칠게 다듬은 윤곽을 감춰 줄 담쟁
이조차 보이지 않았다. 갑자기 눈앞에 오목하게 패인 분지가 펼쳐졌다.
오랜 세월, 거친 바람에 시달려 비틀어진 참나무와 전나무가 여기저기
널려 있었다. 그런 나무들 사이로 얇고 기다란 탑 두 개가 얼굴을 내밀
고 있었다. 마부가 채찍으로 가리키며 말했다.

"저기가 바스커빌 저택입니다."

저택의 주인은 자리에서 일어나 상기된 얼굴로 그곳을 가만히 바라보
았다. 그의 눈이 반짝였다. 잠시 후, 마차는 별관 문 앞에서 멈췄다. 환상
적이며 정교하게 새겨진 무른쇠 장식이 있는 문 양쪽에 비바람에 시달

리고 이끼로 뒤덮인 기둥이 있었다. 기둥 윗부분에는 바스커빌 가의 상징인 멧돼지 머리가 조각되어 있었다. 별관은 완전히 폐허가 되어 검은 화강암과 서까래만 남아 있었지만 그 맞은편에 새로 지은 건물이 있었다. 이제 막 짓기 시작한 것이었지만 찰스 경이 아프리카에서 가져온 부를 가장 처음으로 보여 주는 상징물이었다.

문 안으로 들어서자 오솔길이 나타났다. 길을 가득 메운 낙엽 때문에 바퀴 소리조차 들리지 않았고 머리 위로 뻗은 고목들의 가지가 깊고 어두운 터널을 만들었다. 헨리 경은 길게 뻗어 있는 어두운 오솔길 끝에 망령처럼 희미하게 서 있는 저택을 보는 순간 몸서리를 쳤다.

"여깁니까?"

헨리 경이 낮은 목소리로 물었다.

"아니, 아닙니다. 주목 오솔길은 저쪽입니다."

젊은 상속인은 어두운 얼굴로 주위를 둘러보았다.

"이런 곳이었다니, 백부님이 불길한 예감에 휩싸일 만도 합니다. 누구나 두려움에 떨 겁니다. 반 년 안으로 전등을 달겠습니다. 현관 앞에는 촛불 1,000개 만큼이나 밝은 스완-에디슨 전등을 달 거고요. 그렇게 하면 이런 분위기에서 벗어날 수 있을 겁니다."

오솔길에서 벗어나자 널따란 잔디밭과 저택이 눈에 들어왔다. 저물어 가는 희미한 빛 속에 튼튼해 보이는 건물이 서 있었으며 그 중앙에 현관이 앞으로 툭 튀어나와 있었다. 정면은 어두운 장막을 두른 것처럼 담쟁이로 덮여 있었지만 창문과 가문의 상징이 있는 부분은 손질을 해서 밝게 드러나 있었다. 그 중앙부에 수많은 총구멍과 작은 창이 뚫린 낡은 탑이 쌍둥이처럼 솟아 있었다. 그리고 탑 좌우에는 탑보다 나중에 지어진 검은색 화강암 건물이 서 있었다. 세로 창살을 댄 튼튼해 보이는 창

으로 둔탁한 빛이 흘러나왔고, 경사가 급한 지붕 위로 솟아오른 굴뚝에서는 한 줄기 검은 연기가 솟아올랐다.

"어서 오십시오. 바스커빌 저택에 오신 것을 환영합니다."

현관의 어두운 부분에서 키 큰 남자가 나타나더니 마차의 문을 열었다. 홀의 노란 불빛을 등에 업고 여자가 그림자처럼 나타났다. 그리고 가까이 다가와서 남자를 도와 짐을 내려 주었다.

"헨리 경, 저는 바로 집으로 가겠습니다. 아내가 기다리고 있어서요."

모티머 박사가 말했다.

"함께 식사라도 하고 가시죠?"

"아니, 이만 가 봐야겠습니다. 게다가 일도 밀려 있을 겁니다. 저택 내

부도 안내해 드리고 싶지만, 그건 집사인 배리모어가 잘 알아서 해 드릴 겁니다. 제 도움이 필요하다면 한밤중이라도 상관없으니 언제든지 사람을 보내십시오.”

　마차의 덜컹거리는 소리가 길을 따라 멀어져 갔고 헨리 경과 나는 저택 안으로 발을 들여놓았다. 뒤쪽에서 육중한 문이 닫히는 소리가 들렸다. 거실은 천장이 높았는데 올려다보니 참나무로 만든 두꺼운 서까래가 세월의 빛에 그을려 검은빛을 발하고 있었다. 크고 훌륭한 거실이었다. 철로 만든 커다란 장작 받침 뒤로 고풍스럽지만 당당해 보이는 난로가 있었는데 장작이 소리를 내며 맹렬하게 타오르고 있었다. 오랫동안 마차를 타고 와서 몸이 완전히 얼어 버린 헨리 경과 나는 바로 난로 쪽으로 손을 내밀었다. 주위를 둘러보자 고풍스러운 스테인드글라스로 장식한 얇고 긴 창문과 참나무 판자로 만든 바닥, 수사슴 목의 박제, 벽에 새겨진 가문의 문양 등이 거실 중앙에 있는 램프의 어두운 빛 속에서 희미하게 모습을 드러내고 있었다.

　“상상하던 그대로입니다. 조상 대대로 내려온 유서 있는 집이라는 것이 느껴집니다. 여기서 우리 바스커빌 가 일족이 500년이나 살아왔다고 생각하니 숙연해지는 기분입니다.”

　헨리 경이 말했다. 검게 그을린 얼굴로 빨려 들어갈 듯 주위를 둘러보는 그의 눈은 마치 무엇인가에 열중하는 소년의 눈처럼 반짝반짝 빛나고 있었다. 빛을 받으며 서 있는 그의 뒤쪽으로 그림자가 벽과 천장을 따라 길게 드리워져 있었다. 방에 짐을 옮겨 놓고 온 배리모어가 되돌아왔다. 예의바른 하인인 듯, 얌전한 태도로 서 있었다. 잘생긴 얼굴에 키가 컸으며 검은 턱수염을 각지게 기르고 있었다. 창백한 얼굴이 시선을 끌었다.

"바로 식사를 하시겠습니까?"

"준비가 됐나?"

"곧바로 준비할 수 있습니다. 방에 더운 물을 가져다 놓았습니다. 새 하인을 들이실 때까지 저희 부부는 기꺼이 주인님을 모시겠습니다. 이제 환경이 바뀌었으니 앞으로는 상당히 많은 사람들이 필요할 것으로 생각됩니다."

"환경이 바뀌다니 무슨 소리지?"

"지금까지 찰스 경은 아주 조용한 생활을 즐기셨기 때문에 저희 부부만으로도 충분히 모실 수 있었습니다. 하지만 오늘 오신 주인님께서는 앞으로 많은 분들과 널리 교제하실 테고, 그러면 저택의 분위기도 바뀌게 될 겁니다."

"자네 부부는 그만 나가고 싶다는 말인가?"

"주인님의 생활이 안정되면 천천히 물러나도록 하겠습니다."

"하지만 자네 가족은 벌써 몇 대째 여기서 일을 해 주지 않았나? 그렇게 함께해 오던 가족과도 같은 사람들과 인연을 끊고 여기서 새로운 생활을 시작할 생각은 없네."

집사의 창백한 얼굴에 감정의 변화가 드러났다.

"저도 그렇게 생각하고 있고, 아내 역시 같은 생각입니다. 하지만 솔직히 말씀드리자면 저희는 찰스 경을 잊을 수가 없습니다. 그분이 돌아가셔서 상당한 충격을 받았습니다. 그래서 여기서 지내기가 매우 고통스럽습니다. 바스커빌 저택에 있으면 마음 편하게 지낼 수 없을 겁니다."

"그럼, 여길 나가서 어떻게 살 생각인가?"

"어디서 장사나 하며 살아갈 생각입니다. 찰스 경 덕분에 밑천을 장만할 수 있게 되었습니다. 이제 그만 방으로 안내해 드리겠습니다."

이 고풍스러운 거실 위에는 난간이 빙 둘러 쳐진 복도가 있었는데 중간에서 한 번 방향을 틀어야 하는 계단이 그 위와 연결되어 있었다. 계단이 좌우로 갈라진 부분에서부터 두 개의 복도가 나뉘어 길게 뻗어 있었다. 그 복도는 건물 전체에 걸쳐서 뻗어 있었는데 침실로 들어가는 문은 전부 복도 쪽으로 나 있었다. 내 침실은 헨리 경과 같은 쪽 복도에 있었고, 경의 방과 아주 가까운 곳이었다. 두 방 모두 저택 중심부보다 훨씬 현대적으로 꾸며져 있었고 벽지 색깔이 밝았으며 수많은 촛불이 있었기 때문에 저택에 도착했을 때 느낀 어두운 인상을 어느 정도 지울 수 있었다.

하지만 거실과 연결된 식당은 아주 음울했다. 안쪽으로 긴 식당이었는데 가족들이 앉는 상단과 하인들이 앉는 하단으로 나뉘어 있었으며 그 경계에는 칸막이가 설치되어 있었다. 구석의 한 단 높은 곳은 악사들의 자리였다. 머리 위에는 수많은 서까래가 있었고, 그 위는 검게 그을린 천장이었다. 활활 타오르는 횃불을 여기저기 밝힌 후 옛날 연회처럼 투박하기는 해도 흥겨운 잔치를 벌인다면 그런 분위기도 조금은 누그러들지 몰랐다. 하지만 이렇게 검은 옷을 입은 두 신사가 갓을 씌운 램프의 희미한 불빛 속에 앉아 있자니 대화도 자주 끊기고 기분은 가라앉기만 했다. 엘리자베스 여왕 시대의 기사부터 섭정 시대[8]의 멋쟁이 신사까지 갖가지 옷을 입고 죽 늘어서 있는 조상들의 초상화가 말없이 우리를 내려다보고 있다고 생각하니 왠지 주눅이 들었다.

대화도 별로 나누지 않은 채 간신히 식사를 마치고 당구대가 있는 현대적인 방으로 들어가 담배에 불을 붙이자 마음을 조금 놓을 수 있었다.

8) 1811~1820년까지의 시대. 당시 영국 왕 조지 3세가 정신이상 증세를 보여 국정을 논할 수 없자 왕세자 조지가 섭정이 되어 나라를 이끌었다.

"그다지 기분 좋은 곳이라고는 말할 수 없군요. 이 분위기에도 곧 익숙해지겠지만 한동안 차분하게 지낼 수는 없겠습니다. 이런 집에서 혼자 생활하셨기 때문에 백부님의 신경이 날카로워졌던 것 같습니다. 그건 그렇고, 오늘은 일찍 주무십시오. 내일 아침이 되면 기분도 한결 나아지지 않겠습니까?"

잠자리에 들기 전에 나는 커튼을 열어 창밖을 내다보았다. 현관 앞에 펼쳐져 있는 잔디밭이 여기까지 이어져 있었다. 그 건너편으로 숲이 두 개쯤 있었는데 이제 막 불기 시작한 바람에 흔들리며 아우성을 치고 있었다. 흘러가는 구름 사이로 반달이 얼굴을 내밀었다. 숲 너머로 험준한 바위산과 길고 낮은 곡선을 그리고 있는 음울한 황야가 차가운 달빛을 받고 있었다. 나는 커튼을 닫으며 역시 지금까지 받은 인상과 조금도 다를 바가 없다는 생각을 했다.

하지만 거기서 끝난 것이 아니었다. 무척 피곤했는데도 쉽게 잠들지 못하고 이리저리 뒤척이기만 했다. 어디선가 15분 간격으로 시계가 울렸다. 그 소리를 빼면 이 오래 된 저택은 죽음 같은 정적에 휩싸여 있었다. 그런데 그 밤중에 갑자기 어떤 선명한 소리가 내 귀를 파고들었다. 여자가 흐느껴 우는 소리였다. 억누를 길 없는 슬픔을 참으려 자신도 모르게 흘리는 신음 소리 같았다. 나는 침대에서 벌떡 일어나 앉아서는 그 소리에 귀를 기울였다. 멀리서가 아니라 틀림없이 저택 안에서 들려오는 소리였다. 울음소리는 잠깐이었다. 나는 30분 정도 신경을 곤두세운 채 가만히 기다렸지만 때를 알리는 시계 소리와 벽에 들러붙은 담쟁이의 잎이 떠는 소리 말고는 아무것도 듣지 못했다.

7. 메리핏 가의 스태플턴 남매

다음 날 아침, 날씨는 상쾌하고 기분도 좋았다. 덕분에 바스커빌 가에서 느낀 음울한 첫인상도 조금은 누그러들었다. 헨리 경과 내가 아침을 먹고 있을 때, 세로 창살이 박힌 창의 문양을 거쳐 아침 햇살이 쏟아져 들어와 흔들리는 빛의 그림자를 만들었다. 검은 바닥조차 쏟아지는 금빛에 청동색으로 빛나고 있었다. 어젯밤 그렇게 어두운 인상을 주던 방이라고는 생각되지 않았다.

"문제는 우리에게 있었지 이 집에 있었던 게 아닌 듯합니다. 여행에 치쳐서 피곤했고, 지붕 없는 마차를 타고 오느라 몸이 얼어 있었으니까요. 그래서 모든 게 다 어둡게만 보였던 것 같습니다. 기운을 되찾고 보니 모든 것이 아주 좋아 보이는군요."

헨리 경이 말했다.

"꼭 그렇지만도 않은 것 같습니다. 여자 같았는데, 아무튼 어젯밤에 누가 우는 소리가 들리지 않았습니까?"

"이상하군요. 사실은 나도 어제 살짝 잠이 들었을 때 그런 소리를 들었습니다. 한동안 귀를 기울였지만 잠깐 들렸다가 끊겨서 나는 그저 꿈인 줄만 알았습니다."

"헨리 경, 저는 확실하게 들었습니다. 틀림없이 여자가 흐느껴 우는 소리였습니다."

"바로 확인을 해 봐야겠군요."

헨리 경이 종을 울려 배리모어를 불러다 간밤의 울음소리에 대해 뭔가 아는 것이 없냐고 물었다. 주인의 말을 듣자 집사의 창백한 얼굴은 더욱 핏기를 잃은 듯했다.

"이 저택에 여자라고는 둘밖에 없습니다. 한 사람은 부엌일을 거드는 여자로 다른 건물에서 잡니다. 다른 한 사람은 제 아내인데 어젯밤에 울지는 않았습니다."

하지만 그의 말은 거짓이었다. 아침 식사를 마친 뒤, 긴 복도를 걷던 나는 햇살 속에 서 있던 배리모어 부인과 마주쳤다. 이목구비가 또렷하고 차갑고 어두운 인상을 주는 얼굴이었는데 입을 굳게 다물고 있었다. 하지만 나를 흘끗 쳐다본 충혈된 눈과 부어오른 눈언저리가 모든 것을 말해 주었다. 어젯밤에 이 여자가 울었다면 그 남편이 모를 리가 없는데도 배리모어는 금방 들통 날 거짓말을 했다. 왜 그런 거짓말을 했을까? 그리고 그녀는 왜 그렇게도 슬피 울었던 것일까? 이 창백하고 검은 턱수염을 기른 잘생긴 남자 주위에 벌써부터 알 수 없는 의문의 기운이 감돌기 시작했다. 찰스 경의 시신을 발견한 것도 그였다. 그리고 그 노인의 죽음과 관련된 모든 정황도 그의 입에서 나온 것이 전부였다. 혹시 리젠트 가에서 마차에 타고 있었던 사람이 배리모어가 아니었을까? 턱수염을 기른 사내와 동일 인물이었을까? 마부가 말하기를 손님은 좀 더 키가 작은 사람이었다고 했지만 그런 어림짐작은 믿을 만한 것이 아니다. 어떻게 해야 이 의문을 풀 수 있을까? 우선 그림펜 전신국장을 만나서 전에 홈즈가 보냈던 전보가 확실하게 배리모어 본인에게 전달되었는지 확인해야 했다. 무슨 답이 나오든 상관없이 어쨌든 이 일은 셜록 홈즈에게 보고해야 할 것이다.

아침 식사 후, 헨리 경이 살펴봐야 할 서류가 한둘이 아니었기 때문에 나는 가벼운 마음으로 외출할 수 있었다. 황야를 따라서 6킬로미터 정도 멋진 산책을 즐기자 음험한 느낌이 드는 작은 마을이 나타났다. 눈에 띄는 집 두 채가 있었는데 하나는 여관이었고 다른 하나는 모티머 박사의 집이었다. 식료품점도 함께 운영하고 있는 전신국장은 그 전보를 확실하게 기억하고 있었다.

"그 전보는 틀림없이 배리모어 씨에게 전달했습니다."

"누가 배달했습니까?"

"제 아들 녀석입니다. 제임스, 지난주에 받은 전보를 배리모어 씨에게 잘 전해 줬지?"

"네, 아빠."

아이가 대답했지만 나는 또 다시 물었다.

"직접 건네줬니?"

"그때 배리모어 씨는 다락방에 있었어요. 그래서 직접 주지는 못하고 대신 아줌마한테 줬어요. 하지만 아줌마가 바로 건네주겠다고 했어요."

"배리모어 씨를 봤니?"

"아니요, 다락방에 있는데 어떻게 봐요."

"배리모어 씨가 다락방에 있는 건 어떻게 알았니?"

"거야 부인에게서 들었겠지요. 부인은 남편이 어디 있었는지 알고 있었을 테니까요. 그 사람이 전보를 못 받았나요? 그런 거라면 배리모어 씨한테 직접 물어보세요."

전신국장이 화를 내며 말했다. 더 이상 물어봐야 소용없을 것 같았다. 홈즈의 계획이 수포로 돌아갔고 배리모어가 런던에 오지 않았다는 증거도 잡을 수가 없었다. 가령 배리모어가 런던에 있었다면, 살아 있는 찰스 경을 마지막으로 본 사람과 영국에 돌아온 상속인을 미행한 인물이 동일 인물이라면 그건 또 무엇을 의미한단 말인가? 배리모어는 누구의 부하일까? 아니면 그 자신이 세운 계획일까? 바스커빌 일가에게 고통을 주는 것이 자기에게 무슨 득이 된단 말인가? 나는 〈타임스〉의 사설을 오려 만든 기묘한 경고문을 떠올렸다. 그것도 그가 만든 것일까? 아니면 그의 계획을 방해하려는 어떤 자가 한 짓일까?

생각해 보면 동기는 오직 하나였다. 헨리 경이 지적했듯이 바스커빌 가 사람이 두려움에 질려 저택에 머물지 않으면 배리모어 부부는 그곳에서 영원히 편안하게 생활할 수 있다. 하지만 이 정도로 젊은 헨리 경 주위를 둘러친 보이지 않는 그물처럼 교묘하고 속내를 알 수 없는 음모에 대해 설명할 수는 없었다. 오랫동안 이상한 사건들을 조사해 온 홈즈도 이처럼 복잡한 사건은 없었다고 말했다. 잿빛 황량한 길을 따라 저택으로 돌아가면서 나는 친구가 한시라도 빨리 일을 마무리 짓고 여기로 와서 내 어깨 위에 놓인 무거운 짐을 내려 주기를 바랐다.

그때 뒤쪽에서 누군가 내 이름을 부르며 달려오는 발소리에 생각의 고리가 끊어졌다. 모티머 박사일 것이라고 생각하며 뒤를 돌아보았는데 놀랍게도 생전 처음 보는 사람이었다. 턱이 뾰족했고 깨끗이 면도한 얼굴은 꼼꼼한 성격임을 느끼게 해 주었다. 머리카락은 황금빛이었고, 회색 옷에 밀짚모자를 쓰고 있었으며 나이는 서른에서 마흔 정도로 몸집

이 작고 마른 사내였다. 어깨에 식물채집용 양철통을 메고 있었고 손에
는 초록색 잠자리채를 들고 있었다.

내가 멈춰 서자 그는 숨을 헐떡이며 달려와 물었다.

"실례지만 왓슨 박사님이시죠? 이 황야에 사는 사람들은 모두 마음을
터놓고 지내는 사람들뿐이라서 형식적인 인사는 하지 않습니다. 우리
친구인 모티머 씨에게 들으셨겠지만 제 이름은 스태플턴이라고 합니다.

메리핏 저택에서 살고 있죠."

"잠자리채와 식물채집용 양철통을 보고 그럴 거라고 생각했습니다. 박물학자시라고요. 그런데 어떻게 저를 알아보셨죠?"

"모티머 씨를 만나러 갔는데 진찰실 창 너머로 박사님이 지나가는 모습이 보이자 그가 알려줬습니다. 가는 방향이 같으니 뒤따라와서 인사라도 해야겠다고 생각했지요. 그건 그렇고, 헨리 경이 여행 때문에 지치시진 않았습니까?"

"그렇지 않습니다. 경은 건강합니다."

"찰스 경이 그처럼 애석한 죽음을 맞이해서 그 뒤를 이은 헨리 경이 여기서 살기를 꺼릴까 봐 우리 모두 걱정하고 있던 참이었습니다. 돈도 많은 사람에게 이런 시골에서 평생을 살아 달라고 부탁하면 좀 억지스러울지 모르겠지만, 잘 아시는 대로 경이 그렇게 해 주신다면 모두 진심으로 고마워할 겁니다. 이번 일로 헨리 경이 미신을 두려워하는 일은 없겠지요?"

"그런 일은 없을 거라고 생각합니다."

"바스커빌 가에 얽힌 악마 같은 개의 전설은 물론 알고 계시겠지요?"

"들었습니다."

"이 부근 사람들은 모두 미신을 믿고 있습니다. 너 나 할 것 없이 황야에서 그런 짐승을 봤다며 다들 고집을 부리죠."

스태플턴은 웃으며 말했지만 눈빛을 통해서 그도 마음속으로 고민을 하고 있다는 사실을 알 수 있었다.

"찰스 경의 머릿속에는 언제나 그 이야기가 맴돌고 있는 듯했습니다. 그래서 그런 최후를 맞이한 것이 분명합니다."

"그건 무슨 뜻입니까?"

"그분의 신경이 극도로 날카로워져 있었기 때문에 아무 상관없는 개를 보고 심장마비를 일으켰을 가능성도 있습니다. 그날 밤, 주목 오솔길에서 정말로 개를 본 게 아닐까 생각합니다. 저는 그 어르신을 좋아했고, 심장이 나쁘다는 사실도 알고 있어서 뭔가 좋지 않은 일이 일어나는 게 아닐까 걱정을 하고 있었지요."

"심장이 나쁘다는 걸 어떻게 아셨죠?"

"친구인 모티머 씨에게 들었습니다."

"그럼, 찰스 경이 어떤 개에게 쫓기다가 공포에 질린 나머지 죽었다고 생각하신단 말이죠?"

"그것 말고 또 무슨 이유가 있겠습니까?"

"글쎄요, 저는 잘 모르겠습니다."

"셜록 홈즈 선생님은 어떻게 생각하고 계십니까?"

이 말을 듣는 순간 가슴이 덜컥 내려앉는 기분이었지만 상대의 표정은 차분했다. 일부러 홈즈의 이름을 말한 것은 아닌 듯싶었다.

"왓슨 박사님을 모르는 척해도 아무 소용없겠지요. 이 시골 사람들도 박사님이 쓴 사건 기록을 읽고 있습니다. 박사님이 홈즈 선생님의 업적을 드높인다면 당연히 박사님의 이름도 알려지죠. 모티머 씨에게 박사님의 이름을 듣자마자 바로 알 수 있었습니다. 박사님이 여기에 오실 정도라면 셜록 홈즈 선생님도 이번 사건에 관심을 갖고 있다는 뜻이겠지요. 그러니 홈즈 선생님의 생각이 궁금해지는 것도 당연한 일입니다."

"그 점에 대해서는 대답할 수 없습니다."

"홈즈 선생님도 여기로 오시겠지요?"

"제 친구는 지금 런던을 떠날 수 없는 상황입니다. 다른 사건을 맡고 있어서요."

"안타깝군요. 홈즈 선생님이라면 수수께끼를 풀 수 있을 텐데. 어쨌든 조사하시는 데 제 도움이 필요하시다면 언제든지 도와 드리겠습니다. 사건에 관해서 조사할 것이나 조사 방향에 관한 조언이 필요하시다면 지금 당장 도움을 드릴 수 있을지도 모릅니다."

"저는 친구인 헨리 경을 방문하러 왔을 뿐입니다. 그러니 도움을 얻을 일은 없을 겁니다."

"역시 대단하십니다. 언제나 주의를 기울여야겠지요. 죄송합니다. 쓸데없는 참견을 한 것 같군요. 더 이상 사건에 대해서는 이야기하지 않겠습니다."

우리는 갈림길에 이르렀다. 수풀이 무성하게 자라 좁아진 오솔길이 큰길에서 갈라져서 구불구불 뻗어 나가 황야로 이어져 있었다. 오른쪽으로 바위들이 나뒹구는 험준한 언덕이 보였다. 예전에 화강암을 캐냈던 채석장도 보였다. 언덕의 이쪽 편은 검은 절벽이었는데 고사리와 반점 무늬 가시나무가 빽빽하게 자라나 있었다. 그 너머 조금 높은 곳에서 잿빛 연기가 희미하게 피어오르고 있었다.

"이 황야 쪽으로 난 길을 따라 조금만 더 가면 제가 살고 있는 메리핏 저택이 나옵니다. 누이동생을 소개해 드리고 싶은데 한 시간 정도만 시간을 내 주실 수 있겠습니까?"

그 제안을 듣는 순간 머릿속에는 헨리 경의 곁에 있어야 한다는 생각이 떠올랐다. 하지만 곧바로 그의 서재 안 책상 위에 산더미처럼 쌓여 있던 서류와 청구서가 떠올랐다. 내가 곁에 있어 봤자 아무 도움도 되지 않을 터였다. 그리고 홈즈가 황야에 살고 있는 이웃들에 관해 알아봐 달라고 거듭 부탁한 일도 생각났다. 나는 스태플턴의 청에 응하기로 하고 황야 쪽으로 난 길을 따라 함께 걷기 시작했다.

"이곳 황야는 멋진 곳입니다."

스태플턴이 주위의 구릉지를 둘러보았다. 풀이 푸른 파도가 되어 물결치고 있었으며 여기저기 삐죽이 모습을 드러낸 거친 화강암은 거품을 일으키며 스러져 가는 파도 같았다.

"황야는 아무리 봐도 싫증이 나지 않습니다. 얼마나 멋진 비밀을 간직하고 있는지 상상도 못 하실 겁니다. 여기는 끝도 없이 펼쳐진 불모의 땅이면서도 신비함을 간직하고 있죠."

"그럼 황야에 대해서 아주 잘 알고 계시겠군요."

"여기에 온 지 이제 겨우 2년이 지났을 뿐입니다. 이곳에서 자란 사람에 비하면 아직 외지인이라고 할 수 있죠. 찰스 경이 저택에 들어온 바로 다음의 일이었습니다. 하지만 제 취미가 이렇다 보니 이 부근을 샅샅이 뒤지고 다녔습니다. 아마 황야를 저보다 더 잘 아는 사람은 거의 없을 겁니다."

"이곳을 잘 아는 게 그렇게 어려운 일인가요?"

"정말 복잡하기 짝이 없는 곳입니다. 예를 들자면, 북쪽에 모양이 기묘한 언덕이 불룩 솟아 있는 넓은 초원이 있습니다. 어떻게 생각하십니까?"

"말을 타고 달리면 멋지겠군요."

"보통 그렇게 생각하실 겁니다. 하지만 그렇게 생각했다가 지금까지 수많은 사람들이 목숨을 잃었습니다. 여기저기에 다른 곳보다 한층 더 짙은 초록빛을 띠고 있는 곳들이 있지 않습니까?"

"네, 다른 곳보다 토지가 비옥한 거겠죠."

스태플턴이 웃으며 말했다.

"저기가 바로 그림펜의 늪지대입니다. 일단 저기에 빠지면 사람이고 짐승이고 나올 수가 없습니다. 어제만 해도 황야에 있던 조랑말 한 마리

가 저곳으로 걸어가는 걸 봤습니다. 끝내 나오지 못하더군요. 진흙 위로 오랜 시간 동안 목만 내밀고 있었는데 역시 빨려 들어가고 말았습니다. 비가 적은 계절에도 저기를 건너는 건 위험한 일이니 요즘 같은 우기에는 그야말로 살인적인 장소라고 할 수 있죠. 그래도 저는 깊은 곳까지 들어갔다가 살아서 돌아올 수 있습니다. 이런, 가엾게도 또 조랑말이 빠져 버렸군요!"

갈색의 무엇인가가 푸른 사초沙草 속에서 필사적으로 버둥거리고 있었다. 기다란 목이 고통스러운 듯 하늘을 향해 몸부림치더니 귀를 막고 싶을 정도로 참혹한 비명이 황야에 울려 퍼졌다. 나도 모르게 등줄기에 식은땀이 흘렀지만 스태플턴은 나보다 신경이 둔한 사람 같았다.

"아, 사라졌군요! 늪지가 집어삼키고 말았습니다. 이틀 만에 두 마리나 삼켰습니다. 아니, 더 많을지도 모릅니다. 건기에는 저기까지 들어갈 수 있는데 짐승들은 우기와 다르다는 걸 알지 못하기 때문에 늪의 제물이 되고 맙니다. 이 그림펜 늪지는 정말 끔찍한 곳입니다."

"하지만 스태플턴 씨는 저기를 건널 수 있다는 겁니까?"

"네. 날랜 사람이 지날 수 있는 길이 한두 군데 있습니다. 제가 발견해낸 거죠."

"저렇게 위험한 곳에 왜 들어가십니까?"

"저쪽을 좀 보세요. 언덕이 있지 않습니까? 저곳은 늪지로 둘러싸여 있기 때문에 접근할 수가 없어서 오랜 세월이 지나는 동안 고립돼 버렸죠. 그런데 저기에는 사람의 손을 타지 않아서 희귀한 식물과 나비들이 살고 있습니다. 저기까지 가려면 상당히 머리를 써야 합니다."

"저도 언젠가 저기서 운을 시험해 봐야겠군요."

스태플턴이 놀란 표정으로 말했다.

"그런 쓸데없는 생각은 버리세요. 까딱하다간 제가 박사님을 죽였다고 온갖 비난을 들을 겁니다. 절대로 살아 돌아올 수 없습니다. 저는 저만 알아볼 수 있는 표시를 따라가거든요."

"어, 저건 뭐지요?"

나도 모르게 큰 소리를 질렀다. 말로 표현할 수 없을 정도로 낮고 슬픈 신음 소리가 황야에 울려 퍼졌다. 어디선가 솟아올라 흐르는 그 소리가 주위를 온통 뒤덮었다. 둔탁한 울부짖음에서 주위를 떨게 하는 포효로 바뀌더니 다시 슬프게 떠는 울부짖음으로 잦아들었다. 스태플턴이 기묘한 눈빛으로 나를 바라봤다.

"황야는 정말 신비한 곳입니다."

"저게 무슨 소리죠?"

"이곳 사람들은 바스커빌 가의 마견이 먹이를 찾는 소리라고들 합니다. 저도 전에 한두 번 정도 들어 봤지만 이렇게 가까이서 들어 본 건 처음입니다."

나는 기분이 섬뜩해서 주위를 둘러보았다. 여기저기 무성하게 자라 있는 사초沙草 군락과 물결치는 초원만이 눈에 들어왔다. 이 끝없이 펼쳐진 황야에서 움직이는 것이라고는 뒤쪽 바위산에서 소리 높여 우는 까마귀 두 마리가 전부였다.

"스태플턴 씨는 교육을 받으셨으니 그런 허망한 소리를 믿지는 않으시겠죠? 저 이상한 소리의 정체가 뭐라고 생각하십니까?"

"늪지는 때때로 기묘한 소리를 냅니다. 진흙이 가라앉거나 물이 뿜어져 나올 때 말이죠."

"하지만 조금 전에 들린 건 살아 있는 무언가의 소리가 아닙니까?"

"그럴지도 모르겠습니다. 왓슨 박사님은 알락해오라기의 울음소리를 들어 보신 적이 있습니까?"

"아니요, 없습니다."

"아주 희귀한 새로 영국에서는 멸종됐다고 봐도 좋을 겁니다. 하지만, 이 황야에서는 무슨 일이든 생길 수 있습니다. 지금 들은 게 마지막으로 살아남은 알락해오라기의 울음소리였다고 해도 조금도 이상할 게 없는 곳입니다."

"저렇게 기분 나쁘고 이상한 소리는 처음입니다."

"여긴 정말 기분 나쁜 곳이니까요. 저쪽 언덕의 경사진 곳을 보세요. 저게 뭔지 아시겠습니까?"

언덕의 경사가 가파른 곳에 잿빛 돌을 둥그렇게 쌓아 올린 것이 보였다. 적어도 스무 개 정도는 되는 듯했다.

"글쎄요. 양을 가둔 울타리인가요?"

"아니요, 자랑스러운 우리 조상들이 살던 곳입니다. 선사시대에는 이 황야에도 상당히 많은 사람들이 살고 있었습니다. 하지만 그 시기 이후부터는 이곳에 거주한 사람들이 별로 없었기 때문에 저 조그만 유적이 그대로 남아 있는 겁니다. 전부 지붕이 없어진 집터들입니다. 그중에는 돌로 만든 화로와 침대가 아직 남아 있는 곳도 있지요."

"그야말로 부락을 이루던 곳이었군요. 어느 시대 유적입니까?"

"신석기시대입니다. 연대는 알 수 없지만요."

"그 사람들은 어떻게 살았을까요?"

"언덕 비탈에서 목축 생활을 하고 있었던 듯합니다. 청동 검이 돌도끼를 대신하면서부터 주석을 채굴하기 시작했을 겁니다. 반대쪽 언덕에 커다란 웅덩이가 보이지 않습니까? 저게 바로 신석기시대 인간들의 표식입니다. 왓슨 박사님, 황야에서는 아주 보기 드문 것들이 몇 가지 있습니다. 아, 잠깐 실례하겠습니다. 저건 사이클로피데스입니다."

조그만 파리나 나방처럼 생긴 것이 하늘하늘 앞길을 가로질러 갔다. 순간 스태플턴은 맹렬한 속도로 그 뒤를 쫓아 달리기 시작했다. 그 생물은 늪지 쪽으로 똑바로 날아갔는데 그는 내 걱정은 아랑곳하지 않고 아무 망설임도 없이 초록색 잠자리채를 휘두르며 이쪽 수풀에서 저쪽 수풀로 뛰어다녔다. 회색 옷을 입고 이쪽저쪽 힘차게 뛰어다니는 모습은 마치 거대한 나방처럼 보였다. 나는 그 자리에 선 채 위험한 늪으로 들어가면 어쩌나 마음을 졸이며 스태플턴의 놀라우리만큼 잽싼 동작을 지켜보았다. 그때 발소리가 들려와 뒤돌아보니 한 여성이 좁은 길을 따라 바로 옆까지 와 있었다. 희미한 연기가 피어오르는 메리핏 저택 쪽에서 온 듯했는데 황야가 움푹 파여 모습을 가리는 바람에 바로 옆에 올 때까지도 전혀 기척을 느끼지 못했다.

이 황야에 숙녀다운 여성은 거의 없을 것이다. 그러니 이 아가씨는 이름만 들어 본 스태플턴의 누이동생이 분명했다. 게다가 누군가가 스태플턴 양이 대단한 미인이라고 했던 말이 떠올랐다. 가까이 다가온 여성은 매우 아름다웠지만 그것은 평범한 아름다움과는 조금 달랐다. 남매 사이라면서 어떻게 그렇게 다른지 믿을 수가 없었다. 스태플턴은 금발에 눈동자는 잿빛이었고 피부도 하얬다. 반면 누이동생은 지금까지 영국에서 본 그 어떤 여자보다도 피부가 까맸으며 머리카락과 눈도 검은 빛을 띠고 있었다. 키가 컸으며 우아하고 아름다웠다. 섬세한 입술과 정열적이고 아름다운 검은 눈이 아니었다면 기품이 넘치는 멋진 이목구비가 너무나도 가지런해서 차가운 느낌이 들지도 몰랐다. 훌륭한 몸매에 우아한 옷을 두른 그녀의 모습은 적막한 황야의 오솔길에 나타난 신비한 환영 같았다. 내가 뒤돌아보았을 때 그녀의 눈은 오빠의 모습을 뒤쫓고 있었는데 곧 재빠르게 내 옆으로 다가왔다. 내가 모자를 벗어 인사를 하려는 순간, 그녀가 뜻밖의 말을 건넸다.

"돌아가세요! 지금 당장 런던으로 돌아가세요!"

나는 어이가 없어서 그녀의 얼굴만 바라보았다. 그녀는 눈을 반짝이며 내가 답답하다는 듯이 발까지 동동 굴렀다.

"왜 그런 말씀을 하십니까?"

"이유는 말씀드릴 수 없어요. 하지만 제발 부탁이니 제 말을 들으세요. 돌아가셔서 다시는 이 황무지에 발을 디디지 마세요."

낮고 강인한 목소리였지만 어딘지 묘하게 혀 짧은 소리가 났다.

"하지만 이제 막 온걸요."

"잘 들으세요. 당신을 위해서 경고하고 있는 거예요. 런던으로 돌아가세요! 오늘 밤에라도 당장 떠나세요! 무슨 수를 써서라도 여기서 멀리 떠나세요! 쉿, 오빠가 와요! 지금 제가 당신에게 한 말은 오빠에게 비밀로 해 주세요. 죄송하지만 저기 쇠뜨기말 사이에 핀 난을 꺾어 주시겠어요? 이 부근에는 난이 아주 많아요. 하지만 한창 꽃이 피는 아름다운 시기는 지나 버렸답니다."

스태플턴이 추적을 그만두고 이쪽으로 돌아왔다. 이리저리 뛰어다닌 탓에 숨을 헐떡이고 있었으며, 얼굴은 붉게 물들어 있었다.

"어이, 베릴!"

스태플턴은 기쁜 듯이 말을 걸었지만 나는 그의 목소리에서 어쩐지 차가움을 느낄 수 있었다.

"어머, 오빠. 아주 더운가 봐?"

"응. 사이클로피데스를 쫓느라고. 아주 희귀한 나비인데 이렇게 늦은 가을에는 거의 찾아볼 수가 없는 녀석이야. 아깝게도 놓쳐 버렸어."

아주 평범한 말투였지만 스태플턴은 작은 잿빛 눈으로 동생과 나를 끝없이 살피고 있었다.

"서로 인사는 한 것 같은데?"

"응. 헨리 경에게 조금만 더 일찍 오셨더라면 황야의 참된 아름다움을 맛보실 수 있었을 텐데 너무 늦었다고 말쓰드리던 참이었어."

"뭐? 이분이 누군 줄 알고?"

"헨리 경이시잖아."

"천만의 말씀입니다. 저는 그저 평민에 불과합니다. 헨리 경의 친구이자 의사인 왓슨입니다."

표정이 풍부한 그녀의 얼굴에 당혹스러워하는 기색이 스쳤다.

"그래서 그렇게 이야기가 엇나갔군요."

"그렇게 많은 이야기를 나누지도 않았을 텐데."

뭔가 탐색하는 눈으로 그녀의 오빠가 말했다.

"왓슨 박사님이 손님이 아니라 여기에 살러 오신 분인 줄 알았는데 난을 보기에 너무 이르거나 늦었거나 그다지 상관없는 이야기였군요. 어쨌든 여기까지 오셨으니 저희 집에 들렀다 가세요."

메리핏 저택은 거기서 멀지 않은 곳에 있었다. 황야에 외로이 홀로 서 있었는데, 옛날에 번영을 누리던 시절에는 목장 주인쯤 되는 사람이 살던 것을 수리해 현대적인 주택으로 개조한 것이었다. 집 주위는 과수원을 이루고 있었지만 그곳의 나무들도 황야의 다른 나무들과 마찬가지로 제대로 자라지 못했기 때문에 주위 전체가 어둡고 초라한 느낌을 주었다. 쪼글쪼글 나이 든 하인이 허름한 복장으로 우리들을 맞았는데 그 모습이 이 집과 잘 어울린다는 느낌이었다. 하지만 안으로 들어가 보니 방들은 넓었으며 안주인의 취향을 반영한 듯 세련된 가구들이 놓여 있었다. 화강암이 여기저기 흩어져 있는 황야가 저 멀리 지평선까지 기복을 이루며 펼쳐져 있는 창밖의 풍경을 바라보고 있자니, 이처럼 교양 있는 남자와 아름다운 여자가 왜 이런 곳까지 와서 살게 되었는지 궁금해서 견딜 수가 없었다.

"참 묘한 곳에서 살고 있죠? 하지만 꽤 즐겁게 살아가고 있답니다. 안 그러니, 베릴?"

스태플턴이 내 마음을 읽기라도 한 듯 말했다.

"아주 즐거워요."

그녀가 대답하기는 했지만 정말 행복한 것처럼 들리지는 않았다.

"저는 학교를 경영하고 있었습니다. 북쪽 지방에서요. 단조롭고 지루해서 제 성격에는 맞지 않았지만, 젊은이들 사이에서 생활하면서 그들의 정신을 길러 주고 자신의 인간성과 이상을 실현시키는 데 도움을 주는 것이 아주 귀중한 특권이라고 생각했습니다. 하지만 불행하게도 교내에 지독한 전염병이 돌아서 학생이 세 명이나 죽었습니다. 저는 그 쓰라린 충격에서 벗어날 수가 없었고, 그동안 쌓아 온 자금도 전부 날려 버렸습니다. 비록 학생들과 즐거운 시간을 보낼 수 없게 된 것은 아쉽지만 저는 그 불행을 오히려 기뻐하게 되었습니다. 저는 동물학과 식물학을 무척이나 좋아하는데 이 분야는 연구할 것이 넘쳐 나니까요. 그리고 동생도 저와 마찬가지로 자연에 마음을 빼앗겼답니다. 왓슨 박사님도 창밖의 황야를 바라보면서 같은 생각을 하지 않으셨나요?"

"제가 생각한 것은, 살기에는 조금 외롭지 않을까 하는 점이었습니다. 스태플턴 씨에게는 몰라도 동생분에게는요."

"아니에요. 조금도 외롭지 않아요."

스태플턴의 동생이 얼른 끼어들어 말했다.

"여기에는 책이며 연구 재료도 있고, 부근에는 재미있는 사람들도 살고 있으니까요. 모티머 씨의 높은 학식에는 정말 감탄했습니다. 돌아가신 찰스 경도 훌륭한 말동무였고요. 아주 잘 알고 지냈기 때문에 경에게 일어난 불행은 말로 표현할 수 없을 만큼 슬픈 일이었지요. 오늘 오후에 라도 헨리 경을 찾아뵙고 인사를 드리고 싶은데 바쁘신가요?"

"틀림없이 기뻐할 겁니다."

"그럼 저희가 찾아뵙겠다고 선생님이 말씀 좀 전해 주십시오. 헨리 경이 새로운 생활에 적응할 때까지 조금이라도 도움을 드리고 싶습니다. 왓슨 박사님, 2층에 가서 제 나비 표본을 좀 보시겠습니까? 영국 남서부에서 이처럼 온갖 표본을 갖춘 곳도 없을 겁니다. 그것을 전부 보고 나면 점심 식사 준비도 거의 다 돼 있을 겁니다."

하지만 나는 헨리 경의 일이 마음에 걸렸다. 음울한 황야, 불행한 조랑말의 죽음, 바스커빌 가의 끔찍한 전설이 떠오르는 이상한 울음소리 등을 생각하니 마음이 영 편하지 않았다. 무엇보다도 스태플턴 양의 강력한 경고가 나의 무거운 마음을 더욱 무겁게 짓누르고 있었다. 단호한 말투로 봐서 어떤 중요한 이유가 숨어 있는 것이 분명했다. 스태플턴은 점심을 먹고 가라고 강하게 권했지만 나는 그것을 뿌리치고 조금 전에 왔던 좁은 길을 따라서 발걸음을 재촉했다. 그런데 거기에는 지름길이 있었는지 내가 큰길로 나오기도 전에 스태플턴 양이 길가 바위에 앉아 있었다. 나는 그 모습을 보고 깜짝 놀랐다. 서둘러 왔는지 그녀의 얼굴은 아름다운 홍조를 띠고 있었으며, 한 손으로 옆구리를 감싸 쥐고 있었다.

"따라잡으려고 서둘러 왔더니 앞질러 버렸군요, 왓슨 박사님. 모자를 쓸 틈도 없을 정도였으니까요. 시간이 없어요. 서두르지 않으면 오빠가 눈치를 챌 거예요. 선생님께 사과를 드리고 싶어서 왔어요. 헨리 경인 줄 알고 어처구니없는 실수를 저질렀습니다. 아까의 일은 잊어 주세요. 선생님과 상관없는 일이니까요."

"그건 어렵겠는데요, 스태플턴 양. 저는 헨리 경의 친구입니다. 그 사람에 관한 일을 말없이 지켜보고만 있을 수는 없습니다. 왜 그렇게 헨리 경이 런던으로 돌아가기를 바라는지 그 이유를 들려주십시오."

"여자의 변덕이었어요. 저도 제가 무슨 말을 하는지 모를 때가 있으니 선생님이 모른다고 해도 조금도 이상할 건 없겠죠."

"아니, 그럴 리가 없습니다. 그때 당신의 목소리는 떨리고 있었습니다. 당신의 눈빛도 정확하게 기억하고 있습니다. 스태플턴 양, 제발 확실하게 말씀해 주세요. 여기에 온 이후로 계속해서 어두운 그림자가 저를 따라다닌다는 사실을 알고 있습니다. 아무런 표시도 없는 그림펜 늪지의 풀숲을 걸으며 언제 늪으로 빠져들지 알 수 없는 그런 느낌입니다. 그러니까 그 말이 무슨 의미였는지 말씀해 주세요. 그 경고는 반드시 헨리 경에게 전달하겠습니다."

순간 스태플턴 양의 얼굴에 망설이는 기색이 스쳤지만 그녀는 곧 냉정함을 되찾았다.

"선생님이 너무 깊이 생각하신 거예요. 찰스 경이 돌아가신 일로 오빠와 저는 커다란 충격을 받았습니다. 황야로 산책을 나오시면 늘 우리 집에 들르곤 하셨거든요. 남의 일이라는 생각이 들지 않았어요. 경은 집안에 내려오는 저주를 늘 마음에 두고 계셨기 때문에, 비극이 일어났을 때 경이 느낀 공포에는 어떤 이유가 있었을 것이라는 생각이 들었습니다. 그래서 다른 상속자가 와서 살게 된다는 말을 들었을 때 저는 불안해졌어요. 그래서 위험이 있다는 사실을 알려야겠다고 생각했습니다. 그 사실을 알리고 싶었을 뿐입니다."

"그럼, 어떤 위험을 말씀하시는 거죠?"

"개에 대한 전설을 알고 계시죠?"

"그건 미신에 불과합니다."

"하지만 저는 믿습니다. 하실 수만 있다면, 혈육이 불행한 사건을 당한 이 황야에서 헨리 경을 데리고 나가세요. 세상은 넓잖아요. 굳이 위험이 도사리고 있는 이런 곳에서 살 필요는 없습니다."

"아니요. 위험이 도사리고 있기 때문에 살기로 결심한 겁니다. 헨리 경은 그런 사람입니다. 좀 더 확실한 이유를 말씀해 주시지 않으면 그를 데리고 떠날 수는 없을 겁니다."

"확실한 이야기는 할 수 없어요. 저도 아는 게 없으니까요."

"스태플턴 양, 한 가지만 더 물어보겠습니다. 처음 말씀을 하셨을 때 왜 오빠에게는 비밀로 해 달라고 했습니까? 이 정도라면 오빠도 크게 반대하지는 않을 텐데요."

"오빠는 바스커빌 저택에서 살 사람을 진심으로 기다리고 있었어요. 그래야 황야의 빈곤한 사람들에게 도움이 된다고 생각하고 있기 때문이지요. 내가 헨리 경에게 여기서 떠나라고 말했다는 사실을 알면 굉장히 화를 낼 거예요. 저는 제가 할 수 있는 일은 다 한 셈이에요. 이젠 돌아가야 해요. 그렇지 않으면 제가 없다는 사실을 눈치채고 선생님을 만나러 갔다고 의심할 거예요. 그만 실례하겠습니다."

그녀가 몸을 되돌렸다. 잠시 후, 그녀의 모습이 흩어진 바위 사이로 사라져 눈에 보이지 않았다. 나는 말로 표현할 수 없는 불안감에 휩싸인 채 바스커빌 저택을 향해 발걸음을 옮겼다.

8. 왓슨 박사의 보고서 1

지금부터는 셜록 홈즈에게 보낸 편지를 인용해서 사건의 흐름을 전하고자 한다. 한 장을 잃어버린 것만 빼면, 책상 위에 있는 이 편지의 초안은 보고서 그대로다. 그 사건은 커다란 비극이었기 때문에 아직도 선명하게 기억하고 있지만 그래도 편지를 인용하는 것이 당시 나의 감정과 의혹을 보다 생생하게 전달할 수 있을 것이다.

10월 13일,
바스커빌 저택에서

친애하는 홈즈
지금까지 보낸 편지와 전보를 보고, 신에게 버림받은 이 땅에서 일어난 사건의 흐름을 알았으리라 짐작하네. 여기서 머무는 시간이 길어지면서 끝없이 펼쳐진, 기분 나쁜 매력을 지닌 황야의 정령이 더욱 더 사람의 마음속으로 스며드는 것 같은 기분이 드네. 일단 황야에 발을 들여놓은 자는 현대 영국의 모습은 까맣게 잊어버리고, 사방에서 만나는 선사시대 사람들의 유적과 유물에 눈을 빼앗기게 된다네.

한 걸음 밖으로 나와 주위를 둘러보면 우리 기억에서 사라진 사람들의 주거지, 무덤, 혹은 사원으로 추측되는 거대한 바위를 볼 수 있다네. 울퉁불퉁한 언덕의 비탈면에 남아 있는 회색 돌집들을 바라보면 마음은 고대를 향해 날아가지. 낮은 출입구에서 털옷을 걸친 털투성이 사내가 기어 나와 돌로 만든 화살촉이 달린 화살을 활에 메긴다 해도 조금도 이상하지 않을 것이고, 오히려 내가 시대착오적인 인물이라고 생각할 것 같네. 예부터 불모지였던 이 땅에 그렇게 많은 사람들이 살고 있었다는 게 좀 이상하지 않은가? 내가 고고학에 대해서는 별로 아는 게 없지만 아마도 여기 살던 종족은 전쟁을 싫어했기 때문에 다른 부족들은 쳐다보지도 않는 이 땅을 받아들이고 살게 된 것이 아닐까 하고 제멋대로 상상해 보곤 한다네.

하지만 이런 것들은 자네가 내게 부탁한 임무와는 아무런 관계도 없고, 언제나 일을 가장 중요하게 여기는 자네에게는 전혀 흥미 없는 이야기에 지나지 않겠지? 나는 자네가 태양이 지구를 도는지 아니면 지구가 태양을 도는지 하는 것들에 완전히 무관심했던 사실을 아직도 기억한다네. 그럼 이제부터는 헨리 경에 관한 이야기를 하겠네.

최근 며칠 동안 자네에게 보고하지 않은 이유는 특별히 알릴 만한 일이 없어서였네. 그런데 오늘 참으로 놀라운 일이 일어났다네. 그 이야기는 조금 더 뒤에 쓰겠네. 그 전에 자네가 그것과 관련된 상황을 미리 알아 두어야 할 필요가 있기 때문일세.

그중 하나는, 지금까지는 거의 말하지 않았지만 황야로 도망친 탈옥수에 관한 이야기라네. 이제는 그가 다른 지방으로 도망갔다고 말할 수 있을 만한 이유가 생겨서 외딴 집에서 사는 이 부근의 주민들은 한숨 돌렸네. 탈옥한 지 2주일이 지났는데도 전혀 죄수의 행방을 찾을 수가 없다네. 그동안 계속해서 황야에 숨어 있었을 리가 없어. 물론 몸을 숨길 만한 장소는 여기저기 널려 있지. 산비탈에 널려 있는 돌집은 몸을 숨기기에도 아주 좋은 곳이니까. 하지만 황야에 풀어놓은 양을 잡아 죽이지 않는 이상 먹을 것을 구할 방법이 없네. 그런 이유로, 탈옥수는 이미 다른 지방으로 달아났다고 생각할 수밖에 없는 상황이라 황야의 주민들은 모두 두 다리 쭉 뻗고 잠자리에 들 수 있게 되었어.

바스커빌 저택에는 건장한 사내 넷이 있으니 그다지 걱정할 게 없지만 스태플턴 일가를 생각하면 불안감을 떨칠 수가 없다네. 도움을 청하려 해도 워낙 멀리 떨어져 있으니 말일세. 가정부에 나이 든 하인과 오누이, 이렇게 넷이서 사는데 오빠도 그렇게 믿음직한 사람이라고는 할 수가 없거든. 만약 이 노팅 힐의 범죄자 같은 무뢰한에게 습격을 받는다면 아무 손도 쓸 수 없을 걸세. 헨리 경과 나는 걱정이 돼서 마부 퍼킨스를 그 집에서 묵게 하려 했지만 스태플턴이 호의를 받아들이지 않았다네.

사실 우리 친구인 헨리 경은 지금 아름다운 이웃에게 상당히 열을 올리고 있다네. 시간마저도 멈춰 버린 듯한 이 쓸쓸한 지방에서는 넘쳐 나는 정열을 해소할 길도 없고, 더구나 상대가 매력이 넘치는 아름다운 아가씨라는 점을 생각해 보면 당연한 이야기겠지. 스태플턴 양은 열대 지방의 이국적인 분위기를 풍긴다네. 감정을 겉으로 드러내지 않는 냉정한 오빠와는 정말 신기할 정도로 대조를 이루고 있지. 하긴, 오빠도 마음속으로는 불꽃을 태우고 있는 듯하지만. 그는 동생에게 놀라울 만큼 강력한 영향력을 행사하고 있다네. 이야기를 할 때 그녀가 언제나 오빠의 눈치를 살핀다는 사실을 나는 알고 있거든. 오빠가 동생에게 다정한 것은 두말할 필요가 없네. 하지만 그의 눈에는 차가운 빛이 있고, 얇은 입술은 굳게 닫혀 있어서 냉정하고 의지가 강한 성격이라는 걸 금방 알 수 있었다네. 자네에게는 아주 좋은 연구 재료가 될 걸세.

이 스태플턴이라는 사람은 내가 그를 처음 만난 날 헨리 경을 찾아왔다네. 그 다음 날에 그는 우리 둘을 잔혹한 휴고의 전설이 태어난 곳으로 안내해 주었는데, 황야를 몇 킬로미터나 들어가야 하는 실로 기분 나쁜 곳으로 전설과 아주 잘 어울린다는 느낌을 받았네.

거칠거칠한 바위산 사이에 조그만 계곡이 있었는데 거기는 하얀 황새풀이 드문드문 자라 있는 풀밭이었어. 그 풀밭 한가운데에 커다란 돌이 두 개 서 있었다네. 침식에 의해 끝부분이 뾰족해졌기 때문에 마치 짐승의 거대한 이빨이 풍화된 것처럼 보이더군. 비극적인 전설에 아주 잘 어울리는 무대였지. 헨리 경은 무척 마음에 걸렸는지 이 세상에 초자연현상이 있다고 진심으로 믿느냐며 몇 번이고 스태플턴에게 물어봤다네. 그는 아무렇지도 않은 어투로 말했지만 속으로는 심각하게 생각하고 있는 게 분명했네. 그 사람은 소극적으로만 대답했고, 헨리 경의 기분을 생각해서 그랬는지 별로 많이 말하지는 않았어. 스태플턴은 악마의 저주를 받은 다른 여러 집안의 이야기를 해 주었는데, 그 역시도 이번 사건에 대해서 세상 사람들이 이야기하고 있는 것을 믿고 있다는 인상을 받았다네.

돌아오는 길에 우리는 메리핏 저택으로 가서 점심 대접을 받았네.

거기서 헨리 경은 스태플턴 양을 알게 되었지. 처음 만난 순간부터 헨리 경은 그녀에게 완전히 마음을 빼앗긴 듯했네. 그녀 역시 같은 마음이었던 것 같아. 저택으로 돌아오는 길에 헨리 경은 스태플턴 양 이야기만 하더니, 그날부터 거의 매일 스태플턴 남매와 오가는 사이가 됐다네. 오늘은 이곳으로 남매를 초대하여 함께 식사하기로 했고, 다음 주에는 아마 우리가 찾아가게 될 듯하네. 그 둘은 서로 아주 잘 어울리니 스태플턴도 진심으로 기뻐할 만한데, 헨리 경이 그녀에게 친절하게 대할 때마다 스태플턴의 얼굴에 불쾌해하는 빛이 지나가는 것을 나는 몇 번이고 봤다네. 동생을 끔찍이 아끼는 것만은 틀림이 없

고, 동생이 결혼이라도 한다면 그는 외롭게 홀로 살아야겠지. 그렇다고 해서 더할 나위 없는 상대와의 결혼을 반대할 생각이라면 그보다 더한 이기주의가 어디 있겠나? 하지만 스태플턴은 헨리 경과 동생이 서로 친해지거나 사랑에 빠지는 것을 바라지 않는 것이 확실하네. 두 사람만의 이야기를 방해하려 드는 것을 여러 번 봤거든. 이런 이유로 연애마저 끼어들게 된다면, 헨리 경을 절대로 혼자 내보내지 말라고 했던 자네의 지시를 지키기가 더욱 어려워질 것 같네. 자네의 지시를 충실하게 지키는 순간 나는 곧 이들에게 미움을 사게 될 테니 말일세.

얼마 전, 정확하게 말하면 지난 목요일에 모티머 박사와 함께 점심 식사를 했다네. 롱 다운 구릉지의 고분을 조사하다가 선사시대 사람의 두개골을 발굴해 냈다며 아주 기뻐하더군. 그 사람만큼 외골수처럼 한눈 팔지 않고 한 가지 일에 열중하는 사람도 드물 걸세. 그 다음에 스태플턴 남매가 찾아왔지. 친절한 의사는 헨리 경의 청을 받고 우리를 주목 오솔길로 데리고 가서 그 운명의 밤에 일어난 일들을 자세하게 설명해 주었어. 거기는 길고 음침한 산책길이었다네. 길 양쪽으로 가지런하게 정돈된 주목이 울타리처럼 늘어서 있고, 울타리 밑에는 폭이 좁은 잔디가 깔려 있네. 산책길 끝에는 무너져 가는 별관이 있고, 길 중간쯤에 황야로 통하는 문이 있지. 바로 나이 든 찰스 경이 담뱃재를 떨어뜨린 곳이라네. 색칠하지 않은 나무로 만든 그 문에는 빗장이 달려 있는데 그 너머로 황야가 펼쳐져 있어. 나는 자네의 추리를 되새기며 그날 밤에 있었던 일을 머릿속에서 그려 보려 했다네.

'찰스 경이 거기에 서 있었을 때, 황야에서 달려오는 무엇인가가 보였다. 경은 그 존재를 보고 제정신을 차릴 수 없을 만큼 두려워했고, 허겁지겁 도망을 쳤지만 결국에는 공포와 피로에 지쳐 쓰러져 숨을

거뒀다.'

찰스 경은 길고 어두운 터널을 달려 도망친 거지. 대체 무엇이었을까? 황야에 있던 양치기 개? 아니면 소리도 없이 달려든 마견? 이 사건은 인간의 음모일까? 창백한 얼굴로 늘 주위를 살피는 배리모어는 무엇을 감추고 있는 걸까? 아무것도 확실하지 않지만 그 배후에는 틀림없이 범죄의 어두운 그림자가 어른거리고 있다네.

지난번에 편지를 쓴 이후로 또 다른 이웃을 한 명 만났다네. 래프터 저택에 살고 있는 프랭클랜드 씨로 바스커빌 저택에서 남쪽으로 6킬로미터 떨어진 곳에 살고 있다네. 백발에 얼굴이 붉고 화를 잘 내는 노인이지. 법률에 깊은 관심이 있는데 소송을 하면서 상당한 재산을 쏟아 부었다고 하더군. 소송 그 자체가 삶의 보람인 듯, 소송을 거는 것도 좋아하고 당하는 것도 좋아한다 하니 자신의 즐거움을 위해서 돈을 쏟아 붓는다 해도 나로서는 할 말이 없다네. 자신의 사유 도로를 막아 두고 마을 사람들에게 통행권 침해로 고소해 보라고 한 적도 있었다고 하네. 또 한 번은 남의 집 문을 부수고 '여기는 옛날부터 도로가 있던 곳이었으니 주거침입죄로 고소할 테면 해 봐.' 하고 시비를 걸었다고 하네. 프랭클랜드 노인은 옛날부터 전해 내려오는 장원과 촌락의 권리에 대해서 모르는 게 없는데 마을 사람들은 그 지식 때문에 때로는 도움을 얻기도 하고 때로는 어려움을 겪기도 한다네. 그래서 마을 사람들은 때로는 노인을 업고 마을을 돌아다니기도 하고, 때로는 노인의 모습을 본떠 만든 인형을 화형에 처하기도 한다지. 그 노인은 지금 소송을 일곱 개나 끌어안고 있는데 그러면 재산이 싹 없어질 테니 이빨 빠진 호랑이처럼 조용한 노인이 될 것이라는 소문도 있다네.

소송 좋아하는 것만 빼면 프랭클랜드는 친절하고 기품 있는 사람인 듯해. 굳이 이 노인에 대한 이야기를 꺼내지는 않으려 했지만, 자네가 주위 사람들에 대해서 알려 달라고 거듭 부탁해서 적어 보내는 것뿐일세. 그는 아마추어 천문학자이기도 한데 지금 기묘한 일에 푹 빠져 있다네. 탈옥수의 모습을 한 번이라도 보겠다면서 성능 좋은 망원경을 가지고 자기 집 지붕으로 올라가 하루 종일 황야를 살펴보고 있거든. 그런 일에만 힘을 쏟으면 좋으련만 소문에 의하면 모티머 박사를 고소할 예정이라고도 하네. 모티머 박사가 롱 다운 구릉의 고분에서 신석기시대인의 두개골을 발굴한 것을 보고 근친의 승낙 없이

무덤을 파헤쳤다며 트집을 잡지 뭔가. 프랭클랜드 노인 덕분에 이곳 생활이 따분하지 않고 조그만 즐거움까지 얻을 수 있으니 참으로 고마운 일일세.

이것으로 탈옥수, 스태플턴 오누이, 모티머 박사, 그리고 래프터 저택에 살고 있는 프랭클랜드 노인 등에 대한 최근 소식은 다 보고한 셈일세. 마지막으로 중요한 사실을 알려 주겠네. 배리모어 부부에 관한 이야기인데 어젯밤에 놀랄 만한 일이 있었다네.

우선 자네가 런던에서 보낸 전보에 관한 일부터 쓰겠네. 배리모어가 저택에 있는지 확인하기 위해서 보낸 전보 말일세. 전신국장이 증언한 것으로 봐서, 그 시도가 소용이 없었다는 사실은 전에도 설명했지? 그 일에 관해서 헨리 경에게 이야기했더니 직선적인 성격인 그는 바로 배리모어를 불러서 단도직입적으로 전보를 받았는지 물었다네. 배리모어는 자신이 받았다고 대답했어.

"심부름 온 아이가 자네에게 직접 건네줬는가?"

헨리 경의 물음에 배리모어는 놀란 듯했는데 한동안 생각에 잠겨 있다가 이렇게 대답했다네.

"아닙니다. 그때 저는 다락방에 있었기 때문에 아내가 가져다주었습니다."

"답장은 자네가 썼는가?"

"아닙니다. 제가 아내에게 내용을 불러 주었고 아내가 아래층에 내려가서 받아 적었습니다."

저녁이 되자 배리모어가 다시 그 이야기를 꺼냈다.

"주인님, 오늘 아침에 물어보신 것에 대해서 말씀드리고 싶은데, 대체 왜 그런 걸 물어보시는 겁니까? 제가 믿지 못할 행동이라도 했다는 말씀이십니까?"

헨리 경은 그런 생각에서 물어본 것이 아니라고 해명하며 진땀을 좀 뺐지. 때마침 런던에서 맞춘 옷이 도착해서 경은 집사에게 자기가 입던 옷 여러 벌을 주며 달랬다네.

배리모어의 아내도 흥미로운 사람이야. 다부진 몸매에 청교도처럼 체면을 중시하는데 놀라울 정도로 자신의 감정을 드러내지 않는다네. 저택에 도착한 날 밤, 격렬하게 우는 소리를 들었다는 말은 전에 했지? 그 후에도 울고 난 듯한 그녀의 얼굴을 몇 번이고 봤다네. 말 못할 깊은 슬픔이 있어서 늘 괴로워하는 것이겠지. 지난 날 저지른 죄 때문에 괴로워하는 걸지도 모르고, 혹은 배리모어가 폭력을 휘두르는 걸지도 모른다는 생각도 들었네. 배리모어에게는 어딘지 항상 미심쩍은 부분이 있었는데 어젯밤에 일어난 기묘한 사건으로 그 생각이 더욱 굳어졌어.

하지만 사소한 사건으로 보일지도 모르겠네. 자네도 알다시피 나는 원래 깊이 잠들지 못하는 데다가 이 저택에는 경호원 역할을 하려고 온 것이라 더욱 깊이 잠들지 못하고 있다네. 그런데 지난 밤 새벽 2시쯤에 내 방 앞을 지나는 조심스러운 발소리에 눈을 떴어. 나는 문을 살짝 열고 밖을 내다봤다네. 복도에는 한 손에 촛불을 들고 가만가만 걸어가는 남자의 그림자가 길게 드리워져 있었어. 셔츠에 바지를 입고 있었는데 맨발이었지. 윤곽만 보였지만 뒷모습으로 봐서 배리모어가 분명했네. 조심스럽게 살금살금 걸었는데 그 모습에서 뭐라 표현할 수 없는 미심쩍은 냄새가 나더군. 앞서 적어 보낸 것처럼 복도는 거실 위를 둘러싼 발코니에서 끊어지지만 맞은편 복도로 다시 이어진다네. 배리모어의 모습이 사라진 순간, 나는 그의 뒤를 밟았네. 내가 발코니까지 갔을 때 배리모어는 맞은편 복도의 끝부분까지 가 있었어. 열려 있는 문을 통해서 불빛이 새어 나오고 있었기 때문에 그가 방에 들어갔다는 사실을 알 수 있었지. 그런데 그쪽의 방은 쓰지도 않고, 가구도 없었으니 배리모어의 행동을 더욱 더 이해할 수 없었다네. 배리모어가 움직임을 멈췄는지 불빛의 흔들림도 멎었네. 나는 가능한 한 발소리를 죽인 채 다가가 문 뒤에 숨어서 안을 들여다보았지.

배리모어는 촛불로 창을 비춘 채 몸을 웅크리고 있었다네. 나는 옆모습만 보았지만 어두컴컴한 황야를 응시하고 있는 그의 얼굴은 무엇인가를 가만히 기다리고 있는 것처럼 보였네. 그는 몇 분 동안 꼼짝도 하지 않다가 결국에는 깊은 신음 소리를 내더니 서둘러 촛불을 꺼 버렸어. 나는 바로 방으로 돌아왔는데 잠시

후에 조용히 돌아오는 그의 발소리가 들려왔다네. 그로부터 꽤 시간이 흘러서 나도 깜빡 잠이 들었는데 어디선가 열쇠 소리가 들리더군. 하지만 어디서 들려온 소린지는 모르겠네.

이 일들이 무엇을 뜻하는지는 모르겠지만 이 음울한 저택 안에서 비밀스러운 일이 벌어지고 있는 것은 확실하다네. 곧 그 진상을 밝혀낼 수 있을 것 같네. 사실만을 적어서 보내라고 했으니 나의 추리는 생략하겠네. 오늘 아침에 헨리 경과 오랫동안 이야기를 나누고 어제 목격한 일을 바탕으로 둘이서 작전을 짰다네. 다음 편지에 내용을 적을 테니 기다려 주기 바라네.

9. 왓슨 박사의 보고서 2 - 황야의 빛

10월 15일,
바스커빌 저택에서

친애하는 홈즈

처음 이곳에 왔을 때는 이렇다 할 것을 적어 보내지 못했지만 이제는 제대로 된 보고를 할 수 있을 것 같네. 작은 사건들이 하나하나 일어나기 시작했거든. 앞서 보낸 편지는 창가에 서 있던 배리모어의 일을 늘어놓는 데 그쳤지만 이번에는 아마 자네도 놀랄 만한 사실들을 알려줄 수 있을 것 같네. 일은 생각지도 못했던 방향으로 움직이기 시작했다네. 지난 48시간 동안의 움직임으로 상당히 많은 것들을 알게 되었지만 한편으로는 일이 더 복잡해졌어. 모든 것들을 있는 그대로 적어 보낼 테니 자네가 판단해 주길 바라네.

그 사건 다음 날, 나는 아침 식사 전에 복도를 통해 밤에 배리모어가 서 있던 방으로 가서 그곳을 조사해 보았다네. 그리고 집사가 가만히 내다보았던 서쪽 창에 이 저택의 다른 창에서는 볼 수 없는 특징이 있다는 사실을 깨달았지. 거기에서는 황야를 아주 가깝게 잘 내려다볼 수 있었네. 다른 창을 통해서는 먼 곳의 황야밖에 볼 수 없지만, 그곳에서는 두 그루의 나무 사이에 트인 구멍을 통해서 바로 밑까지도 볼 수가 있다네. 즉, 배리모어는 그 창을 통해서 황야에 있는 사람, 또는 무엇인가를 찾고 있었던 걸세. 하지만 어젯밤은 매우 어두웠기 때문에 무엇인가를 보려고 했던 것 같지는 않아. 나는 그가 남몰래 사랑에 빠진 게 아닐까 하는 생각을 했다네. 그의 은밀한 행동과 그의 부인이 괴로워하고 있다는 사실을 설명할 수 있을 테니 말이지. 게다가 그는 빼어난 외모를 소유했으니 시골 처녀들의 마음을 빼앗는 건 시간문제일 걸세. 이렇게 가설을 세운다면 상당히 많은 부분들을 이해할 수 있을 걸세. 그날 밤에 내가 방으로 돌아와서 들었던 열쇠 소리는 그가 비밀스러운 만남을 위해서 밖으로 나가는 소리였을지도 모르지. 다음 날 아침, 나는 그런 식으로 추리해 봤지만 사실은 터무니없는 상상에 불과하다네.

어쨌든 배리모어가 왜 그런 행동을 하는지는 알 수 없었지만 그 진상이 밝혀질 때까지 혼자 가슴속에만 묻고 있을 수가 없었다네. 아침 식사를 마친 뒤 나는 서재로 가서 헨리 경에게 내가 본 사실들을 말했는데 경은 별로 놀라지 않더군.

"배리모어가 밤중에 돌아다닌다는 사실은 나도 알고 있습니다. 그렇지 않아도 물어보려던 참이었습니다. 왓슨 씨가 말한 시각에 복도를 왔다 갔다 하는 발소리를 두어 번 들은 적이 있습니다."

"그럼 매일 밤 그 창가로 가는 걸까요?"

"아마도요. 만약 그렇다면, 뒤를 밟아 보면 왜 그런지 알 수 있겠죠. 친구이신 홈즈 선생님이라면 어떻게 하셨을까요?"

"그러면 틀림없이 경이 말한 대로 했을 겁니다. 뒤를 밟아 배리모어의 행동을 끝까지 지켜보겠지요."

"그럼 밤에 우리가 해 볼까요?"

"하지만 들킬지도 모르지 않습니까?"

"그 사람은 귀가 좀 어두운 편입니다. 어쨌든 들키지 않게 해 보는 수밖에 없습니다. 오늘 밤에는 자지 말고 내 방에서 기다리는 게 어떻겠습니까?"

이렇게 말하더니 헨리 경은 기쁘다는 듯 두 손을 비벼 대기 시작했어. 황야의 따분한 생활에서 벗어날 수 있다는 생각에 이 모험을 즐긴다는 사실을 잘 알 수 있었다네. 돌아가신 찰스 경은 건축가에게 설계를 의뢰하고 런던의 토건업자에게 견적을 부탁하기도 했다는데, 새로 온 헨리 경도 그들과 계속 교섭하고 있다니 곧 대대적인 저택 개축 공사가 시작될 걸세. 플리머스 시에서 실내 장식가와 가구상을 불러오기도 했으니 우리 친구가 엄청난 일을 계획하고 있다는 사실을 확실하게 알 수 있었지. 즉, 바스커빌 가의 부흥을 위해서라면 노력과 돈을 아끼지 않을 생각인 것 같네. 저택의 개축이 끝나고 가구가 새로 들어오면 이제 남은 일은 아내를 맞아들이는 것뿐이겠지. 자네에게 슬쩍 말해 두겠네만, 상대만 승낙한다면 이 문제도 쉽게 실현될 것 같네. 왜냐하면 지금까지 나는, 아름다운 이웃 스태플턴 양을 향한 헨리 경의 마음만큼 뜨거운 사랑은 본 적이 없었으니까. 하지만 열렬한 사랑에는 언제나 방해자가 있기 마련일세. 예를 들어서 오늘 있었던 일만 해도 전혀 예상치 못했던 파문이 일어 우리 친구를 괴로움 속으로 밀어 넣었다네.

배리모어에 대한 이야기를 마친 뒤, 헨리 경이 모자를 쓰고 외출할 준비를 하지 않겠나? 그래서 나도 함께 나가려고 했지.

"왓슨 씨, 함께 가시게요?"

헨리 경이 이상한 눈빛으로 나를 바라보더군.

"황야로 나갈 생각이라면 저도 함께 가야죠."

"맞아요, 황야로 나갈 생각입니다."

"그렇다면, 제가 왜 여기 왔는지는 알고 계시겠죠? 귀찮으시겠지만 홈즈가 무슨 일이 있어도 경을 혼자 있게 해서는 안 된다고 했습니다. 특히 황야에는 혼자 가시면 안 됩니다."

내 말을 듣고 헨리 경은 밝게 미소 지으며 내 어깨에 손을 얹었네.

"다정한 친구, 왓슨 씨. 홈즈 선생님은 틀림없이 명석한 분이십니다. 하지만 이곳에 온 뒤로 내게 일어난 일을 전부 예측하지는 못했습니다. 그건 왓슨 씨도 알지요? 그리고 왓슨 씨도 다른 사람의 즐거움을 방해하고 싶진 않으실 테죠. 혼자 가게 해 주세요."

참으로 난감했다네. 뭐라고 대답해야 좋을지, 어떻게 해야 좋을지 망설이는 사이에 헨리 경은 지팡이를 들고 밖으로 나가 버렸어. 하지만 가만히 따져 보니 어떤 이유에서든 내가 볼 수 없는 곳으로 그를 혼자 보내는 것은 실수라는 생각이 들었네. 런던으로 돌아가서 자네에게 '지시를 어기는 바람에 불행한 일이 일어났네.'라고 보고한다면 나는 어떤 기분이 들지 생각했어. 그 순간, 얼굴이 화끈 달아오르더군. 지금 바로 나간다면 그를 따라잡을 수 있을 것 같아서 나는 앞뒤 가릴 것 없이 메리핏 저택을 향해서 달리기 시작했네.

전속력으로 달렸지만 헨리 경의 모습을 찾을 수가 없었지. 어느 틈엔가 황야의 갈림길까지 와 버렸더군. 아뿔싸, 길을 잘못 들었구나 싶어서 주위를 한눈에 둘러볼 수 있는 언덕에 올라가려고 했네. 검은 바위들이 드러난, 그 채석장이 있는 언덕 말일세. 거기에 오르니 바로 그의 모습이 보이더군. 경은 400미터쯤 떨어진 황야의 오솔길에 있었고 곁에 여자가 보였어. 말할 필요도 없이 스태플턴 양이었다네. 서로 만날 약속을 해 뒀겠지. 둘은 천천히 걸으면서 이야기를 주고받았다네. 그녀는 자신의 말을 강조하듯이 자주 두 손을 움직였어. 헨리 경은 가만히 듣고 있었지만 강하게 반대하듯 한두 번 고개를 흔들었다네. 나는 바위 뒤에 숨어서 두 사람을 지켜보았는데 앞으로 어떻게 해야 좋을지 모르겠더군. 따라가서 두 사람의 대화에 끼어드는 것은 너무 무례한 짓이었고, 무엇보다도 헨리 경에게서 한시라도 눈을 뗄

지 않는 것이 내 역할이었으니까. 친구를 미행하기는 정말 내키지 않았지만 언덕에서 지켜보다가 나중에 그에게 모든 것을 밝히면 마음이 편해질 것이라고 생각했네. 사실 나와 헨리 경은 좀 멀리 떨어져 있었다네. 경에게 무슨 일이 생겨도 내가 달려가서 도와주기는 어려운 거리였어. 그렇지만 자네라면 그때 내가 무척 난처한 처지에 빠져 있었고, 달리 행동할 수 없었다는 점을 이해해 주겠지?

헨리 경과 그 여자는 오솔길에 서서 이야기하는 것에 정신이 팔려 있었네. 그 순간, 나는 나 말고도 두 사람을 감시하는 사람이 또 있다는 사실을 깨닫고 깜짝 놀랐어. 초록색의 무엇인가가 천천히 움직이는 것이 눈에 들어왔다네. 자세히 살펴보니 막대기 끝에 달려 있는 포충망이었어. 울퉁불퉁한 지면 위를 이동하고 있던 남자가 손에 쥐고 있던 거지. 초록색 물건은 잠자리채였고 남자는 스태플턴이었다네. 스태플턴이 나보다 훨씬 더 두 사람과 가까운 곳에 있었지. 그리고 그는 두 사람에게 다가가고 있었네. 그 순간, 갑자기 헨리 경이 스태플턴 양을 끌어안았지 뭔가! 그녀는 얼굴을 돌리고 그의 품에서 벗어나려 하는 것 같았네. 가까이 다가오려는 얼굴을 손으로 막으려 하고 있었는데, 바로 그 다음에 두 사람은 얼른 서로에게서 떨어져서 등을 돌렸지.

그건 스태플턴 때문이었다네. 그는 맹렬한 속도로 달려들었는데 잠자리채의 움직임이 좀 이상했네. 연인들 앞에서 스태플턴은 너무나도 흥분한 나머지 미쳐 날뛰는 사람처럼 보이더군. 어떻게 된 일인지 나는 영문을 알 수 없었지만 스태플턴이 헨리 경에게 거친 말을 해 대는 것 같았어. 헨리 경이 사정을 설명했지만 상대가 받아들이지 않자 그도 매우 화가 난 듯했네. 스태플턴 양은 아무런 말도 하지 않

은 채 다른 곳으로 고개를 돌리고 있었어. 곧 스태플턴이 헨리 경에게
등을 돌리더니 위압적인 태도로 손짓하며 동생을 불렀지. 그녀는 망
설이듯 헨리 경을 한 번 쳐다보고는 오빠와 함께 길을 가기 시작했네.
행동으로 봐서 박물학자는 동생에게 화가 난 듯했어. 헨리 경은 그들
의 뒷모습을 한동안 바라보다가 곧 풀이 죽은 모습으로 발걸음을 돌
렸다네. 의기소침한 그의 모습은 보기에도 안쓰러울 정도였어.

대체 왜 그럴까? 나는 그 이유를 알 수 없었다네. 어쨌든 봐서는 안
될 장면을 본 것 같아 나 자신이 부끄러워졌어. 그래서 언덕에서 내려
와 헨리 경을 기다렸지. 그는 분노로 얼굴을 붉히고 눈썹을 꿈틀대며

어쩔 줄 몰라 했다네.

"아니 왓슨 씨. 대체 어디서 솟아난 겁니까? 설마 내 뒤를 밟은 건 아니겠죠?"

나는 모든 사실을 설명했다네. 가만히 기다리기만 할 수는 없었다고 생각한 것과 뒤를 밟다가 모든 일을 보게 되었다는 사실을 말이야. 그는 한순간 나를 노려봤지만 내가 모든 것을 솔직하게 털어놓자 화가 풀렸는지 결국에는 어이없다는 표정으로 웃음을 터뜨렸네.

"들판에서라면 아무도 모르게 그녀와 만날 수 있을 거라고 생각했는데. 이런, 젠장! 다들 내가 사랑을 갈구하는 걸 보고 있었군요. 그것도 멋지게 차이는 장면을! 왓슨 씨는 도대체 어디에서 구경을 하고 있었습니까?"

"저 언덕 위에서요."

"꽤 멀리 떨어진 자리에 계셨네요. 그녀의 오빠는 가장 앞자리에서 보고 있더군요. 달려 나오는 모습을 보셨죠?"

"네."

"왓슨 씨, 그 사람 말인데요, 좀 제정신이 아닌 것 같다고 생각한 적 없습니까?"

"그렇게 보인 적은 없었습니다."

"나도 그렇습니다. 조금 전까지만 해도 괜찮은 사람이라고 생각하고 있었죠. 하지만 아무리 생각해도 그는 조금 정신이 나간 듯합니다. 아니면 내가 미쳐 버린 거겠죠. 아, 내가 어떻게 돼 버린 걸까? 왓슨 씨, 여기서 저와 함께 생활한 지도 벌써 몇 주일이 지나지 않았습니까? 솔직하게 대답해 주십시오! 나는 사랑하는 여인과 결혼하고 싶습니다. 그게 뭐가 잘못됐다는 거죠?"

"어느 한 군데도 잘못된 점은 없습니다."

"내가 가진 사회적 지위에 대해서는 그도 불만은 없을 겁니다. 그렇다면 틀림없이 나라는 사람 자체를 미워하는 것이겠죠. 하지만 왜죠? 지금까지 나는 한 번도 남에게 피해를 준 적이 없었습니다. 그런데도 그 사람은 내가 동생에게 손가락 하나 까딱하지 못하게 하겠다더군요."

"그런 말을 했나요?"

"네. 더 심한 말도 들었습니다. 왓슨 씨, 스태플턴 양을 만난 지 이제 겨우 몇 주밖에 지나지 않았습니다. 하지만 처음 본 순간부터 이 사람밖에 없다는 걸 알 수 있었습니다. 그 사람도 마찬가지입니다. 스태플턴 양도 나와 함께 있을 때 분명히 행복을 느꼈을 겁니다. 여자의 눈동자는 그 어떤 말보다도 더 많은 걸 말해 주니까요. 하지만 그 사내는 우리 둘만 있게 내버려 두지를 않았습니다. 오늘 처음으로 단 둘이서 이야기를 나눌 수 있었죠. 그녀는 흔쾌히 나를 만나겠다고 했어요. 하지만 사랑의 말을 속삭이려 들지는 않았습니다. 그뿐만 아니라 내 입까지 막으려 했고요. 스태플턴 양은 '여기는 위험한 곳입니다. 당신이 이곳을 떠날 때까지 안심할 수 없습니다.'라는 말만 되풀이했습니다. 그래서 나는 그녀에게, 당신을 만난 지금 서둘러 이곳을 떠날 생각은 없으며 내가 진심으로 떠나길 바란다면 함께 가자고 말했습니다. 다시 말해서 청혼을 한 겁니다. 그런데 그녀가 대답하기도 전에 오빠가 미친 사람처럼 뛰어들었습니다. 얼굴이 완전히 새파랗게 질려서 화를 내고 있었는데 잿빛 눈동자가 불타오르는 듯 했어요. 내가 뭘 그렇게 잘못했다는 겁니까? 싫다는 걸 억지로 꾀어내기라도 했단 말입니까? 내가 준남작이라는 지위를 멋대로 이용한 적이 한 번이라도 있었습니까? 하지만 그자가 그녀의 오빠만 아니었어도 정말 그렇게 할 뻔했습니다. 그의 누이동생에 대한 내 마음에는 한 점 부끄러움도 없고, 가능하다면 스태플턴 양을 아내로 맞이하고 싶다는 말 빼고는 달리 할 말이 없었습니다. 그래도 그는 받아들일 수 없었던 듯했습니다. 나도 화가 나서 거친 말을 내뱉었습니다. 그녀 앞에서 그런 행동을 하다니, 내가 지나쳤던 것일지도 모르겠네요. 그 다음은 왓슨 씨가 아는 대로 오빠가 동생을 데리고 떠나 버렸고, 참담해진 나만 혼자 남았습니다. 왓슨 씨, 대체 뭐가 잘못된 건지 가르쳐만 주시면 그 은혜는 평생 잊지 않겠습니다."

한두 가지 생각나는 일들을 말하기는 했지만 사실은 나도 스태플턴이 왜 그랬는지 도무지 이유를 알 수 없었다네. 헨리 경은 지위, 재산, 나이, 성격, 용모 등 무엇 하나 흠잡을 데 없는 사람일세. 한 가지 마음에 걸리는 게 있다면 집안에 내려오는 어두운 운명뿐이었지. 그런 그가 청혼을 했는데 누이동생의 마음은 알아보지도 않고 무례하게 거절을 하지 않나, 거기에 스태플턴 양도 아무 변명이나 옹호도 없이 가만히 있지를 않나. 나는 이 사태를 도무지 이해할 길이 없다네. 하지만 그날 오후 스태플턴이 직접 바스커빌 저택으로 찾아와서 그 의문을 풀어 줬다네. 그는 황야에서의 일을 사과했고 헨리 경과 서재에서 오랫동안 이야기를 나눈 뒤 모든 일을 잊기로 했지. 그 표시로 다음 주 금요일에 모두가 메리핏 저택에 모여서 식사하기로 했다네.

"이젠 그가 미쳤다고 말하지 않겠습니다. 오늘 아침, 황야에서 달려들 때의 눈빛은 아직도 기억하고 있지만 사과 하나는 정말 멋지고 정중하게 하더군요."

헨리 경이 말했네.

"오늘 아침 일에 대해서는 뭐라고 하던가요?"

"그 사람이 말하길 누이동생은 자기 인생의 전부라고 하더군요. 당연한 일입니다. 나는 그가 동생의 가치를 알고 있다는 사실에 오히려 기뻤습니다. 지금까지 늘 동생과 함께 생활해 왔고, 마땅히 이야기 할 상대도 없이 고독하게 살아와서 동생이 떠날지도 모른다고 생각하니 미쳐 버릴 것만 같았다고 말하더군요. 내가 그녀를 마음에 두고 있었을 줄은 꿈에도 몰랐다고 합니다. 그런데 실제로 동생을 빼앗길 것 같은 장면을 자기 눈으로 확인한 순간, 너무 큰 충격을 받아서 한동안은 어떻게 말하고 행동했는지도 기억할 수 없다고 했습니다. 그는 자신이 한 행동을 진심으로 후회했고, 동생처럼 아름다운 여자를 평생 붙잡아 둘 수 있을 거라고 생각한 건 자신의 이기적인 마음 때문이었다고 인정했습니다. 만약 동생이 자기를 떠나야 한다면 다른 사람보다도 나 같은 이웃과 결혼하는 것이 좋을 거라고도 했지요. 하지만 자신에게도 마음의 준비를 할 시간이 필요하다고 합디다. 석 달 동안 이 문제를 거론하지 않고, 구애도 하지 않고, 그저 친구처럼 지내겠다고 약속한다면 그도 우리 결혼을 반대하지 않겠다고 말했습니다. 나도 그러겠노라고 약속했으니 이 문제는 당분간 없었던 일로 해야겠군요."

이렇게 해서 조그만 의문이 풀린 셈일세. 그동안 우리는 진흙 속에서 몸부림을 치고 있었지만 어쨌든 발이 바닥에 닿았으니 이제 한숨 돌릴 수 있게 되었네. 헨리 경처럼 흠잡을 데 없는 사람이 자기 누이동생에게 청혼했는데도 오빠가 그렇게 화를 낸 이유를 알게 되었으니 말일세.

자, 다음은 뒤엉킨 실타래 속에서 뽑아 낸 또 하나의 실에 대해 이야기해 보겠네. 깊은 밤에 들려온 울음소리, 배리모어 부인의 얼굴에 남아 있던 눈물 자국, 남몰래 서쪽 창가를 오가는 집사에 얽힌 수수께끼일세. 기뻐해 주게, 홈즈! 내가 자네의 대역을 훌륭하게 소화해 냈다네. 하룻밤 사이에 모든 일을 해결했으니 나를 믿고 보내 준 자네에게 멋지게 보답한 셈이지. '하룻밤'이라고 말했지만 사실은 '이틀 밤'이라고 하는 게 더 정확할 것 같네. 첫째 날 밤에는 보기 좋게 헛수고를 했거든. 새벽 3시까지 헨리 경의 서재에서 버터 보았지만 계단 위에 있는 자명종 시계의 종소리만 들려올 뿐, 다른 소리는 전혀 들리지 않았다네. 정말 넌덜머리나는 불침번이었는데 결국은 우리 둘 다 의자에 앉은 채로 잠들어 버리고 말았어. 다시 마음을 다잡고 하룻밤 더해 보기로 했지. 다음 날 밤에는 램프를 한껏 죽이고 아무 소리도 내지 않은 채 담배를 피우며 가만히 기다렸지. 시간은 믿을 수 없을 정도로 천천히 흘렀다네. 그래도 사냥감이 덫에 걸리기만을 끈질기게 기다리는 사냥꾼처럼 정신을 똑바로 차리며 그 시간을 버티고 있었어. 시계가 1시, 곧 이어서 2시를 알렸지. 오늘 밤에도 틀린 모양이라고 생각한 바로 그 순간, 복도에서 삐걱거리는 발소리가 들렸네. 우리 둘 다 깜짝 놀라 의자에 앉은 채 움직일 수가 없었지. 그리고 다시 온 신경을 집중했다네.

우리는 숨을 죽이고 발소리가 들리지 않을 때까지 기다렸어. 그리고 헨리 경이 가만히 문을 열었고 우리는 발소리를 쫓아 추적을 시작했다네. 이미 집사의 모습은 보이지 않았고, 복도는 칠흑같이 어두웠지. 우리는 발소리를 죽이며 옆 건물까지 갔는데 그 순간, 검은 수염을 기른 키 큰 사내가 몸을 웅크린 채 살금살금 걸어가는 모습이 눈에 들어왔다네. 사내는 예전과 같은 방으로 들어갔고, 촛불이 문틈으로 새어 나와 한 줄기 노란 빛이 어두운 복도에 드리워졌다네. 소리를 내지 않도록 한 걸음 한 걸음, 조심스럽게 다가갔지. 둘 다 구두를 신지는 않았지만 그래도 낡은 바닥은 삐걱거리는 소리를 내고 말았네. 배리모어가 그 소리를 듣지 못하는 것이 신기할 정도였지. 고맙게도 상대는 귀가 좀 어두운 데다 자신이 하고 있는 일에 완전히 정신을 빼앗기고 있었던 듯해. 드디어 문 앞까지 이르러 방 안을 들여다보니 그는 한 손에 초를 든 채 창가에서 몸을 웅크리고 있었네. 이틀 전 밤과 다를 것 없이 긴장해서 파랗게 질린 얼굴을 창 가까이에 대고 있더군. 미리 작전을 세우지는 않았지만 언제나 거침없이 행동하는 헨리 경은 성큼성큼 방 안으로 들어갔다네. 그 순간 배리모어는 날카로운 비명을 지르며 창가에서 떨어져 하얗게 질린 얼굴로 벌벌 떨었지. 우리를 본 배리모어의 얼굴은 하얀 가면을 쓴 사람처럼 변했고 그 검은 눈에는 놀라움과 두려움이 가득한 데다 몸도 움직이지 못했다네.

"배리모어, 여기서 뭐하는 건가?"

"아무것도 아닙니다. 창 때문입니다, 창문이요. 밤마다 창문이 제대로 잠겨 있는지 살피고 있지요."

그는 너무 당황한 나머지 한동안은 말도 제대로 못했어. 손에 들고 있던 초가 떨려 사람의 그림자가 흔들렸지.

"2층 창문을?"

"네, 창문이란 창문은 전부 살피고 있습니다."

"배리모어, 우리는 자네에게 진실을 들으러 왔네. 알겠는가? 사실대로 말하는 게 자네 신상에도 좋을 걸세. 자, 이제 거짓말할 생각은 하지 말고 사실을 말해 보게! 창가에서 무엇을 하고 있었던 거지?"

　헨리 경의 말투가 엄하게 바뀌었네. 배리모어는 절망적인 표정을 지으면서 공포와 슬픔으로 양손을 비틀어 댔지.

　"아무 짓도 하지 않았습니다. 그저 초를 들고 창가에 서 있었을 뿐입니다."

　"왜 그런 짓을 한 거지?"

　"주인님, 제발 용서해 주십시오. 제발 아무것도 묻지 말아 주십시오. 결코 제게 어떤 비밀이 있는 게 아닙니다. 그렇기 때문에 더욱 말씀드릴 수가 없습니다. 저만의 일이라면 무슨 일이든 주인님께 숨기지 않았을 겁니다."

문득 어떤 생각이 떠올랐고, 나는 집사가 창틀에 올려놓은 초를 집어 들었지.

"틀림없이 이걸 들어서 신호를 보냈을 겁니다. 한번 해 보죠. 저쪽에서 답이 올지도 모릅니다."

나는 배리모어처럼 초를 들고 밤의 어둠 속을 들여다보았지. 달이 구름 뒤로 숨어 버렸기 때문에 나무들의 어두운 그림자와 그보다는 조금 밝게 펼쳐진 황야를 간신히 구별할 수 있을 정도였다네. 갑자기 밤의 장막 속에서 바늘 끝만큼 조그맣고 노란 불빛이 반짝이더니 어둡고 네모난 창의 중간쯤에서 빛을 발하기 시작하는 걸 보고 나는 탄성을 질렀네.

"저거다!"

"아닙니다. 아무것도 아닙니다. 저건 정말 아무것도 아닙니다. 저건 절대로……."

집사가 허둥지둥 말을 자르더군.

"왓슨 씨, 초를 천천히 움직여 봐요!"

헨리 경이 커다란 소리로 말했다네.

"보세요, 저쪽 불빛도 움직입니다! 어떤가? 자네, 이래도 신호가 아니었다고 할 건가? 자, 어서 말을 해 보라고! 저쪽에 있는 녀석은 누구지? 자네들은 무슨 음모를 꾸미고 있는 건가?"

배리모어 집사가 결심한 듯 말했다네.

"이건 주인님이 아닌 제 일입니다. 말씀드릴 생각은 없습니다."

"그래? 그렇다면 지금 당장 자네를 해고하겠네."

"알겠습니다. 그렇다면 저도 어쩔 수 없습니다."

"이건 단순한 해고가 아닐세. 자네는 여기에서 불명예스럽게 쫓겨나는 거야. 부끄러운 줄 알라고! 자네 식구들은 바스커빌 가에서 100년도 넘게 살아 왔어. 그런데 이런 음모를 꾸밀 줄이야!"

"아닙니다! 그런 게 아닙니다. 그런 짓을 한 게 아닙니다!"

여자의 목소리가 들려왔다네. 배리모어의 아내가 남편보다도 더 새파랗게 질린 얼굴로 문가에 서 있었지. 굳은 표정을 짓고 있지 않다면 커다란 여자가 숄을 걸치고 스커트를 입은 그 모습은 꽤 우습게 보였을 걸세.

"엘리자, 우린 나가야 하오. 이젠 모든 게 끝이야. 짐을 꾸리시오."

집사가 말하더군.

"아, 존. 미안해요. 나 때문에 이런 일이 생기다니. 주인님, 저 때문입니다. 모두 제 잘못입니다. 제가 억지로 부탁했기 때문입니다."

"그럼 어디 한번 말해 보게! 대체 어떻게 된 일이지?"

"불쌍한 제 남동생이 황야에서 굶어 죽어 가고 있습니다. 저희는 차마 동생이 이 저택 앞에서 굶어 죽는 꼴을 보고만 있을 수는 없었습니다. 촛불은 음식이 준비됐다는 신호고, 저쪽 불빛은 음식을 가져갈 장소를 알리는 신호입니다."

"그럼, 부인의 동생은……."

"탈옥수입니다, 주인님. 죄수 셀던이 제 동생입니다."

"아내의 말은 모두 사실입니다. 저만의 비밀이 아니라 말씀드릴 수가 없었습니다. 이제 어떤 음모가 있었다 해도 주인님을 향한 것이 아니라는 사실을 아셨겠지요."

배리모어가 말했다네. 이렇게 해서 심야의 은밀한 행동과 창가의 불빛에 대한 진상이 밝혀진 걸세. 헨리 경과 나는 놀라서 여자를 바라

보았네. 성실하기 이를 데 없는 이 여자와 나라를 떠들썩하게 한 악명 높은 범죄자가 한 핏줄에서 나온 남매였다니, 어떻게 그런 일이 있을 수 있겠나?

"맞습니다, 주인님. 제가 결혼하기 전의 성은 셀던이었고, 탈옥수는 제 동생입니다. 어렸을 때 애지중지 키우면서 무슨 투정이든 다 받아 줬습니다. 결국 동생은 세상이 자신을 위해서 있는 것이며 무엇이든 자기 맘대로 할 수 있다고 생각하게 되었습니다. 그 애는 클수록 나쁜 친구들을 사귀었고, 악마가 된 그 애는 어머니를 끝없는 비탄에 잠기게 했으며 집안 이름에 먹칠을 했습니다. 차례차례 끔찍한 일들을 저

질렀고 끝도 없이 타락했지만 다행히 신의 가호가 있어 단두대에 오르는 것만은 면했지요. 하지만 주인님, 제게는 언제까지나 함께 놀던 귀여운 동생일 뿐입니다. 동생이 탈옥한 것도 제가 이 집에 있으니 자신을 죽게 내버려 두지는 않을 거라는 사실을 알았기 때문입니다. 어느 날 밤, 간수에게 쫓기던 동생이 굶주림과 피로에 지친 몸을 이끌고 이곳으로 찾아왔습니다. 그걸 보고 저희가 어떻게 할 수 있었겠습니까? 저희 부부는 그 아이를 안으로 불러들여 먹을 것을 주고 보살펴 주었습니다. 그러던 중에 새 주인님이 오셨고, 동생은 추격이 끝날 때까지 황야에 숨어 있는 것이 가장 안전하다고 생각했습니다. 그래서 이틀에 한 번씩 창가에서 신호를 보내 그 아이가 아직 황야에 있다는 사실을 확인했습니다. 그리고 신호가 오면 남편이 빵과 고기를 가져다주었지요. 동생이 어서 다른 곳으로 가 줬으면 좋겠다는 생각을 한시도 잊은 적이 없었습니다. 하지만 여기에 있는 동안은 그 아이를 돌보지 않을 수 없었습니다. 주인님, 저는 주님을 믿는 정직한 여인으로서 이제 모든 것을 솔직하게 말씀드렸습니다. 그러니 남편을 탓하지 말고 저를 탓하십시오. 남편이 이런 일을 한 것은 오로지 저를 위해서였을 뿐입니다."

여자의 말은 열기에 넘쳐서 아주 진실하고 설득력 있게 들렸다네.

"배리모어, 정말인가?"

"예, 주인님. 어떤 거짓도 없습니다."

"알겠네. 자기 아내를 위해서 한 일이라니 탓할 수도 없겠군. 방금 전에 했던 말은 잊어 주기 바라네. 이제 두 사람 모두 방으로 돌아가게. 이 문제에 대해서는 내일 아침에 다시 이야기하세."

배리모어 부부가 방에서 나간 뒤 우리는 다시 한 번 창밖을 내다보앉지. 헨리 경이 창문을 열어젖히자 차가운 밤공기가 얼굴에 부딪쳤어. 저 멀리 어둠 속에서는 아직도 노란 불빛이 희미하게 빛나고 있었네.

"대단한 녀석이군."

헨리 경이 말했어.

"여기서만 볼 수 있는 장소겠지요?"

"그럴 겁니다. 저기까지 거리가 얼마나 될 것 같습니까?"

"클레프트 바위산 부근 같은데요."

"기껏해야 2, 3킬로미터 정도겠죠."

"그렇게 멀지는 않은 것 같습니다."

"그렇군요. 배리모어가 먹을 것을 날랐다니 그렇게 멀지는 않겠네요. 탈옥수는 저 불빛 옆에서 기다리고 있을 겁니다. 내가 저 녀석을 잡으러 가겠습니다!"

나도 같은 생각을 하고 있었다네. 배리모어 부부가 우리를 믿고 모든 사실을 털어놓은 것은 아닐 거야. 더 이상 숨길 수 없어서 밝힌 거겠지. 저 사내는 사회의 적이고, 동정하거나 사정을 봐 줄 가치도 없는 녀석이었네. 그런 악당이니 다시는 나쁜 짓을 하지 못할 곳으로 되돌려 보내는 게 우리의 의무였고 그렇게 좋은 기회는 놓칠 수 없었어. 잔인하고 난폭한 놈이니 그냥 내버려뒀다간 또 다른 희생자가 나올지도 모르니까. 가령, 오늘 밤에 이웃인 스태플턴 일가가 그의 습격을 받게 될지도 모르는 일 아닌가? 그래서 헨리 경이 녀석을 잡으러 나서겠다고 한 것일지도 몰랐네.

"저도 가겠습니다."

"그럼 권총을 몸에 지니고 구두를 신으세요. 녀석이 불을 끄고 다른 곳으로 도망갈지도 모르니 서둘러야겠습니다."

우리는 5분 만에 저택에서 나와서 모험을 떠났다네. 쓸쓸한 가을바람의 탄식과 마른 낙엽 소리를 들으면서 어두운 관목 숲을 향해 발길을 서둘렀어. 무겁게 내려앉은 밤공기에서는 썩은 내가 났네. 가끔 달이 얼굴을 내밀기도 했지만 구름이 하늘을 온통 뒤덮은 채 흘러가고 있었고, 우리가 황야로 나오자 가랑비가 내리기 시작했다네. 앞쪽의 빛은 아직도 불타올랐어.

"무기는 가져오셨죠?"

내가 물었네.

"사냥할 때 쓰는 말채찍을 가지고 왔습니다."

"녀석은 사람 목숨을 아주 우습게 안다고 하니 기습할 수밖에 없습니다. 허를 찔러서 저항하지 못하도록 붙잡아야 합니다."

"왓슨 씨, 홈즈 선생님이라면 뭐라고 하실까요? 악마가 날뛰는 늦은 밤에 이렇게 모험을 나왔으니 말입니다."

헨리 경의 말에 답하듯 갑자기 끝없이 펼쳐진 황야의 어둠 속에서 이상한 소리가 들려왔네. 예전에 그림펜 늪지 부근에서 들었던 그 소리가 바람에 실려 밤의 정적을 뚫고 들려온 걸세. 신음 같은 낮은 소리가 길게 이어지더니 곧 커다란 포효가 되어 천지에 울렸고 다시 구슬픈 신음 소리가 되었다가 사라져 버렸네. 자꾸만 들려오는 그 소리에 밤의 공기가 겁을 먹어 부들부들 떨고 있는 느낌이었어. 헨리 경이 내 소매를 꽉 쥐었네. 어둠 속에서도 그의 얼굴이 하얗게 보이더군.

"왓슨 씨, 뭘까요?"

"모르겠습니다. 황야에서 솟아오르는 소리라고 하던데요. 전에도 들은 적이 있었습니다."

그 소리가 끊기자 주위는 정적에 휩싸였다네. 가만히 귀를 기울여

봤지만 아무런 소리도 들리지 않았어.

"왓슨 씨, 이건 개가 울부짖는 소리입니다."

헨리 경의 목소리가 변했다네. 갑자기 공포의 손아귀에 걸려든 것을 깨달은 듯했지. 나도 온몸의 피가 식어 버린 느낌이 들더군.

"저 소리에 대해서 뭐라고들 합니까?"

헨리 경이 물었네.

"누가요?"

"이곳 사람들 말입니다."

"모두 무지한 사람들입니다. 그들이 뭐라 하든 상관없는 일입니다."

"말해 주세요, 왓슨 씨. 뭐라고들 합니까?"

나는 말문이 막혔다네. 하지만 대답하지 않을 수도 없었지.

"바스커빌 가의 마견이 울부짖는 소리라고 합니다."

헨리 경은 신음 소리를 내더니 한참 뒤에야 입을 열었네.

"틀림없이 개가 울부짖는 소리였습니다. 몇 킬로미터 떨어진 곳에서 들려온 듯했습니다."

"어디서 그 소리가 나는 건지 모르겠어요."

"바람에 실려 높아지기도 하고 낮아지기도 했습니다. 그림펜 늪지에서 들린 것 같지 않았습니까?"

"그렇군요."

"틀림없이 거깁니다. 왓슨 씨도 저게 개가 울부짖는 소리라고 생각하시죠? 나는 어린애가 아닙니다. 괜찮습니다. 생각한 대로 말씀해 주세요."

"저 소리를 처음 들었을 때는 옆에 스태플턴 씨가 있었습니다. 그는 희귀한 새의 울음소리일지도 모른다고 말했지요."

"아닙니다, 저건 개예요. 맙소사, 그 전설 속에 진실도 숨어 있었다는 말일까? 그 불행한 사건 때문에 내게도 위험이 닥치게 되는 걸까요? 왓슨 씨는 그런 걸 믿지 않으시겠죠?"

"믿지 않습니다. 당연하죠."

"런던에서라면 웃음거리에 불과했겠지만, 막상 황야의 어둠 속에서 저런 소리를 듣고 나니 달리 생각되는군요. 게다가 백부님의 일도 있고요. 쓰러져 있던 곳 옆에 개의 발자국이 있었다고 하지 않습니까? 앞뒤가 꼭 들어맞습니다. 나 자신을 겁쟁이라고 생각하지는 않지만 그 소리를 듣는 순간 온몸의 피가 싸늘하게 식어 버린 느낌입니다. 왓슨 씨, 이 손을 좀 보세요!"

헨리 경의 손은 대리석처럼 싸늘했다네.

"내일이면 괜찮아질 겁니다."

"그 소리만은 잊을 수 없을 겁니다. 그건 그렇고, 이제 어떻게 하실 겁니까?"

"돌아갈까요?"

"그럴 수는 없습니다. 죄수를 잡으러 온 것 아닙니까? 해치웁시다. 나는 탈옥수를 쫓고, 지옥의 개는 나를 쫓겠지요. 자, 갑시다. 황야의 악마가 날뛰고 있는지 확인해 봐야겠습니다."

우리는 여기저기 걸려 넘어지면서 어둠을 뚫고 앞으로 나갔다네. 주위에는 검고 거친 바위산들이 기분 나쁘게 솟아 있었어. 앞에는 여전히 노란 불빛이 희미하게 타올랐지. 어두운 밤에 보이는 불빛은 전혀 거리를 짐작할 수 없었다네. 지평선 너머에서 빛나는 것처럼 보이기도 했고, 바로 몇 미터 앞에서 빛나는 것처럼 보이기도 했어. 하지만 드디어 불빛이 비치는 곳을 찾아냈다네. 불빛이 있는 곳 바로 앞까

지 다다른 거지. 바람을 피하기 위해서 바위틈 사이에 세워 놓은 촛불이 촛농을 떨어뜨리며 타오르고 있었네. 그건 바스커빌 저택 쪽에서만 볼 수 있도록 되어 있었어. 우리는 들키지 않도록, 커다란 화강암을 따라서 다가가 바위 뒤에 숨어서 신호용 불빛을 바라보았어. 아무도 없는 황야 한가운데서 촛불 하나가 타오르고 있는 광경을 보고 표현할 수 없는 신비함을 느꼈네. 노란 불꽃은 미동도 하지 않고 타오르며 주위의 바위들을 환하게 비춰 주더군.

"어떻게 할까요?"

헨리 경이 작은 소리로 말했어.

"여기서 기다립시다. 녀석은 불빛 가까이에 있을 겁니다. 어떤 녀석인지 꼭 보고 싶군요."

말이 채 끝나기도 전에 바로 그 사내가 모습을 드러냈네. 초가 타오르는 바위 위로 난폭해 보이는 노란 얼굴이 조용히 올라왔어. 더러운 욕망을 그대로 드러내고 있는, 짐승처럼 무시무시한 얼굴이었다네. 수염과 머리가 제멋대로 자라나 있었고, 진흙 범벅이 된 얼굴은 언덕 비탈면의 돌집에서 살던 태곳적 야만인의 모습 그대로였지. 조그맣고 교활해 보이는 눈이 촛불의 빛을 받아 번뜩였고, 그 눈은 사냥꾼의 발소리를 들은 영악하고 위험한 짐승처럼 주위의 어둠을 살피고 있었다네.

녀석은 뭔가 좀 이상하다고 느낀 모양이었네. 배리모어만 알고 있는 어떤 신호가 없어서 그랬을까? 아니면 다른 이유로 이상한 낌새를 눈치챈 것일까? 그 흉측한 얼굴에 공포의 빛이 떠오르기 시작했지. 지금이라도 당장 촛불을 끄고 어둠 속으로 모습을 감추려는 기색이 보였다네. 그때 내가 먼저 뛰쳐나갔고 바로 다음 순간에 헨리 경도 뛰쳐나왔어. 그러자 탈옥수는 욕설을 퍼부으며 돌을 던졌다네. 돌은 우리가 숨어 있던 화강암에 부딪쳐 부서졌고, 사내는 자리에서 일어나 도망치기 시작했어. 작고 땅딸막하지만 다부진 몸이 눈에 들어오더군. 그때 다행스럽게도 구름 사이로 달이 얼굴을 내밀었다네. 우리는 언덕의 능선으로 뛰어 내려갔어. 쫓기는 녀석도 산양 같은 몸놀림으로 돌을 내딛으며 경사면을 맹렬한 속도로 뛰어 내려갔어. 좀 거리가 있었지만 잘하면 쏘아 맞힐 수도 있을 것 같았네. 하지만 권총은 습격을 받았을 때를 대비해서 가져온 것이었지 무기도 없이 도망치는 상대를 쏘기 위해서 가져온 것은 아니었다네.

우리 둘은 모두 발이 빠르고 몸이 날랬지만 도저히 녀석을 따라잡

을 수는 없었네. 달빛 밑으로 도망가는 사내의 모습이 오랫동안 눈에 들어왔지만 그 모습은 점점 멀리 언덕의 바위 사이로 움직이는 작은 점이 되어 버렸네. 우리가 숨이 턱에 차도록 뒤쫓아 보았지만 거리만 더욱 벌어질 뿐이었다네. 결국 우리는 포기하고 멀리 사라져 가는 녀석의 모습을 바위 위에 주저앉아서 숨을 헐떡이며 바라볼 수밖에 없었지.

그 순간, 전혀 예상하지 못했던 아주 이상한 광경을 목격했다네. 더 이상 쫓아 봐야 소용없을 것이라 생각하고 자리에서 일어나 집으로 돌아가려 했을 때였네. 달은 오른쪽 하늘에 낮게 걸려 있었고 화강암 바위산 꼭대기가 은빛 둥근 달의 아랫부분을 찌르고 있었네. 문득 바라보니, 거기에 한 사내가 서 있는 게 아니겠는가? 그는 밝은 달빛을 배경 삼아 흑단으로 만든 조각상처럼 검은 윤곽만 보였지만 절대 환각이 아니었다네, 홈즈. 그렇게 뚜렷하게 보였으니 말일세. 키가 크고 마른 남자였어. 팔짱을 낀 채 다리를 벌리고 서서 밑을 내려다보고 있더군. 그 모습은 눈앞에 펼쳐진 토탄土炭과 화강암으로 이루어진 광활한 황야에 대해서 깊이 생각하고 있는 듯했네. 그건 무시무시한 황야의 정령이었을까? 물론 도망친 탈옥수는 아니었네. 그자는 죄수가 사라진 곳과 상당히 떨어진 곳에 있었고, 키도 훨씬 더 컸으니까. 나는 너무 놀라서 나도 모르게 소리를 질렀고, 헨리 경에게도 그 사실을 알리려고 뒤돌아서서 그의 팔을 잡으려 했네. 그런데 그 순간 사내의 모습이 사라져 버렸어. 화강암 바위산의 날카로운 끝부분은 여전히 달의 아랫부분을 찌르고 있었지만, 그 조각상 같던 검은 사람의 모습은 씻어 낸 듯 눈앞에서 사라져 버렸다네.

나는 그 바위산까지 가서 조사해 보고 싶었지만 거리가 너무 멀었어. 거기에 헨리 경은 그 울부짖는 소리까지 들었기 때문에 집안에 전해 오는 어두운 전설을 떠올리고 신경이 날카로워져서 더 이상 모험을 할 기분이 아니었고, 헨리 경은 바위산 위에 서 있던 이상한 사람을 보지 못한 터라 내가 그의 신비한 출현과 위압적인 태도에서 받은 전율을 느끼지도 못했다네.

"분명히 간수였을 겁니다. 녀석이 탈옥한 뒤로 황야에 수도 없이 깔렸으니까요."

헨리 경은 이렇게 말했다네. 그럴 듯한 의견이었지만 나는 좀 더 정확한 것을 알고 싶어. 오늘 프린스타운 교도소에 연락해서 탈옥수에 대해서 말할 생각인데 우리 손으로 잡아 넘기지 못한 것은 정말 안타까운 일이었지. 여기까지가 어젯밤에 겪은 모험이라네.

이보게, 홈즈. 이 정도면 내가 쓴 보고서가 자네에게 큰 도움이 되고 있다는 사실을 인정해 줄 텐가? 내가 잘못 생각하는 부분이 있을지도 모르지만, 일단은 모든 사실을 보고하고 결론은 자네에게 맡기는 것이 가장 좋은 방법이라고 생각하고 있네. 앞으로 조사를 좀 더

진전시킬 수 있을 걸세. 배리모어 부부에 대해서라면 우리는 그 행동 동기를 확실하게 밝혀냈고, 그 이외에도 이곳의 상당한 부분을 확실하게 알게 되었으니 말일세. 하지만 황야에는 아직도 몇 가지 비밀이 숨어 있고 이해할 수 없는 사람들도 있기 때문에 골머리를 썩이고 있다네. 다음 보고서를 보낼 때쯤이면 조그만 단서라도 잡을 수 있을 것 같아. 자네가 이곳으로 와 준다면 더할 나위 없이 좋겠지만. 어쨌든 며칠 후에 다시 편지를 쓰겠네.

10. 왓슨 박사의 일기장 발췌문

지금까지는 내가 이곳에 처음 왔을 무렵, 셜록 홈즈에게 보낸 보고서를 인용했다. 하지만 이제는 그 방법이 아니라 당시 내가 쓴 일기를 참고로 기억을 더듬어서 이야기해 나가야겠다. 일기의 두어 군데를 읽기만 해도 그때의 기억이 세세한 부분까지 생생하게 되살아나고 그 광경도 뚜렷하게 떠오른다. 이제 황야에서 탈옥수를 놓치고 추적을 포기한 다음에 경험한 신비한 일과, 그날 새벽이 밝아 아침이 되었을 때부터 이야기를 시작하려 한다.

10월 16일,
가랑비 내리고 안개가 낀 날

바스커빌 저택은 피어오르는 짙은 안개에 뒤덮여 있었다. 때때로 안개가 걷힐 때면 음울한 황야의 기복, 구릉지의 사면을 흐르는 은빛

물의 흐름, 내리쬐는 햇빛에 둔탁한 빛을 발하는 젖은 바위 등이 모습을 드러냈다. 저택의 안도 바깥도 모두 어두웠다. 헨리 경은 어젯밤에 겪은 흥분에 대한 반동으로 입을 다문 채 아무런 말도 하지 않았다. 나도 마음이 매우 무거웠으며 점점 위험이 다가오는 듯한 느낌에 사로잡혀 있었다. 위험이 주위에 맴돌고 있다는 사실은 알고 있었지만 그것의 정체를 알 수 없어서 공포심은 더욱 커졌다. 그런데, 정말 아무 이유도 없이 이런 느낌을 받는 것일까? 그동안의 사건들을 생각해 보면 불길한 무엇인가가 우리들을 천천히 죄여 오고 있음을 알 수 있었다.

찰스 경은 이 집안에 내려오는 전설의 내용 그대로 죽음을 맞이했다. 그리고 농부들은 때때로 이 황야에 나타나는 기괴한 짐승을 보았다고 말했다. 나도 개가 울부짖는 것 같은 소리를 두 번이나 직접 들었다. 하지만 도저히 그게 초자연적인 현상이라고 믿어지지 않았고, 또한 그런 일은 일어날 수도 없었다. 개처럼 생긴 악마가 실제로 발자국을 남기고 울부짖는 소리로 공기를 떨게 만든다는 것은 있을 수 없는 일이다.

스태플턴이나 모티머 박사라면 그런 미신을 믿어 버릴지도 모른다. 하지만 내게 딱 하나 장점이 있다면, 그것은 상식에 입각해서 사물을 판단하는 점이다. 무슨 일이 있어도 미신은 믿을 수가 없다. 그것을 믿는다면 나도 저 농부들과 다를 게 없다. 그들은 그냥 마견을 뛰어 넘어서 귀와 입에서 지옥의 불을 내뿜는 개였다고 말해야 속이 시원한가 보다. 홈즈라면 그런 공상에는 귀도 기울이지 않을 것이다. 나는 그런 친구의 대리인이 아닌가?

그렇다고 해서 사실을 바꿀 수는 없다. 나는 황야에서 그 울부짖음을 두 번이나 들었다. 실제로 거대한 개가 황야를 어슬렁거리고 있다면 모든 일을 자연스럽게 설명할 수 있다. 그렇다면 그 개는 어디에 숨어 있는 것일까? 어디서 먹이를 구할까? 또 어디서 왔을까? 왜 밤에만 나타나는 것일까? 상식적으로 생각해 봐도 초자연현상이라는 설과 마찬가지로 설명할 수 없는 부분들이 너무나도 많다. 개는 그렇다 치더라도 런던의 마차에 타고 있던 사내하며 황야에 접근하지 말라고 헨리 경에게 경고한 편지 등은 틀림없이 인간이 꾸민 일이었다. 적어도 그것들은 실제로 일어났다. 단지, 친구를 걱정하는 아군이 그랬는지 적군이 그랬는지 판단하지 못했을 뿐이다.

그 적인지 아군인지 알 수 없는 사내는 지금 어디에 있을까? 지금 런던에 있을까, 아니면 지금 우리가 있는 이곳에 있을까? 그 사내는 내가 바위산에서 본 그 이상한 사람과 같은 인물일까? 그 이상한 사람을 본 건 한순간에 지나지 않았지만, 한 치의 거짓도 없는 진실이었다고 증언해도 좋을 만한 사실들이 얼마든지 있다. 이 부근에서 살고 있는 사람들은 전부 만나 보았지만 그를 만난 적은 한 번도 없었다. 스태플턴보다 훨씬 더 키가 컸고, 프랭클랜드보다 훨씬 더 말랐다. 집사인 배리모어일지도 몰랐지만 그는 당시 저택에 있었으며 우리 뒤를 밟지도 못했을 것이다. 그렇다면 런던에서 우리를 미행했던 의문의 사내가 여기서도 우리를 감시하고 있다고 생각할 수밖에 없다. 우리는 아직도 그에게서 벗어나지 못한 모양이다. 그 남자를 잡는다면 모든 문제가 단번에 해결될지도 모른다. 앞으로는 그 사람에게만 모든 힘을 기울여야 할 것이다.

처음에는 헨리 경에게 모든 계획을 밝혀야겠다고 생각했다. 하지만 가만히 따져 보니 다른 사람에게는 되도록 말하지 말고 혼자서 해결하는 게 좋을 것 같았다. 헨리 경은 아직도 말이 없고 늘 멍하다. 황야에서 들은 그 소리 때문에 정신을 차리지 못하는 것이다. 더 이상 걱정을 하게 해서는 안 되니 이번에는 내 힘만으로 목적을 이루기 위해서 노력해야겠다.

오늘 아침 식사를 하고 나서 작은 사건 하나가 있었다. 배리모어가 헨리 경에게 하고 싶은 이야기가 있다고 했고, 둘은 서재로 들어가서 한동안 나올 줄을 몰랐다. 당구대가 있는 방에 있던 나는 거친 고성이 몇 번인가 오가는 것을 들었기 때문에 무슨 얘기를 하고 있는지 정도는 눈치챌 수 있었다. 마침내 헨리 경이 문을 열더니 나를 불렀다.

"배리모어가 할 말이 있답니다. 스스로 비밀을 고백했는데 우리가 처남의 뒤를 쫓은 것은 비열한 행동이었다고 하는군요."

집사는 하얗게 질리기는 했으나 침착한 얼굴로 우리 앞에 섰다.

"제 말이 너무 지나쳤을지도 모르겠습니다. 만약 그랬다면 용서해 주십시오. 하지만 오늘 아침, 두 분이 셀던을 추격하고 돌아왔다는 사실을 알고 너무 놀랐습니다. 가엾은 처남 주위에는 온통 적뿐인데 제가 그 적의 숫자를 더 늘린 꼴이 되고 말았습니다."

집사의 말이 끝나자 헨리 경이 말했다.

"자네가 스스로 그 비밀을 밝혔다면 이야기가 달라졌을 걸세. 하지만 궁지에 몰리게 되자 하는 수 없이 자네가, 아니 자네의 부인이 말한 것뿐이잖나?"

"그를 뒤쫓으실 줄은 몰랐습니다. 주인님, 설마 그렇게 하실 줄은 꿈에도 생각지 못했습니다."

"그는 우리 사회를 위협하는 적일세. 이 황야에는 외로이 떨어져 있는 집들뿐이야. 그리고 그는 아무렇지도 않게 살인을 저지른 자가

아닌가? 그의 얼굴을 보고 단번에 알 수 있었다네. 스태플턴 가를 한
번 생각해 보게나. 맞설 만한 남자라고는 스태플턴 씨 한 사람뿐이네.
그 사람이 다시 교도소에 들어갈 때까지는 누구도 마음을 놓을 수가
없지 않은가.”

　“처남은 누구의 집에도 침입하지 않을 겁니다. 그 점에 대해서는
제가 맹세할 수 있습니다. 그리고 이 나라에서는 두 번 다시 나쁜 짓

을 저지르지 않을 것입니다. 주인님, 앞으로 며칠만 더 있으면 모든 준비가 끝납니다. 그러면 처남은 남아메리카로 도망갈 수 있습니다. 부탁드립니다, 주인님. 처남이 황야에 숨어 있다는 사실을 경찰에게 알리지 말아 주십시오. 경찰도 황야를 수색하는 일은 이미 포기했습니다. 그러니 배에 오를 때까지는 조용히 숨어 있을 수 있습니다. 경찰에 알리시면 경찰이 저희 부부를 그냥 두지 않을 겁니다. 제발 참아 주십시오. 부탁드립니다."

"왓슨 씨는 어떻게 생각합니까?"

나는 어깨를 으쓱했다.

"그가 무사히 외국으로 도망가기만 한다면 납세자에게도 조금은 도움이 되지 않겠습니까?"

"하지만 도망가기 전에 누군가가 피해를 입을지도 모릅니다."

"그런 어리석은 짓은 하지 않을 겁니다. 필요한 것들은 전부 건네 줬습니다. 다시 죄를 저지르면 자기가 있는 곳이 알려질 뿐입니다."

"그도 그렇군. 배리모어, 그렇다면……."

헨리 경이 말을 꺼내기도 전에 배리모어가 말했다.

"감사합니다! 주님의 은총을 받으실 겁니다! 만약 이번에 처남이 다시 잡힌다면 그건 제 아내를 죽이는 꼴이 됩니다."

"왓슨 씨, 우리가 중죄인을 도와야 할 것 같군요. 하지만 이런 사정을 전부 들었으니 경찰에 알리기도 그렇습니다. 이번 사건은 이것으로 끝을 맺어야겠군요. 알았네, 배리모어. 이제 그만 가 보게나."

집사는 몇 번이고 감사의 말을 하고 방에서 나가려고 하다가 결심한 듯 뒤돌아서 다가왔다.

"주인님께서 은혜를 베푸셨으니 저도 도움을 드리고 싶습니다. 주인님, 저는 한 가지 사실을 알고 있습니다. 좀 더 빨리 말씀드렸으면 좋았을 것을. 검시 심문이 끝난 뒤 한참이 지나서야 알게 된 사실입니다. 이 일은 아무에게도 말하지 않았습니다. 찰스 경이 돌아가신 그날의 일입니다."

헨리 경과 나는 자리에서 벌떡 일어났다.

"어떻게 돌아가셨는지 알고 있다는 말인가?"

"아닙니다. 그건 저도 모릅니다."

"그럼 무슨 일을 말하는 거지?"

"찰스 경이 그 시간에 황야로 통하는 문 앞으로 가신 이유를 알고 있습니다. 어떤 여자를 만나기 위해서였죠."

"여자를 만나기 위해서였다고? 백부님이?"

"그렇습니다."

"그 사람의 이름이 뭔가?"

"이름은 알 수 없지만 머리글자는 알고 있습니다. 'L. L.'입니다."

"배리모어, 어떻게 그 사실을 알았나?"

"그날 아침, 찰스 경 앞으로 편지 한 통이 왔습니다. 그분에게는 언제나 수많은 편지가 왔지요. 유명인사이기도 했지만 마음도 따뜻한 분이라고 평판이 자자했기 때문에 곤경에 처한 사람들이 늘 그분에게 도움을 청했습니다. 그런데 그날 아침에는 편지가 한 통밖에 없어서 눈에 띄었지요. 쿰 트레이시의 소인이 찍혀 있었고 여자의 필적이었습니다."

"그런데?"

"사실 그 일에 대해서는 까맣게 잊고 있었는데 아내 덕분에 다시 떠올리게 되었습니다. 2, 3주일쯤 전에 아내는 찰스 경이 돌아가신 뒤에 처음으로 경의 서재를 청소했습니다. 그런데 청소하다가 난로 속에서 타다 남은 편지를 발견했답니다. 거의 까만 재가 되어 있었지만, 그나마 끝부분에 있는 글자는 회색으로 희미하게 드러나 있어 읽을 수는 있었습니다. 편지 끝부분에 덧붙인 추신 같았는데 '제발 부탁입니다. 이 편지를 태워 없애 주시고 10시에 문이 있는 곳으로 와 주십시오.'라고 적혀 있었고 그 밑에 'L. L.'이라는 머리글자의 서명이 있었습니다."

"그 편지를 가지고 있는가?"

"없습니다. 손으로 집어 올리자마자 산산이 부서져 버렸습니다."

"같은 필적을 가진 사람이 보낸 다른 편지가 있는가?"

"주인님 앞으로 온 편지는 거의 눈여겨본 적이 없었습니다. 그날은 편지가 한 통밖에 오지 않았기 때문에 기억할 뿐입니다."

"'L. L.'이 누구인지 짚이는 사람은 없는가?"

"없습니다. 그 점에 있어서는 주인님과 별반 다를 바가 없습니다. 하지만 그 여자가 누군지 알아낸다면 찰스 경의 죽음에 대해서 더 자세하게 알 수 있을 것입니다."

"배리모어, 그렇게 중요한 정보를 왜 이제야 말하는 건가?"

"바로 뒤에 처남의 사건이 터졌기 때문입니다. 거듭 말씀드리지만 돌아가신 찰스 경은 저희에게 많은 은총을 베풀어 주셨습니다. 당연하게도 저희는 진심으로 경을 존경하고 있었습니다. 타 버린 편지 따위로 일을 복잡하게 만드는 것은 경에게 아무 도움이 되지 않는다고 생각했습니다. 게다가 그건 여자가 관계된 일이었기 때문에 더욱 신중하게 처리할 수밖에 없었습니다. 찰스 경이 아무리 훌륭했던 분이시라 할지라도……."

"자네는 그 편지가 백부님의 명예를 훼손할 우려가 있다고 생각했다는 말인가?"

"네, 밝혀서 좋을 게 없겠다고 생각했습니다. 하지만 지금 주인님께서 커다란 은혜를 베푸셨는데 계속 모르는 척하고 있는 건 옳지 못한 것 같아 말씀드린 겁니다."

"말해 줘서 고맙네, 배리모어. 이제 가 보게나."

집사가 나가자 헨리 경이 내 쪽으로 돌아서며 말했다.

"왓슨 씨, 이 새로운 단서를 어떻게 생각하십니까?"

"수수께끼가 더욱 어려워진 것 같군요."

"나도 그렇게 생각합니다. 하지만 'L. L.'이라는 사람이 누구인지 밝혀내기만 한다면 모든 사실을 확실하게 알 수 있을 것 같습니다. 이것만 해도 큰 성과입니다. 그 여자를 찾으면 사건의 진상을 알고 있는 인물도 알아낼 수 있을 겁니다. 하지만 어떻게 하면 좋을까요?"

"이 사실을 바로 홈즈에게 알려야겠습니다. 그가 찾고 있던 실마리일지도 모릅니다. 이 이야기를 듣고도 그가 오지 않는다면 저는 그동안 그를 잘못 알고 있었던 것이겠지요."

나는 당장 내 방으로 가서 오늘 아침에 들은 이야기에 관한 보고서를 작성했다. 요즘 홈즈는 아주 바쁜 것 같았다. 베이커 가에서는 거의 편지가 오지 않았고, 와도 아주 짧았기 때문이다. 보낸 정보에 대해서는 아무런 의견도 없었으며 내게 지시를 내리지도 않았다. 공갈 사건에 온 신경을 집중하고 있는 듯했다. 하지만 그도 분명히 이 새로운 사실에는 주목할 것이며 다시 한 번 이 사건에 흥미를 느낄 것이다. 어떻게 해서든 그를 이쪽으로 불러들이고 싶었다.

10월 17일,
하루 종일 비가 온 날

빗줄기가 담쟁이 잎 위로 떨어지는 소리가 들려오고, 처마 끝에서도 하루 종일 빗물이 떨어졌다. 마땅히 비를 피할 만한 곳도 없는 황량하고 쓸쓸한 황야에 있는 탈옥수가 떠올랐다. 가엾은 사람이다! 어떤 죄를 저질렀든 그것을 보상할 만큼 충분히 괴로움을 당했다. 그리고 또 다른 한 사람이 떠올랐다. 마차에 타고 있던 사람의 얼굴, 달 아래 서 있던 그 모습이 말이다. 그도 모습 없는 염탐꾼, 어둠의 사내의 모습을 하고 이 굵은 빗줄기 속에 서 있을까? 내 마음은 완전히 어두운 예감으로 가득 차서 저녁에 비옷을 입고 흥건히 젖은 황야까지 산책을 갔

다. 빗줄기가 얼굴을 때렸고 바람은 귀에 울렸다. 단단하던 높은 지대마저 늪으로 변하고 있었다. 지금 저 넓은 늪 지대를 헤매는 자가 있다면 신의 가호를 받아야 할 것이다. 달 아래 사내가 서 있던 검은 바위가 있는 곳까지 갔다. 나는 그 거친 정

상 위에서 음울한 구릉지를 둘러보았다. 세차게 쏟아지는 비가 적갈색 대지를 적시고 있었으며, 무거운 회색 구름이 낮게 드리워져 있었다. 구름은 신기루 같은 구릉지의 경사면에서 회색 소용돌이를 일으키며 흘러갔다. 왼쪽 멀리로 분지가 있었으며 안개에 휩싸인 바스커빌 저택의 탑 두 개가 나무들 사이에 서 있는 것이 보였다. 구릉지의 경사면에 밀집해 있는 선사시대의 돌집을 빼면, 인간의 생활을 보여주는 것이라고는 그 두 개의 탑이 유일했다. 이틀 전의 그날 밤, 이 바위산에 서 있던 남자의 흔적은 어디에서도 찾아볼 수가 없었다.

집으로 돌아오는 울퉁불퉁한 길에서 이륜마차가 내 뒤를 따라왔다. 모티머 박사였다. 황야의 외딴 곳에 사는 파울마이어라는 농부 집에 왕진을 다녀오는 듯했다. 모티머는 언제나 우리를 걱정하고 있었으며 거의 매일 바스커빌 저택으로 와서 안부를 묻곤 한다. 그가 마차로 저택까지 데려다 주겠다고 해 마차에 올라 탔다. 그는 애완견 스패니얼이 없어져서 걱정이 이만저만이 아니었다. 황무지 쪽으로 나간 후 찾을 수가 없다고 했다. 나도 나름대로 위로를 해 주었지만 내 머릿속에는 그림펜의 늪지대에서 본 조랑말이 떠올랐다. 그 개도 두 번 다시 돌아오지 못할 것이다.

"참, 모티머 박사님. 마차로 이 일대를 돌아다니시니 이곳 사람들은 대부분 다 알고 계시겠네요."

울퉁불퉁한 길에 흔들리는 마차를 타고 가며 내가 물었다.

"그렇습니다. 대부분 거의 다 알고 있습니다."

"그럼 혹시 'L. L.'이라는 머리글자를 가진 여자가 있나요?"

모티머가 몇 분 동안 생각하다가 대답했다.

"글쎄요, 모르겠는데요. 집시나 고용인 중에는 모르는 사람이 더러 있기는 하지만 농부나 지주 중에 그런 머리글자를 가진 사람은 없습니다. 아니, 잠깐만요."

그가 잠시 생각에 잠겼다가 다시 말했다.

"로라 라이언스가 있었지! 머리글자가 'L. L.'입니다. 하지만 쿰 트레이시에 살고 있습니다."

"어떤 사람입니까?"

"프랭클랜드의 딸입니다."

"네? 그 괴팍한 프랭클랜드 노인 말입니까?"

"그렇습니다. 황야에 그림을 그리러 온 라이언스라는 화가와 결혼했죠. 하지만 남편은 변변찮은 사람이었고 결국 그녀를 버렸습니다. 제가 듣기로 남자가 무조건 잘못한 것은 아니라는 소문도 돌더군요. 프랭클랜드 씨는 자기 동의 없이 결혼했다는 이유로 딸을 집에 오지 못하게 했습니다. 그것말고도 뭔가 이유가 있었겠지요. 어쨌든 그녀는 괴팍한 아버지와 변변찮은 남편 사이에서 상당히 괴로움을 겪었습니다."

"지금은 어떻게 살고 있습니까?"

"프랭클랜드 씨가 조금씩 돈을 부쳐 주는 듯합니다. 자기도 여러 가지 소송을 끌어안고 있기 때문에 많이는 못 보내겠지만요. 그녀가 자처한 일이기는 하지만 그래도 딸이 밑바닥으로 떨어지는 걸 그냥 보고만 있을 수는 없었을 테죠. 그녀에 관한 소문이 퍼지면서 주변에서 생활을 도와주는 사람들이 나타나기 시작했습니다. 스태플턴과 찰스 경도 그녀를 도왔고 저도 조그만 도움을 주었습니다. 그래서 그녀는 타자 치는 일을 시작할 수 있었죠."

모티머는 내가 왜 그런 질문을 하는지 알고 싶어 했지만 조사하는 일에 대해서는 입을 다무는 것이 상책이었다. 나는 그의 궁금증을 다른 곳으로 돌리느라 애를 먹었다. 내일 아침에는 쿰 트레이시에 가 봐야겠다. 이런저런 소문에 휩싸여 있는 로라 라이언스 부인을 만나면 수수께끼를 푸는 데 커다란 단서가 될 만한 것을 잡을지도 모를 일이다. 나도 요령을 꽤 터득한 듯하다. 모티머가 귀찮을 정도로 이것저것 묻기에 태연하게 프랭클랜드의 두개골 이야기를 꺼냈더니 그는 저택에 도착할 때까지 골상학骨相學에 대해서 열변을 토했다. 셜록 홈즈와 지낸 몇 년이 헛되지만은 않았나 보다.

비바람이 치는 이 음울한 날에 한 가지 사건이 더 일어났다. 조금 전에 배리모어와 나눈 대화가 그것인데 이는 언젠가 결정적인 단서가 될 만한 것이었다.

모티머는 우리와 함께 저녁 식사를 한 뒤, 헨리 경과 카드놀이를 즐겼다. 집사가 서재에 있던 내게 커피를 가져다주기에 나는 그 기회를 틈타 집사에게 두어 가지 질문을 던졌다.

"자네 처남은 황야를 떠났는가? 아니면 아직도 숨어 있나?"

"저도 잘 모르겠습니다. 벌써 떠났으면 좋으련만. 누가 뭐래도 사고 뭉치니까요. 얼마 전, 그러니까 사흘 전에 먹을 것을 가져다준 뒤로는 연락이 끊겼습니다."

"그때 그를 만났나?"

"아니요, 만나지는 못했습니다. 하지만 다음에 가 봤더니 먹을 것이 없었습니다."

"그럼 그때는 틀림없이 있었구먼."

"아마 그랬을 겁니다. 하지만 다른 사람이 가져갔을지도 모릅니다."

커피 잔을 입으로 가져가려던 손이 움직임을 멈췄다. 나는 배리모

어의 얼굴을 가만히 쳐다보았다.

"그렇다면 다른 사람이 있다는 사실을 알고 있었군."

"그렇습니다. 황야에는 한 사람이 더 있습니다."

"본 적은 있는가?"

"아니요."

"그럼 어떻게 그 사실을 알았나?"

"처남이 말해 줬습니다. 한 일주일쯤 됐을 겁니다. 그 사내도 숨어 지내고 있는데 탈옥수는 아닌 것 같답니다. 아, 이젠 지긋지긋합니다. 왓슨 박사님, 정말 지긋지긋합니다."

자신도 모르게 힘이 들어간 말투였다.

"배리모어, 내 말 잘 듣게. 나는 자네 주인의 일이 아니라면 다른 것에는 신경 쓰고 싶지 않다네. 여기에 온 것도 그저 헨리 경에게 도움을 주기 위해서일세. 솔직하게 이야기해 주지 않겠나? 지긋지긋하다니, 그건 또 무슨 소리인가?"

배리모어가 잠시 망설였다. 쓸데없는 소리를 했다고 후회를 하고 있는 것인지 자신의 감정을 제대로 표현할 수 없어서 그런 것인지는 알 수 없었다. 잠시 후, 비 내리는 황야가 펼쳐진 창밖을 가리키며 그가 커다란 소리로 말했다.

"이 모든 상황이 그렇지요. 요즘에는 지긋지긋한 일들만 일어나고 있습니다. 저기서 어떤 음모가 진행되고 있습니다. 틀림없습니다! 주인님이 런던으로 돌아가신다면 그보다 기쁜 일도 없을 겁니다."

"뭐가 그렇게 마음에 걸리나?"

"찰스 경의 최후에 대해서 어떻게 생각하십니까? 검시관이 어떤 증언을 했든 그건 끔찍한 일이었습니다. 밤이면 황야에 울려 퍼지는 저 소리는 어떻게 생각하십니까? 대가를 치를 각오가 있지 않고서야 해가 진 다음에 황야로 나가는 사람이 누구 하나 있습니까? 그곳에 숨어 있는 낯선 사내만 해도 그렇습니다. 무엇인가 감시하고 있는 겁니다. 그렇다면 무엇을 기다리고 있는 걸까요? 왜 그런 짓을 하는 걸까요? 틀림없이 바스커빌 가의 사람에게 좋지 않은 일이 일어날 겁니다. 그러니 주인님을 모실 새로운 사람이 들어오면 그에게 모든 일을 넘겨 주고 그날로 당장 이 저택을 떠나고 싶은 심정입니다."

"그 낯선 사내에 대해서 더 알고 있는 건 없는가? 셀던은 뭐라고 하던가? 사내가 어디에 숨어서 무엇을 하고 있는지 셀던은 아나?"

"한두 번 만난 적이 있다고 합니다. 정말 정체를 알 수 없는 사람이라고 했습니다. 처음에는 경찰인 줄 알았는데 나중에 보니 어떤 음모를 꾸미고 있다는 느낌을 받았다고 합니다. 겉모습은 신사처럼 보였지만 무슨 일을 하는 건지는 짐작도 못하겠더랍니다."

"어디에 살고 있다고?"

"언덕의 경사면에 있는 옛집이라고 했습니다. 옛날 사람들이 살고 있던 돌집이요."

"먹을 것은 어디서 구하는 걸까?"

"그 사람은 심부름꾼 소년을 데리고 있다고 합니다. 그래서 필요한 건 전부 그 아이가 날라다 준다는군요. 이건 처남이 직접 본 겁니다. 쿰 트레이시에 가면 필요한 건 얼마든지 손에 넣을 수 있습니다."

"잘 알았네, 배리모어. 다음에 더 이야기를 나누세."

집사가 방에서 나간 뒤, 나는 어두운 창가로 가서 뿌연 유리창 너머로 격렬하게 움직이는 구름과 바람에 흔들려 아우성치는 나무들을 바라보았다. 방 안에서도 음산한 저녁임을 느낄 수 있었다. 그러니 황야의 돌집은 어떻겠는가? 그는 어떤 증오심을 품고 있기에 이런 밤에 그런 장소에 숨어 있는 것일까? 도대체 어떤 음모를 꾸미고 있기에 이런 시련을 견디고 있는 것일까? 나를 괴롭히던 문제의 핵심이 황야의 그 돌집에 있는 것 같았다. 내일이라도 당장 온 힘을 다해서 수수께끼의 핵심을 살펴보자고 결심했다.

11. 바위산 위의 남자

지금까지는 내 일기 중에서 10월 18일까지의 내용을 발췌하여 사건을 설명했다. 그런데 그 다음부터 이상한 일들이 끊임없이 일어나 사건은 끔찍한 결말을 향해서 치닫기 시작했다. 그 후 며칠 사이에 일어난 일들은 아직도 내 머릿속에 또렷이 남아 있기 때문에 그때의 메모를 보지 않고도 충분히 이야기할 수 있다. 우선 매우 중요한 두 가지 사실을 알게 된 그날의 일부터 풀어 나가야겠다. 첫 번째는 쿰 트레이시에 살고 있는 로라 라이언스 부인이 찰스 경에게 편지를 보내서 그가 죽음을 맞이한 그 장소, 그 시간에 만나자고 약속했다는 사실이었고, 두 번째는 황야에 사는 이상한 남자가 구릉의 경사면에 있는 돌집에 숨어 있다는 사실이었다. 이 두 가지 사실을 알았으니 지혜와 용기를 발휘하여 사건에 가까이 다가간다면 틀림없이 어둠 속에 도사리고 있는 수수께끼에 빛을 비출 수 있으리라고 생각했다.

지난밤에는 헨리 경에게 라이언스 부인에 대해서 새로 알아낸 사실을 말할 기회가 없었다. 그가 모티머 박사와 함께 밤이 깊도록 카드놀이를 즐겼기 때문이다. 다음 날 아침 식사를 할 때가 되어서야 드디어 헨리 경에게 그 사실을 이야기했고, 함께 쿰 트레이시에 가지 않겠느냐고 물었다. 처음에는 헨리 경도 꼭 같이 가겠다고 했지만 시간이 흐르자 우리 둘 다 혼자 가는 편이 낫겠다는 생각이 들었다. 아무래도 공식적인 방문이 되면 얻어 낼 정보도 적어질 것 같았다. 그래서 조금 미안했지만 헨리 경을 저택에 남겨 둔 채 나 혼자 새로운 조사를 하러 떠나기로 했다.

나는 쿰 트레이시에 도착해서 마부 퍼킨스에게 말을 마구간으로 데려가 쉬게 하라고 명하고 내가 만나야 할 그 여자의 집을 찾기 시작했다. 그녀가 살고 있는 집을 찾는 것은 그리 어렵지 않았다. 마을 중심부에 있는 깔끔한 집이었다. 상냥한 가정부가 나를 거실까지 안내해 주기에 거기로 갔더니, 레밍턴 타자기를 치고 있던 여자가 다정하게 미소 지으며 자리에서 얼른 일어났다. 그러다가 낯선 사람이 방문했다는 것을 알자 얼굴에서 웃음을 지우더니 다시 자리에 앉아 '무슨 일이죠?'라고 물었다.

라이언스 부인을 처음 본 순간, 굉장한 미인이라는 인상을 받았다. 눈과 머리카락은 밝은 갈색을 띠고 있었고, 볼의 주근깨가 좀 두드러지기는 했지만 피부가 약간 거무스름한 미인의 전형이었다. 그녀의 뺨은 노란 장미꽃 한가운데에 숨어 있는 부드러운 분홍빛으로 빛나고 있었다. 다시 한 번 말하지만 부인은 첫눈에 반할 만큼 아름다웠다. 하지만 다시 한 번 바라보니 결점도 있었다. 얼굴에 어쩐지 부자연스러운 면이 있었다. 표정도 어딘지 모르게 천박했다. 눈에서는 차가움이 느껴졌고, 약간 벌어진 입술도 옥의 티라고 할 수 있었다. 그러나 이런 사실들은 시간이 흐른 뒤에야 알게 된 것들이었다. 그때는 내가 굉장한 미인 앞에 있으며

그 미인이 내게 방문한 이유를 물었다는 사실만 의식할 수 있었다. 그리고 내가 하려는 일이 얼마나 조심스러운 것인지 그때가 돼서야 깨달을 수 있었다.

"부인의 아버님과 교제하는 기쁨을 누리고 있습니다."

내가 생각해도 참으로 서툰 인사였다. 그녀는 노골적으로 불쾌해하는 표정을 지었다.

"전 아버지와 연을 끊었습니다. 그분에게 아무 도움도 받고 있지 않으며, 선생님이 아버지 친구라고 해도 저의 친구는 아니지요. 돌아가신 찰스 경과 친절한 분들이 안 계셨다면 저는 아버지를 두고도 굶어 죽었을

지 몰라요."

"오늘 이렇게 찾아뵌 것은 바로 찰스 경에 관한 일 때문입니다."

그녀 얼굴의 주근깨가 더욱 도드라져 보이는 듯했다.

"무엇을 알고 싶으신 거죠?"

그녀의 손가락이 타자기 위에서 신경질적으로 움직이기 시작했다.

"그분을 알고 계셨죠?"

"제게 큰 친절을 베푸셨다고 말씀드렸을 텐데요? 이렇게 근근이 살아 갈 수 있는 것도 전부 그분께서 불행에 빠진 저에게 신경 써 주셨기 때 문이에요."

"편지를 주고받은 적이 있었습니까?"

순간 부인이 내게 시선을 고정시켰다. 그 밝은 갈색을 띤 눈에 분노의 빛이 어려 있었다.

"왜 그런 걸 물으시죠?"

"추문이 퍼지는 걸 막기 위해서입니다. 지금 여기서 확실하게 말씀해 주시지 않으면 우리가 손쓸 수 없게 될지도 모릅니다."

그녀는 입을 다물어 버렸다. 얼굴이 창백해졌다. 잠시 후 그녀는 뭔가 결심한 표정으로 얼굴을 들었다.

"그럼 대답하겠습니다. 무엇이 궁금하신가요?"

"찰스 경과 편지를 주고받으셨나요?"

"한두 번 편지를 드린 적은 있었습니다. 베푸신 친절에 감사한다는 내 용이었죠."

"언제 쓰셨는지 기억하십니까?"

"날짜까지는 기억하지 못합니다."

"만나신 적은?"

"찰스 경이 쿰 트레이시에 몇 번 오셨는데 그때 한두 번 뵈었습니다. 사람들과 거의 만나지 않는 분이시라 선행도 남몰래 하셨습니다."

"거의 만난 적도 없고, 편지를 주고받은 것도 아니라면 어떻게 찰스 경이 부인을 알고 도움을 주셨습니까? 부인의 말씀을 들어 보니 그런 것 같은데요."

이렇게 의표를 찌르듯 질문해 보았지만 그녀는 조금도 망설이지 않고 대답했다.

"몇몇 분들이 저의 딱한 처지를 알고 도움의 손길을 내밀어 주셨습니다. 스태플턴 씨도 그중 한 분이고요. 그분은 찰스 경의 저택에서 가까운 곳에 살고 계시고 아주 친절하십니다. 찰스 경은 그분에게서 제 이야기를 들으셨습니다."

찰스 바스커빌 경이 스태플턴을 통해서 원조금을 몇 번 냈다는 사실은 예전부터 알고 있었다. 그래서 부인의 말에 신빙성이 있다고 생각했다.

"찰스 경에게 만나고 싶다고 쓴 편지를 보내신 적은 없습니까?"

내가 계속해서 묻자 라이언스 부인의 얼굴이 다시 분노로 벌겋게 물들었다.

"아주 무례한 질문을 하시는군요."

"죄송합니다. 하지만 꼭 대답을 듣고 싶습니다."

"그렇다면 대답을 하겠습니다. 한 번도 없었습니다."

"찰스 경이 돌아가신 날에도 말입니까?"

그 순간 벌겋게 물들었던 얼굴이 죽은 자의 얼굴처럼 창백하게 변했다. '네.'라는 대답도 목소리를 들은 것이 아니라 그 마른 입술의 움직임을 보고 알 수 있었다.

"기억을 잘 못하시는 것 같습니다. 그 편지의 한 구절을 인용할 수도 있는데요. '제발 부탁입니다. 이 편지를 태워 없애주시고 10시에 문이 있는 곳으로 와 주십시오.'라고 적혀 있었죠."

부인이 기절이라도 할까 봐 걱정했지만 그녀는 간신히 버텨 냈다. 그리고 숨 찬 목소리로 말했다.

"그분은 신사라고 생각했는데."

"오해하지 마십시오. 찰스 경은 분명히 편지를 태웠습니다. 하지만 불타 버린 편지라도 읽을 수 있는 경우가 있으니까요. 그럼 그 편지는 역시 부인이 쓰신 거죠?"

"네, 제가 썼습니다."

이렇게 대답하더니 가슴속에 숨겨 왔던 일들을 하나하나 이야기하기 시작했다.

"틀림없이 제가 썼어요. 아무것도 숨길 게 없습니다. 부끄러운 일도 하지 않았습니다. 도움을 얻고 싶었을 뿐이에요. 찰스 경을 직접 만나면 도와주실 거라고 생각했어요. 그래서 만나 달라고 부탁했던 겁니다."

"그렇다면 왜 그런 시간에?"

"왜냐하면 그분이 다음 날 런던으로 가셔서 몇 달 동안 돌아오지 않을 수도 있다는 사실을 뒤늦게 알았거든요. 그리고 그때보다 이른 시간에는 제가 나갈 수 없었으니까요."

"저택이 아니라 정원에서 만나자고 했던 이유는요?"

"그런 시간에 혼자 사는 분의 집에 여자 혼자서 방문할 수 있을 거라고 생각하시나요?"

"그렇군요. 거기에 가셨을 때 뭔가 이상한 점은 없었습니까?"

"그날 저는 가지 않았습니다."

"뭐라고요?"

"정말이에요. 거짓말이 아니에요. 맹세할 수 있어요. 저는 거기에 가지 않았습니다. 그럴 만한 사정이 생겨서요."

"그건 어떤 사정이었습니까?"

"개인적인 일이기 때문에 대답할 수 없습니다."

"그렇다면, 찰스 경이 돌아가신 그 시간, 그 장소에서 만나자고 약속했지만 지키지는 못했다는 겁니까?"

"네, 말씀하신 대로예요."

나는 몇 번이고 물었지만 부인에게서 더 이상의 대답을 얻지는 못했다.

시간은 오래 걸렸지만 만족할 만한 성과를 올리지 못한 이번 방문을 끝내고자 나는 자리에서 일어섰다. 그러고는 라이언스 부인에게 말했다.

"알고 계신 사실을 전부 말씀해 주시지 않는다면 중대한 책임을 질 수도 있고, 부인의 명예에 오점을 남기게 될지도 모릅니다. 제가 경찰의 힘을 빌리게 되면 그때 부인은 곤란한 처지에 놓이겠지요. 아시겠습니까? 마음에 걸리는 게 없었다면 처음에 그 편지를 보냈다는 사실을 왜 부정하셨습니까?"

"오해를 받게 될까 봐 두려워서 그랬어요. 이상한 소문이 돌지도 모르니까요."

"편지를 태워 달라고 찰스 경에게 간절히 부탁한 이유는요?"

"편지를 읽으셨다면 그 이유도 이미 알고 계실 텐데요."

"전부 읽은 것은 아닙니다."

"하지만 인용까지 하셨잖아요?"

"그건 추신에 적은 내용이었습니다. 편지를 태웠다고 말씀드렸죠? 그래서 전부 읽을 수는 없었습니다. 다시 한 번 묻겠습니다. 찰스 경이 돌아가신 날에 쓴 편지를 태워 달라고 그렇게 간절히 부탁한 이유가 무엇입니까?"

"그건 어디까지나 개인적인 문제예요."

"경찰의 조사를 받고 싶지 않다면 말씀해 주셔야 합니다."

"그렇다면 이야기해야겠군요. 저의 불행에 대해서 들으셨다니, 앞뒤 가리지 않고 한 남자의 청혼을 받아들였다가 뒤에 후회하게 되었다는 사실도 알고 계시겠네요."

"그 이야기는 들은 적이 있습니다."

"그 몹쓸 남편은 매일 저를 괴롭혔어요. 그런데 법은 남편에게 유리하게 되어 있기 때문에 그가 당장이라도 다시 함께 살자며 저를 데려가지나 않을까 매일 가슴을 졸이며 살아야 했죠. 찰스 경에게 편지를 보낸 것은 제가 어느 정도의 비용만 있으면 다시 자유의 몸이 될 수 있다는 사실을 알았기 때문이에요. 마음 편한 시간, 행복, 인간으로서의 자부심. 저는 그것들만 있으면 더 이상 바랄 게 없었어요. 찰스 경은 정이 많으신 분이었어요. 그래서 제가 직접 부탁하면 틀림없이 도와주실 거라고 생각했죠."

"그런데 왜 약속을 어겼습니까?"

"편지를 보낸 뒤에 다른 분께서 도와주셨기 때문이에요."

"그렇다면 왜 편지로 그 사실을 알리지 않았습니까?"

"이튿날 아침, 신문을 보고 그분이 돌아가셨다는 사실을 알게 되었어요. 그래서 편지를 보내지 않았습니다."

그녀의 대답은 아귀가 척척 맞아떨어졌기 때문에 아무리 질문을 해도 빈틈을 찾지 못했다. 그 다음에 내가 할 수 있는 일이라고는 찰스 경이 죽을 무렵에 부인이 이혼소송을 냈는지, 그리고 참극이 언제 일어났는지 확인해 보는 정도가 고작이었다. 부인이 실제로 바스커빌 저택까지 갔으면서 가지 않았다고 우기는 것 같지는 않았다. 거기까지 가려면 이 륜마차를 타야만 했고, 그 후 쿰 트레이시로 돌아오면 시간은 이른 아침 이 되어 버릴 것이다. 그런 작은 여행을 남모르게 할 수는 없었다. 부인 은 역시 진실을 이야기했거나 아니면 적어도 진실의 한 토막을 이야기 한 것이다.

나는 실망과 낭패감을 감추지 못하고 힘없이 그녀의 집에서 물러났 다. 다시 두꺼운 벽에 부딪힌 느낌이었다. 내가 조사를 하려고 나설 때마 다 그 벽은 내 앞을 가로막았다. 어쨌든 그녀의 표정과 태도는 생각하면 생각할수록 뭔가 감추고 있다는 느낌이 강하게 들었다. 왜 부인의 얼굴이 그렇게 창백하게 변했을까? 왜 더 이상 숨길 수 없게 될 때까지 사실을 감추려고만 했을까? 그 비극이 일어났을 때, 왜 입을 다물고 있었을까? 그녀는 자기 행동을 해명하느라 입을 열기는 했지만 사건과 무관하게 보 이지는 않았다. 하지만 결국 그녀에게서는 더 이상 얻어 낼 것이 없었기 때문에 또 하나의 단서, 즉 황야의 돌집으로 시선을 돌려야만 했다.

그러나 돌집을 수사하더라도 크게 기대를 걸 수는 없었다. 마차를 타 고 돌아오면서 고대인의 유적이 보이는 구릉이 차례대로 나타났다가 사 라지는 풍경을 바라보며 그 사실을 통감할 수 있었다. 배리모어가 제공 한 정보는 그 이상한 사람이 폐허가 된 집 중 어느 한 곳에 숨어 있다는 것뿐이었다. 그런데 수백 개가 넘는 돌집은 끝없이 펼쳐진 황야 여기저 기에 흩어져 있었다. 하지만 아주 막막하기만 한 것도 아니었다. 나는 그 사람이 '검은 바위' 위에 서 있는 것을 보았다. 그러니 그 부근부터 조사 하면 된다. 그 부근에 있는 돌집부터 아주 샅샅이 뒤져 나가면 내가 원 하는 것을 발견할 수 있을 것이다. 만약 그를 찾아낸다면, 경우에 따라서 는 권총을 들이대고서라도 그자의 정체가 무엇이며 왜 우리를 미행했는지 밝혀내고야 말겠다. 리젠트 가에서는 인파를 헤집고 도망갈 수 있었겠지만 이 황야에서는 마음먹은 대로 되지 않을 것이다. 만약 돌집에 사내가 없다면 아무리 시간이 걸려도 그가 돌아올 때까지 기다려 주겠다. 런던에서는 홈즈도 그자를 놓쳤다. 스승의 적을 제자가 잡는다면 그 얼마나 자랑스러운 일이 되겠는가?

이번 조사에서는 행운의 여신이 자꾸만 우리에게서 고개를 돌렸지만 드디어 미소를 보내기 시작했다. 그 행복의 사자는 바로 프랭클랜드 씨였다. 잿빛 구레나룻을 기르고 얼굴이 발그스레한 그 노인은 길 쪽으로 나 있는 정원의 문 앞에 서 있었다. 그때 마침 쿰 트레이시에서 돌아오던 내가 그 앞을 지나쳤던 것이다.

"안녕하시오, 왓슨 박사."

노인은 평소와는 달리 밝은 목소리로 인사했다.

"자, 말들도 좀 쉬게 할 겸 안으로 들어가서 포도주로 축배를 들면 어떻겠소?"

그가 딸에게 어떻게 대했는지를 알고 나자 노인에 대한 좋은 감정이 들지 않았다. 그러나 퍼킨스와 마차를 빨리 저택으로 돌려보낼 구실이 없어 애가 타던 나는 기꺼이 그의 청을 받아들였다. 나는 마차에서 내려서 퍼킨스에게 '저녁 식사 전까지는 걸어서 돌아가겠다고 헨리 경에게 말해 주게.'라고 부탁했다. 그리고 프랭클랜드 씨의 안내를 받아 식당으로 들어갔다. 그가 껄껄 웃으며 말했다.

"오늘은 정말 멋진 날이오. 내 평생의 기념비적인 날이지. 두 재판에서 모두 멋진 승리를 거두었소. 즉, 이 부근 사람들에게 법률이 엄격하다는 사실과 소송 같은 걸 조금도 두려워하지 않는 사람도 있다는 사실을 알려 준 게요. 미들턴 영감의 집 한가운데, 그것도 현관에서 100미터도 떨어지지 않은 곳의 통행권을 따냈단 말이오. 어떻소? 왓슨 박사, 이제 잘난 척하는 녀석들도 우리 모두의 토지에 대한 권리를 함부로 짓밟을 수 없다는 사실을 잘 알게 되었을 거요! 그리고 페른워시 사람들이 소풍 오는 숲을 출입 금지 지역으로 만들었지. 그 혐오스러운 인간들은 토지 소유권에 대해서는 조금도 생각지 않는다니까. 제멋대로 들어와서는 종이며 병을 함부로 버리고 가거든. 판결이 났소, 왓슨 박사. 두 건 모두 내가 이겼다오! 존 멀랜드 경이 자신의 토끼 사육장에서 총을 쏴 대는 건 주변 사람들에게 피해를 주는 짓이라고 소송을 건 적이 있었는데 그때 승리를 거머쥔 이후로 이렇게 축하할 날은 처음이라오."

"대체 어떻게 그렇게 하셨습니까?"

"이 서류를 보시오. 읽어 볼 만한 가치가 있소이다. 멀랜드 소송에 관한 내용이지. 200파운드가 들기는 했지만 승리를 거뒀소."

"그래서 무엇을 얻으셨습니까?"

"아무것도 없소. 난 내 이익을 위해서 소송을 건 적은 한 번도 없다오. 어디까지나 시민의 의무를 지키기 위해 하는 거요. 오늘 밤이면 페른워시 사람들은 내 인형을 불태울 테지. 예전에도 한번 그런 부끄러운 짓을 하지 못하게 해 달라고 경찰에 부탁한 적이 있었소. 그런데 왓슨 박사, 주 경찰 녀석들은 건방지게도 내 권리를 지켜 주려 들지 않더군. 그 건으로 소송을 걸어 놨으니 이제 어떻게 될지 녀석들도 알 거요. 내 인형을 태우면 나중에 후회할 일이 생길 거라고 말해 줬는데 이제 곧 그렇게 될 테니까."

"어떻게 하셨는데요?"

내 물음에 노인이 교활해 보이는 표정을 지으며 말했다.

"난 녀석들이 모르는 정보를 갖고 있거든. 아무짝에도 쓸모없는 녀석들의 일은 내버려 두시오. 나는 입이 찢어져도 말하지 않을 테니까."

처음에는 이런 쓸데없는 이야기에서 벗어날 방법이 없을까 고민했지만 여기까지 오자 더 듣고 싶은 마음이 생겼다. 이 괴팍한 노인은 내가 조금이라도 흥미를 나타내면 아무 말도 하지 않을 것이다.

"밀렵이라도 했나요?"

나는 가볍게 받아넘기는 시늉을 했다.

"하하, 이 친구 보게. 아직 멀었소. 좀 더 중대한 일이라오! 황야로 도망간 죄수 이야기는 들어 봤겠지?"

"설마 어디에 있는지 아시는 건 아니겠지요?"

나는 깜짝 놀라지 않을 수 없었다.

"확실하게 어디에 숨어 있는지는 모르지만 경찰이 체포할 수 있도록 도울 수는 있소이다. 그 탈옥수를 잡으려면 먹을 것을 어떻게 해결하고 있는지 밝혀내면 된다고 생각해 본 적은 없소?"

큰일이었다. 이 노인은 어느 정도 사실을 알고 있는 듯했다.

"과연 그렇군요. 하지만 탈옥수가 황야의 어느 부근에 있는지 어떻게 아셨습니까?"

"내 눈으로 음식을 나르는 것을 봤으니까."

나는 배리모어가 걱정되었다. 집념이 강하고 남의 일에 참견하기 좋아하는 이 노인이 일의 전말을 알게 되었으니 그냥 넘어가지는 않을 것이다. 하지만 노인의 다음 말을 듣고는 마음을 놓을 수 있었다.

"놀라지 마시오. 음식을 나르는 건 소년이라오. 내가 지붕 위에 설치한 망원경으로 매일 보고 있거든. 녀석은 매일 같은 시간에 같은 길을 지나가오. 틀림없이 탈옥수가 있는 곳으로 가는 거요."

됐다! 하지만 나는 별로 흥미를 느끼지 못한 척 관심을 보이지 않았다. 소년이라! 배리모어도 어떤 소년이 그 이상한 사람에게 물건을 전달한다고 말했다. 프랭클랜드가 우연히 발견한 것은 이상한 사람에 관한 단서지 탈옥수에 관한 단서가 아니었던 것이다. 노인의 입을 열 수만 있다면 돌집을 뒤지고 다니는 고생을 하지 않아도 될지 모른다. 하지만 지금은 별로 관심도 없고, 믿을 수도 없다는 반응을 보이는 것이 가장 좋을 터였다.

"양치기 아들이 황야에 있는 아버지에게 식사를 가져다주는 걸지도 모르지 않습니까?"

아주 사소한 이견을 제시했을 뿐인데도 이 늙은 독재자는 벌컥 화를 냈다. 잿빛 수염을 성난 고양이처럼 곤두세우며 나를 노려보았다.

"아니, 박사! 잘 보시오. 저쪽에 검은 바위산이 보이지 않소? 그리고 그 건너편에 가시나무가 무성한 낮은 언덕이 있고. 저 부근은 황야에서도 가장 바위가 많은 곳이오. 양치기가 저런 곳에 양을 풀어 놓을 리가 없소. 박사의 말은 정말 우습지도 않은 말이오."

나는 잘 알지도 못하면서 쓸데없는 말을 해서 미안하다고 사과했다. 노인은 내가 순순히 사과하자 기분이 좋아졌는지 스스로 이야기보따리를 풀었다.

"한번 들어 보시구려. 내가 그렇게 생각한 데는 다 그럴 만한 확실한 증거가 있기 때문이오. 짐을 짊어지고 가는 소년의 모습을 본 게 한두 번이 아니야. 하루에 한 번, 때로는 두 번 보일 때도 있었는데……. 앗, 잠깐만 기다려 보시오, 왓슨 박사. 내가 잘못 본 건가? 저 언덕 경사면에 지금 뭔가가 움직이고 있는 것 같은데."

몇 킬로미터나 떨어진 곳이었지만 흐릿한 녹색과 회색 풍경 속에 조그마한 검은 점이 확실하게 눈에 들어왔다. 프랭클랜드가 계단 쪽으로 달려가며 말했다.

"이쪽으로 와서 댁의 눈으로 직접 확인해 보시오!"

삼발이 위에 올려 둔 성능 좋아 보이는 기계가 함석이 깔린 평평한 지붕에 놓여 있었다. 망원경이었다. 그것을 들여다보던 노인이 환호성을 올렸다.

"자, 얼른요, 왓슨 박사. 서두르지 않으면 언덕 너머로 사라진다오!"

정말로 보였다. 조그만 짐을 어깨에 짊어진 소년이 천천히 언덕 위로 올라가고 있었다. 정상에 올라서자 누더기를 걸친 소년의 모습이 푸른 하늘을 배경으로 뚜렷하게 도드라져 보였다. 소년은 사람들의 시선을 살피듯 가만히 주위를 둘러보았는데 그 모습이 마치 쫓기는 사람처럼

보였다. 그러더니 언덕 너머로 사라져 버렸다.

"어떻소이까? 내가 말한 그대로가 아니오?"

"그렇군요. 남몰래 심부름을 하고 있는 것 같군요."

"시골 순경이라도 누구의 심부름꾼인지 금방 알 수 있을 거요. 하지만 나는 녀석들에게 절대로 가르쳐 주지 않겠소. 왓슨 박사, 댁도 누구한테 말하면 안 되오. 한마디도 해서는 안 돼! 알겠소?"

"잘 알겠습니다."

"녀석들은 나를 무시했어. 내가 무시를 당했단 말이오. 이번 고소로 사실이 밝혀지면 나라 전체에서 들고 일어날 테지. 어쨌든 경찰에게는 절대로 도움을 주지 않겠소. 마을의 멍청이들이 내 인형이 아니라 나를 화형에 처한다 해도 눈 하나 꿈쩍하지 않을 놈들이 바로 경찰이니까. 이런, 벌써 돌아가시는 거요? 대승리를 축하하며 술병이 빌 때까지 마시다 가시구려!"

나는 간신히 노인의 청을 뿌리쳤고, 함께 바스커빌 저택으로 가자는 것도 끝까지 마다했다. 나는 그의 눈이 미치는 곳까지만 길을 따라 걸었고 그 다음에는 황무지에 접어들어 아까 그 소년이 사라진 바위산으로 향했다. 아무리 피곤하더라도 행운의 여신이 가져다준 이 기회를 놓치고 싶지 않았다.

언덕 정상에 올랐을 때는 이미 태양이 저물기 시작할 무렵이었다. 눈앞에 펼쳐진 경사면의 한쪽은 금빛이 도는 푸른색으로 반짝이고 있었지만 다른 한쪽은 잿빛 그림자에 덮여 있었다. 벨리버와 빅슨, 이 두 바위산은 마치 신기루처럼 우뚝 솟아 있었고 멀리 보이는 능선에는 안개가 걸려 있었다. 끝없이 펼쳐진 황야에 움직이는 것이라고는 하나도 보이지 않았으며, 아무 소리도 들리지 않았다. 갈매기인지 마도요인지 커다란 잿빛 새 한 마리가 푸른 하늘 위로 날아가는 것이 보였다. 넓디넓은 푸른 하늘과 그 밑의 불모지 사이에 살아 있는 것이라고는 나와 그 새밖에 없다는 느낌이 들었다. 커다란 공허, 묵직한 외로움, 쫓고 있는 수수께끼, 떠도는 긴박감 때문에 내 마음도 떨려 왔다.

소년의 모습은 어디에서도 찾아볼 수 없었다. 단지 발아래 구릉의 계곡에 고대 돌집들이 둥그런 원을 그리며 늘어서 있는 것이 보일 뿐이었다. 그중에 비바람을 피할 수 있을 만큼 지붕이 남아 있는 집이 있었다. 그것을 본 순간 가슴이 뛰기 시작했다. 바로 저곳에 그 의문의 사내가 숨어 있는 것이 분명했다. 드디어 은신처를 찾아냈다. 사내의 비밀을 손에 넣은 것이다.

나는 앉아 있는 나비를 향해서 잠자리채를 들고 접근하는 스태플턴처럼 가만히 그 돌집에 다가갔다. 역시나 사람이 살고 있는 느낌이었다. 바위 사이로 희미하게 길 같은 것이 나 있었는데 입구로 이용하는 듯한, 집이 무너져 구멍이 뚫린 곳까지 이어져 있었다. 안은 쥐죽은 듯 조용했다. 그 의문의 사내가 여기 숨어 있는 걸까? 아니면 황야를 어슬렁거리고 있는 걸까? 모험을 하기에 앞서서 나는 마음을 다잡았다. 담배를 내던지고 권총을 손에 든 다음 재빠르게 다가가 안을 들여다보았다. 안에는 아무도 없었다.

하지만 잘못 쫓고 있는 것이 아니라는 증거가 여기저기 널려 있었다. 여기에는 분명히 그 사내가 살고 있었다. 지난 날, 신석기시대 사람이 침상으로 사용했을 돌바닥 위에는 방수용 봉투에 담긴 담요 몇 장이 놓여 있었다. 조그만 화덕에는 불을 피웠던 흔적으로 재가 수북이 쌓여 있었고 그 옆에 요리할 때 쓰는 도구와 물이 반쯤 담긴 양동이가 있었다. 빈 깡통들이 흩어져 있는 것으로 봐서 사람이 여기에 살기 시작한 지 꽤 시간이 흐른 듯했다.

어둠에 눈이 익자 돌집 구석에 조그만 접시와 아직도 술이 반쯤 남아 있는 병이 있는 것이 보였다. 돌집 중앙에는 식탁으로 쓰는 듯한 평평한 돌이 있었고, 그 위에 작은 꾸러미가 있었다. 아까 망원경으로 봤을 때 소년이 어깨에 짊어지고 있던 꾸러미일 것이다. 헝겊으로 싼 그 안에는 빵 한 덩이, 소 혓바닥 통조림 한 개, 복숭아 통조림 두 개가 들어 있었다. 조사를 하고 음식들을 다시 싸려던 순간, 꾸러미 밑에서 무엇인가 적혀 있는 쪽지를 보고 움찔했다. 손으로 집어 연필로 쓴 글을 읽어 보았다.

왓슨 박사가 쿰 트레이시에 갔음.

한동안 쪽지를 손에 쥐고 이 짧은 글에 대해서 생각했다. 그렇다면 이 정체불명의 사내가 감시하던 대상은 헨리 경이 아니라 바로 나였단 말인가? 그 사내는 직접 움직인 것이 아니라 그 소년을 써서 내 뒤를 밟았다. 그리고 이것은 소년이 그 결과를 보고한 것이다. 황야에 온 이후부터 나는 일거수일투족을 감시당했고 보고의 대상이 되었던 것일지도 모른다. 언제나 눈에 보이지 않는 무엇인가를 느낄 수 있었다. 정교한 그물이 우리 주위에 쳐져 있다는 사실을 느끼고는 있었다. 그러나 너무 능숙하고 정교하게 그물을 들어올리는 바람에 마지막 순간이 되어서야 그물에 걸렸다는 사실을 깨닫게 되었다.

나는 보고서가 더 있을지도 모른다는 생각에 돌집 안을 뒤지기 시작했다. 하지만 다른 보고서는 전혀 없었으며, 이런 기묘한 곳에서 사는 사내의 성격이나 목적을 보여 줄 만한 물건도 발견되지 않았다. 단지 알수 있었던 것은 이 사내가 스파르타식 생활 습관을 가지고 있으며, 쾌적한 생활은 전혀 생각지도 않는다는 사실이었다. 구멍이 숭숭 뚫린 지붕을 보고 그날 쏟아지던 비를 생각해 보면, 비는 물론 이슬도 제대로 피할 수 없는 돌집에 사는 사내의 의지가 얼마나 강한지 잘 알 수 있었다. 그는 흉악한 적일까? 어쩌면 우리들의 수호천사일지도 모른다. 그것을 밝혀내기 전까지 이 돌집을 떠나지 않겠다고 결심했다.

태양은 낮게 기울었고 서쪽 하늘은 주황색과 금색으로 불타오르고 있었다. 그것이 멀리 그림펜 늪지대에 흩어져 있는 조그만 늪을 붉게 물들였다. 바스커빌 저택의 탑 두 개도 보였다. 멀리서 희미하게 흐르는 연기는 그림펜 마을에서 피어오른 것이었다. 언덕에 가려 보이지는 않았

지만 그 중간쯤에 스태플턴의 집이 있을 것이다. 금빛 저녁 햇살을 받아 모든 것들이 아름답고 조용한 풍경을 이루고 있었다. 하지만 그런 광경에 빠져 있을 때가 아니었다. 나는 지금 당장 나타날지도 모를 상대와의 만남을 생각하며 불안과 공포로 떨고 있었다. 극도의 긴장감을 느꼈지만 나는 반드시 해내고야 말겠다고 스스로 다짐하면서 돌집의 어두운 구석에 앉아 주인이 돌아오기를 가만히 기다렸다.

드디어 그가 돌아오는 소리가 들려왔다. 구두로 돌을 밟는 날카로운 소리가 희미하게 났다. 한 걸음, 한 걸음씩 다가오고 있었다. 나는 어두운 구석으로 몸을 숨긴 뒤, 주머니 속에 있는 권총의 공이치기를 뒤로 당겼다. 의문의 사내가 모습을 드러내면 그때 밖으로 뛰어나갈 생각이었다. 발소리가 멈췄다. 사내는 한곳에 머물러 있는 듯했다. 곧 다시 발소리가 들리더니 오두막 입구에 그림자가 어른거렸다.

"내 친구 왓슨, 저녁노을이 정말 아름답다네. 그 안에 있지 말고 여기로 나오는 게 훨씬 더 기분이 좋겠어."

아주 낯익은 목소리가 들려왔다.

12. 황야에서의 죽음

　순간 숨이 멎었다. 내 귀를 믿을 수가 없었다. 간신히 제정신을 차리고 드디어 말을 할 수 있게 된 순간, 마음속을 무겁게 짓누르고 있던 책임감이 어디론가 깨끗하게 날아가 버린 느낌이었다. 저렇게 냉정하고 비웃는 듯한 목소리를 가진 사람은 이 세상에 단 한 사람밖에 없었다.

　"홈즈! 홈즈지?"

　내가 외쳤다.

　"이리 나오게. 권총 좀 조심하고."

　몸을 웅크려 조그만 입구를 통해 밖으로 나와 보니 홈즈는 바위 위에 걸터앉아 있었다. 놀란 내 얼굴을 바라보는 그의 잿빛 눈동자에는 즐거운 빛이 넘쳐났다. 조금 여위었지만 갈색으로 그을린 홈즈의 얼굴은 여전히 날카로워 보였다. 트위드로 만든 옷에 헝겊 모자를 쓴 그의 모습은 영락없이 황야를 여행하는 사람의 행색이었다. 그러나 고양이만큼 깨끗한 것을 좋아하는 그는 마치 베이커 가에 있을 때처럼 깨끗하게 면도했

고 입은 셔츠도 깔끔하기 그지없었다.

"내 평생 사람을 만나고 이렇게 기뻐한 적도 없을 걸세."

나는 홈즈의 손을 꼭 쥐었다.

"이렇게 놀랐던 적도 없겠지?"

"그것도 그렇지만."

"놀라기는 나도 마찬가지였다네. 자네가 이 임시 은신처를 찾아낼 줄
은 꿈에도 생각지 못했으니까. 그리고 입구에서 스무 걸음 정도 떨어진
곳에 올 때까지만 해도 자네가 안에 있다는 사실을 전혀 몰랐네."

"발자국을 보고 알았겠지?"

"그건 아닐세, 왓슨. 세상의 수많은 발자국 중에서 자네의 발자국을 찾
아낼 자신은 없어. 자네가 나를 진심으로 속이고 싶다면 우선은 담배 가

게부터 바꾸는 게 좋을 걸세. '옥스퍼드 가, 브래들리'라는 글씨가 찍힌 담배를 보고 내 친구 왓슨이 가까이에 있다는 사실을 알았으니까. 보게, 저쪽 길 옆에 버려져 있잖은가? 이 텅 빈 돌집 안으로 뛰어들기 직전에 버렸겠지?"

"자네가 말한 대로일세."

"역시나. 그리고 자네가 인내심이 강하다는 건 예전부터 알고 있었으니 안에서 총을 손에 쥐고 주인이 돌아올 때까지 기다리고 있을 거라고 생각했네. 그런데 자네는 내가 정말 범죄자인 줄 알았나?"

"아니, 누군지는 몰랐네. 하지만 꼭 밝혀내고야 말겠다고 생각했어."

"과연 자네답군, 왓슨! 그런데 여기는 어떻게 찾아냈나? 탈옥수를 쫓던 날 밤에 봤나? 그때는 내 뒤에 달이 있다는 사실을 깜빡했으니까."

"맞아, 그때 자네를 봤다네."

"그래서 돌집을 샅샅이 뒤진 끝에 여기까지 온 건가?"

"아니. 심부름하는 아이가 누군가에게 감시당하고 있었네. 그래서 대략 어디쯤인지 알 수 있었지."

"그 망원경 노인이겠지? 처음에는 그 반짝이는 게 렌즈일 줄은 생각지도 못했다네."

홈즈가 일어나 집 안을 들여다보았다.

"이런, 카트라이트가 먹을 것을 가져다 놨군. 이 쪽지는 뭐지? 그렇군. 자네 쿰 트레이시에 다녀왔나?"

"그렇다네."

"로라 라이언스 부인을 만나고 왔겠지?"

"맞아."

"정말 잘했네! 우리는 각자 같은 방향을 향해 수사하고 있었군. 그러니까 우리 둘이 조사한 걸 종합해 보면 사건에 대해서 상당한 정보를 알아낼 수 있을 거야."

"자네가 와 줘서 정말 고맙네. 책임은 무겁고 수수께끼는 풀리지 않고, 어떻게 해야 좋을지 몰랐으니까. 그런데 대체 어떻게 자네가 여기에 있는 건가? 그리고 무엇을 하고 있었지? 나는 자네가 베이커 가에서 공갈 사건을 처리하고 있다고 생각했는데."

"그렇게 생각해 주길 바랐지."

"그럼 내게 일을 부탁해 놓고도 나를 믿지 못했단 말인가? 나는 그래도 내가 괜찮은 편에 속하는 줄 알았는데, 홈즈."

나는 화가 났다.

"너무 화내지 말게. 자네는 이번 일도 아주 잘 처리해 줬어. 예전의 다른 사건들과 마찬가지로 말일세. 내가 자네를 속였다고 생각된다면 정말 미안하네. 사과하겠네. 사실 자네가 걱정이 돼서 내가 이렇게 행동한 걸세. 자네가 위험하다는 판단이 들어 내가 직접 여기 와서 사건을 조사하기 시작했지. 내가 헨리 경이나 자네와 함께 있었다면 나도 자네와 같은 견해를 가졌을 걸세. 그리고 내가 있다는 것이 알려지면 만만치 않은 우리의 적도 더욱 경계를 늦추지 않았겠지. 덕분에 나는 자유롭게 움직일 수 있었다네. 내가 저택에 있었다면 그렇게 하지 못했을 걸세. 이 사건에서 나는 숨어 있는 존재이기 때문에 만일의 경우에는 전력을 다 쏟아 부을 수가 있다네."

"그래도 왜 나에게까지 숨겼던 건가?"

"밝힌다고 해도 별로 달라질 것도 없었고 게다가 내가 들킬 염려도 있었으니까. 자네는 나와 이야기를 나누고 싶어 할 거고, 또 정이 많으니 이것저것 내게 건네주고 싶어 했을 걸세. 그렇게 되면 일부러 위험을 자초한 결과가 됐을 거야. 그래서 나는 카트라이트를 이리로 데리고 왔다네. 속달우편 취급 회사에 있던 아이 말일세. 그 녀석이 내가 있는 곳으로 빵이나 옷가지 등 간단한 생필품을 날라다주고 있지. 이 정도면 충분하지 않겠나? 카트라이트는 다리가 아주 튼튼해서 내 눈과 발이 되어 주고 있어. 꽤 큰 도움이 된다네.”

“그렇다면 내 보고서는 아무짝에도 쓸모가 없었겠군!”

보고서를 쓸 때의 고통과 완성했을 때의 벅찬 마음이 생각나 내 목소리가 떨렸다. 그러자 홈즈는 주머니에서 편지 뭉치를 꺼냈다.

“여기에 있지 않은가? 보게. 손때가 묻을 정도로 몇 번이고 되풀이해서 읽었다네. 이래저래 손을 썼기 때문에 하루 정도 늦기는 해도 제대로 받아 보았어. 이 어려운 사건을 이렇게까지 잘 조사했다고 감탄하고 있던 차였지.”

홈즈가 나를 감쪽같이 속였다고 생각하면 좀처럼 화가 가라앉지 않았지만, 그가 따뜻한 말로 칭찬하자 나도 모르게 마음이 차분해졌다. 그의 모든 말이 옳게 여겨졌고, 그가 황야에 와 있다는 사실을 몰랐던 것이 차라리 잘된 일이었다고 생각하게 되었다.

밝아진 내 얼굴을 보면서 홈즈가 말했다.

“모든 것이 잘되었다네. 자, 그럼 로라 라이언스 부인을 만난 결과를 들려주겠나? 자네가 그녀를 만나기 위해서 그리로 갔다는 사실은 바로 알 수 있었다네. 쿰 트레이시에 사는 사람 중에서 이번 사건에 도움을 줄 만한 건 그녀밖에 없다는 사실 정도는 진작부터 알고 있었으니까. 오늘 자네가 가지 않았다면 내일이라도 내가 만나러 가야 했을 걸세.”

태양은 이미 저물었고 황야는 어둠에 잠기기 시작했다. 날이 추워져서 우리는 돌집 안으로 들어가 불을 피웠다. 희미한 어둠 속에 함께 앉아서 나는 홈즈에게 라이언스 부인과의 대화를 들려주었다. 그는 커다란 흥미를 느낀 듯했다. 두 번이나 이야기를 해서 간신히 이해시킨 부분도 한두 군데가 아니었다.

"아주 중대한 일일세. 이것으로 복잡하기 짝이 없었던 사건 중에서 메워지지 않았던 부분을 메울 수 있게 되었어. 자네도 눈치챘겠지만 라이언스 부인과 스태플턴이라는 사람은 아주 친밀한 관계지."

"그건 몰랐네."

"하지만 의심의 여지가 없네. 만나서 이야기를 하기도 하고 편지를 주고받기도 하고, 두 사람은 확실히 의기투합했다네. 좋았어, 이걸로 강력한 무기를 손에 넣은 셈일세. 이걸 이용해서 그 남자의 아내를 떼어 놓는다면……."

"아내라니?"

"자네가 여러 가지 정보를 제공했으니 나도 정보를 하나 알려 주겠네. 스태플턴의 동생 말인데, 사실 스태플턴 양은 그의 아내일세."

"뭐라고? 그게 사실인가? 그렇다면 왜 헨리 경이 그녀에게 연정을 품고 있는데도 말없이 지켜보고만 있는 거지?"

"헨리 경이 사랑에 빠진다 해도 상처받는 건 경밖에 없으니까. 헨리 경이 그녀에게 접근하지 못하도록 그가 감시의 눈길을 보내고 있다는 사실은 자네도 알고 있겠지? 다시 한 번 말하지만 그 여자는 아내이지 동생이 아닐세."

"하지만 왜 그런 귀찮은 속임수를 쓰는 걸까?"

"스태플턴은 자기 아내가 자유로운 몸일 때 훨씬 더 이용 가치가 크다고 생각했겠지."

지금까지 본능적으로 느꼈던 박물학자에 대한 의문들이 한꺼번에 떠올랐다. 밀짚모자를 쓰고 잠자리채를 손에 든 평범한 남자 안에 깃든 무시무시한 것이 보이기 시작했다. 웃는 얼굴 속에 살의를 숨기고 있으며, 보기 드문 인내력과 교활함을 갖추고 있는 사내의 모습이었다.

"그렇다면 적은 스태플턴인가? 런던에서 우리를 미행했던 것도 그 사람이었고?"

"나는 그렇게 생각하고 있네."

"그렇다면 경고 편지를 보낸 건 그의 아내였다는 말이 되겠군?"

"그렇지."

오랜 동안 나를 둘러싸고 있던 무시무시한 범죄의 모습이 어둠 속에서 희미하게 떠오르기 시작했다.

"정말 확실한가, 홈즈? 자네는 어떻게 스태플턴 양이 사실은 스태플턴 부인이라는 사실을 알았나?"

"스태플턴은 자네를 처음 만났을 때 자기도 모르게 진짜 경력을 잠깐 이야기했다네. 나중에 굉장히 후회했을 걸세. 그 사람은 정말로 잉글랜드 북부에서 교사로 근무한 적은 있다네. 잘 알아 두게나. 세상에 교사처럼 조사하기 쉬운 직업도 없으니 말이야. 교사 소개소라는 곳이 여기저기 널려 있어서 한번이라도 교직에 있었던 사람의 신원은 쉽게 알아낼 수 있지. 옛날 어떤 학교가 입에 담기도 싫은 사정으로 문을 닫았다네. 이름은 스태플턴이 아니었지만, 그 경영자는 아내와 함께 행방을 감춰 버렸어. 스태플턴이 말한 것과 같지 않나? 이 정도는 잠깐 조사해도 알아낼 수 있었다네. 더구나 행방을 감춘 사람이 곤충학자라는 사실을 알게 되면 그게 누군지는 금방 감이 잡히지."

어둠의 장막이 서서히 걷히려 했지만 그래도 여전히 어두운 부분이 많았다.

"가령 그 여자가 진짜 부인이라고 치더라도 그게 로라 라이언스 부인과 무슨 상관이란 말인가?"

"그 물음에 관해서라면 자네의 조사가 빛을 발했네. 자네가 라이언스 부인과 이야기를 나눈 덕분에 어떻게 된 일인지 확실하게 보이기 시작했어. 라이언스 부부의 이혼에 관한 사실은 전혀 모르고 있었네. 그녀는 스태플턴이 독신인 줄 알고 그와 결혼하려고 하는 것이 분명하네."

"만약 속은 걸 알았다면 어떻게 할까?"

"바로 그걸세. 그걸 알면 그녀는 우리 편이 되어 줄지도 몰라. 내일 우리 둘이서 찾아가 봐야겠네. 그런데 왓슨, 자네의 임무를 너무 소홀히 하고 있는 것 아닌가? 자네가 있어야 할 곳은 바스커빌 저택이야."

이미 서쪽 하늘에도 저녁노을의 빛은 사라지고 없었다. 황야는 완전히 저물어 있었다. 자줏빛 하늘에 별들이 희미하게 반짝이기 시작했다. 나는 자리에서 일어나면서 홈즈에게 물었다.

"마지막으로 하나만 물어보겠네. 이젠 더 이상 내게 숨기지 않아도 되겠지? 스태플턴은 대체 무엇을 바라고 이런 짓을 벌인 건가?"

홈즈가 어두운 목소리로 대답했다.

"살인일세, 왓슨. 아주 교묘하게 계획된 냉혹한 살인일세. 자세한 얘기는 아직 묻지 말게나. 스태플턴은 헨리 경에게 쳐 놓은 그물을 잡아당기려 하고 있지만 나도 그자에게 그물을 쳐 놓았네. 자네가 도와줘서 그는 더 이상 움직일 수가 없지. 단, 아직도 한 가지 위험은 남아 있다네. 우리의 준비가 끝나기 전에 스태플턴이 행동을 개시할지도 몰라. 앞으로 하루가 더 필요하네. 이틀 후면 모든 준비가 끝나니까. 그때까지는 아픈 아이를 돌보는 엄마처럼 헨리 경을 확실하게 보호해 주기 바라네. 오늘 자네는 올바르게 행동했지만 한편으로는 자네가 헨리 경 곁에 있어 주었으면 했다네. 앗, 이게 무슨 소리지?"

끔찍한 비명 소리가 들려왔다. 공포와 고통으로 가득 찬 외침이 정적에 잠긴 황야에 오래도록 울려 퍼졌다. 그 무시무시한 외침에 온몸의 피가 얼어붙는 듯했다.

"이런, 맙소사! 뭘까? 무슨 일이 일어난 거지?"

홈즈는 자리에서 벌떡 일어났다. 다부진 몸의 검은 윤곽이 눈에 들어왔다. 그는 재빠르게 문 앞에 웅크리더니 얼굴을 내밀어 어둠 속을 가만히 응시했다.

"쉿, 조용히!"

끔찍한 그 비명은 멀리 어두운 황야 어딘가에서 들려온 듯했다. 다시 비명 소리가 울려 퍼졌다. 이번에는 전보다 훨씬 더 가까이서, 절박하게 들려왔다.

"어디지? 어느 쪽 같나, 왓슨?"

홈즈가 떨리는 목소리로 속삭이듯 말했다. 강철처럼 강인한 사내조차도 두려움을 느끼고 있는 것이다.

"저쪽 아닌가?"

나는 어둠 속을 손가락으로 가리켰다.

"아니, 이쪽이야."

더욱 고통에 몸부림치는 외침이 밤의 침묵을 찢어 놓았다. 그 외침은 점점 커졌고 곧이어 다른 소리가 그 외침을 뒤덮어 버렸다. 목 깊은 곳에서 짜내는 듯한 신음 소리 같기도 하고 울부짖음 같기도 한 소리였다. 피마저 얼어 버릴 듯한 그 소리는 바다의 물결 소리처럼 높아졌다가 낮아짐을 되풀이하면서 울려 퍼졌다.

"개다! 가세, 왓슨! 이미 늦은 걸까?"

홈즈는 맹렬한 기세로 황야를 달리기 시작했다. 나도 그 뒤를 따랐다. 이번에는 바로 앞에 있는 기복이 심한 곳에서 단말마의 비명이 울리더니, 뒤이어 무거운 물건이 쓰러지는 소리가 귀를 파고들었다. 우리는 멈춰 서서 귀를 기울였다. 바람 한 점 불지 않는 답답한 밤은 침묵할 뿐이었고 더 이상 아무 소리도 들려오지 않았다.

"당했네, 왓슨. 이제 다 틀렸어."

"그럴 리가 없네!"

"어리석었어. 제 꾀에 넘어가고 말았네. 왓슨, 자네도 마찬가지야. 임무를 수행해야 할 장소에서 벗어나는 바람에 이런 일이 생긴 걸세. 만약 최악의 사태가 벌어졌다면 반드시 복수하고 말겠어!"

우리는 어둠 속에서 길을 막고 있는 바위를 돌기도 하고, 금작화 덩굴을 헤집기도 하고, 숨이 끊어져라 구릉의 경사면을 오르락내리락 하면서 무시무시한 소리가 들린 방향을 향해 달려갔다. 높은 곳에 올라설 때마다 홈즈는 주위를 둘러보았지만 황야는 어둠에 잠겨 있을 뿐 움직이는 것이라고는 무엇 하나 보이지 않았다.

"보이는 게 있는가?"

"아니."

"잠깐, 이건 뭐지?"

낮은 신음 소리가 들려왔다. 왼쪽에서 한 번 더 그 소리가 들렸다! 그쪽은 바위가 그대로 드러나 있었는데 능선이 끊어져 절벽을 이루고 있었다. 깎아지른 듯한 절벽의 경사면은 온통 바위투성이였다. 그 경사면에 어떤 검은 물체가 날개를 펼친 독수리처럼 축 늘어진 꼴로 쓰러져 있었다. 서둘러 내려가 보니 그것이 확실하게 눈에 들어왔다. 어떤 남자가 고꾸라져 쓰러져 있었는데 고개가 상상할 수 없는 각도로 안쪽으로 꺾

여 있었고 공중제비를 돌 듯 어깨와 몸이 둥글게 굽어 있었다. 너무나도 이상한 모습이었기 때문에 조금 전에 들은 신음 소리가 그의 영혼이 빠져나가는 소리였다는 사실도 깨닫지 못했다. 우리가 그 옆에 웅크리고 앉았을 때, 그 시커먼 물체는 손가락 하나 꿈쩍하지 않았으며 더 이상 신음 소리도 내지 않았다. 홈즈가 사내를 안아 일으키려다 커다랗게 비명을 질렀다. 그가 성냥에 불을 붙이자 피 묻은 손가락이 보였다. 부서진 시신의 머리에서 천천히 흘러내린 핏물이 웅덩이를 이루고 있는 모습도 드러났다. 성냥불로 그 아래를 비춰 보고 우리는 심장이 멎는 듯했다.

그는 헨리 바스커빌 경이었다! 트위드로 만든 그 붉은 옷을 우리가 잊을 리가 없었다. 베이커 가에서 처음 만난 날 아침, 헨리 경이 입고 있던 바로 그 옷이었다. 그것을 본 순간 마치 희망의 불빛이 꺼지듯, 성냥불이 흔들리면서 꺼졌다. 홈즈가 신음 소리를 냈다. 그의 얼굴은 어둠 속에서도 창백하게 보였다.

"이런, 제길! 그 짐승이야! 이게 어떻게 된 일이란 말인가? 아, 홈즈. 헨리 경을 이렇게 되도록 내버려 둔 나는 이제 어쩌면 좋단 말인가?"

내가 주먹을 쥐며 소리쳤다.

"아니, 모든 잘못은 내게 있네, 왓슨. 사건을 완벽하게 처리하려고 욕심을 부리다가 의뢰인의 목숨을 가볍게 여겼어. 탐정 일을 시작한 이래 가장 큰 실수를 저지르고 말았네. 하지만 알 수가 없군. 왜일까? 그토록 경고를 했는데도 경은 왜 혼자서 황야에 나왔을까?"

"헨리 경의 비명 소리를 들었어……. 아, 그 비명! 왜 그를 돕지 못했을까? 그를 뒤쫓아 죽게 만든 악마 같은 개는 어디에 있는 거지? 아직 이 부근의 바위 사이에 숨어 있을지도 모르네. 그리고 스태플턴, 그자는 어디에 있는 거지? 그가 꼭 대가를 치르도록 하겠네."

"물론일세. 반드시 대가를 치르도록 해 주지. 큰아버지와 조카, 두 사람이 살해당했어. 큰아버지는 그것을 보고 마계의 개라고 착각해서 심장마비를 일으켰지. 조카는 그것에 쫓겨 어둠 속으로 도망쳐 숨으려다 죽었고. 하지만 나는 그자와 개가 어떤 관계인지를 입증해야만 하네. 우리는 개의 소리밖에 듣지 못했어. 그 개가 정말 있다는 사실도 증언할 수 없지. 헨리 경이 추락해서 죽은 것만은 확실하네. 정말 교활하기 짝이 없는 놈일세. 하지만 난 내일까지 놈을 꼭 잡고 말겠어!"

그동안 우리가 한 고생이며 수고는 돌이킬 수 없는 참극이라는 형태로 막을 내렸다. 시신을 앞에 두고 우리는 비통한 마음으로 멍하니 서 있었다. 곧 달이 떠오르기 시작했다. 우리는 가엾은 친구가 굴러 떨어진 절벽 위로 기어올랐다. 반쯤은 은빛에 물들고, 반쯤은 어둠에 잠긴 황야가 펼쳐져 있었다. 몇 킬로미터나 떨어진 그림펜 쪽에서 노란 불빛 하나가 반짝였다. 다름 아닌 스태플턴의 집에서 새어 나오는 불빛이었다. 나는 그 불빛을 바라보며 주먹을 쥐고 외쳤다.

"왜 지금 당장 놈을 잡지 않는 건가?"

"아직 부족한 부분이 있다네. 그자는 영악하기 짝이 없어서 쉽게 모습을 드러내지 않거든. 녀석이 범인이라는 사실은 알고 있지만 무엇보다 먼저 증거를 잡아야만 해. 그렇지 않고 괜히 섣불리 움직였다가는 녀석을 놓칠 우려가 있어."

"이제 우리는 어쩌면 좋은가?"

"내일은 해야 할 일이 많네. 오늘 밤에는 저 가엾은 친구의 죽음을 애도하는 일밖에 달리 할 수 있는 일이 없어."

우리는 절벽 밑으로 내려갔다. 달빛을 받아 은빛으로 빛나는 바위 사이에 시커먼 시신이 누워 있었다. 고통에 뒤틀린 손발을 보자 내 가슴은 아픔으로 떨렸고, 눈에는 눈물이 고였다.

"사람을 불러야겠네, 홈즈. 우리 둘이서는 시신을 저택까지 도저히 옮길 수가 없겠어. 아니, 자네 미쳤나?"

홈즈가 뭐라고 소리를 지르며 시신 위로 몸을 웅크렸다가 갑자기 벌떡 일어나 크게 웃으며 내 손을 쥐었다. 이게 자제심이 뛰어난 내 친구란 말인가? 숨어 있던 광기가 드디어 모습을 드러낸 것이다!

"수염이 있어! 턱수염! 이 사람은 턱수염을 길렀네."

"턱수염이라고?"

"이건 헨리 경이 아닐세. 이 사람은…… 맞아, 내 황야의 이웃이었군. 탈옥수였어."

서둘러 시신을 똑바로 눕히고 보니 차가운 달빛을 받아 피로 범벅이 된 수염이 보였다. 튀어나온 이마, 짐승처럼 움푹 팬 눈을 보자 의심의 여지가 없었다. 그는 바위틈에 켜 둔 촛불 속에서 나를 노려보던 사내, 탈옥수 셀던이 분명했다.

그 순간 모든 사실을 알 수 있었다. 집사인 배리모어에게 자신이 입던

옷을 쳤다던 헨리 경의 말이 떠올랐다. 구두, 셔츠, 모자 등 모든 것이 헨리 경이 쓰던 것이었다. 끔찍한 참극이었지만, 어쨌든 이자는 사형당한다 해도 조금도 이상하지 않은 범죄자였다. 나는 홈즈에게 자초지종을 알려 주었다. 내 가슴이 감사와 기쁨으로 부풀어 올랐다.

"그럼 이 사람은 이 옷 때문에 죽은 거로군. 틀림없이 그 개에게 헨리 경의 소지품 냄새를 맡게 했을 걸세. 호텔에서 사라진 구두겠지. 그것 말고는 생각나는 게 없어. 그래서 개가 이자를 뒤쫓았던 거야. 하지만 이상한 점이 한 가지 있네. 어둠 속에서 셀던은 개에게 쫓긴다는 사실을 어떻게 알았을까?"

"개가 쫓아오는 소리를 듣고 알았겠지."

"황야에서 개의 소리를 들었다고 해서 이 냉혹한 탈옥수가 그렇게 공포에 질렸을까? 잡힐지도 모르는데 그렇게 미친듯이 비명을 질렀을까? 조금 전에 들려온 비명 소리로 봐서는 개가 온다는 걸 깨닫고 상당한 거리를 뛰어서 도망친 것 같네. 어떻게 그럴 수 있었을까?"

"자네의 추측이 옳다고 치더라도 나는 도무지 이해할 수가 없네. 왜 그 개가……."

"추측이 아닐세."

"그렇다면 왜 하필 오늘 밤에 개를 풀어 놓은 걸까? 언제나 황야에 풀어 놓는 것 같지는 않던데. 헨리 경이 황야에 있다고 생각하지 않았다면 스태플턴이 개를 풀어 놓았을 리가 없지 않나?"

"자네의 의문이라면 당장 설명할 수 있지만 내 의문은 상당히 복잡한 것일세. 영원히 풀리지 않을지도 모르지. 어쨌든 지금 우리에게 닥친 문제는 이 불쌍한 사내의 시신을 어떻게 할까 하는 점이라네. 이대로 놔두면 여우와 까마귀에게 뜯기고 말 걸세."

"저 돌집으로 옮겨 두었다가 경찰에 연락하면 어떻겠나?"

"그렇게 하는 게 좋겠군. 거기까지라면 둘이서도 옮길 수 있을 테니. 앗, 왓슨. 이럴 수가. 당사자께서 직접 행차하셨다네. 정말 대담하기 짝이 없군. 의심을 받을 만한 말은 한 마디도 하지 말게. 절대로. 그러지 않으면 내 계획이 물거품이 되고 마네."

이쪽을 향해서 누군가가 황야의 어둠 속으로 걸어오고 있었다. 빨간 담배 불빛이 희미하게 보였다. 달빛 속에서 나는 작은 키와 거만한 걸음걸이를 확실하게 볼 수 있었다. 박물학자였다. 우리를 알아본 그는 순간

멈춰 섰다가 바로 우리 곁으로 다가왔다.

"이런, 왓슨 박사님 아니십니까? 이런 밤중에, 그것도 황야에서 뵙게 될 줄은 몰랐습니다. 무슨 일이 있었습니까? 누가 사고라도 당했나요? 설마 헨리 경은 아니겠지요?"

스태플턴이 내 옆을 스쳐 지나더니 시신 위로 몸을 구부렸다. 숨을 들이마시는 소리가 들렸고 담배가 그의 손가락에서 떨어졌다.

"누, 누구죠? 이게 누굽니까?"

그가 더듬거리며 물었다.

"셀던입니다. 프린스타운 교도소에서 탈옥한 자죠."

스태플턴은 창백한 얼굴로 우리를 바라보았다. 실망과 놀람을 간신히 감추고 있다는 사실을 쉽게 알 수 있었다. 그는 홈즈와 내게 날카로운 시선을 던졌다.

"이 무슨 끔찍한 일입니까? 어떻게 죽은 거죠?"

"이 절벽 위에서 떨어져 목이 부러진 듯합니다. 우리는 황야를 산책하다가 비명 소리를 들었습니다."

"저도 그 소리를 들었습니다. 그래서 여기까지 와 본 겁니다. 헨리 경이 걱정돼서요."

"왜 헨리 경을 걱정하시는 거죠?"

나도 모르게 스태플턴에게 이런 질문을 던졌다.

"오늘 밤에 헨리 경을 우리 집으로 초대했거든요. 그런데 영 오시지를 않아서 좀 이상하다고 생각하고 있었죠. 그래서 비명 소리를 듣는 순간 그분 일지도 모르겠다고 생각한 겁니다. 그런데 혹시 다른 소리는 듣지 못했습니까?"

스태플턴은 내 말에 대답하다가 다시 홈즈 쪽을 바라보며 물었다.

"네. 당신은 들었나요?"

"저도 못 들었습니다."

"그럼 왜 그런 질문을 하는 겁니까?"

"이 부근에 살고 있는 농부들 사이에서 유령 사냥개가 나타난다는 소문이 떠돌고 있으니까요. 밤이면 황야에서 울부짖는다고 합니다. 오늘도 그 소리가 들렸나 해서요."

"그런 소리는 전혀 듣지 못했습니다."

이번에는 내가 말했다.

"그렇다면 이 사내는 왜 죽었을까요?"

"쫓기고 있다는 불안감과 초조함 때문에 미쳐 버렸겠지요. 아마 미친 듯이 황야를 달리다가 가엾게도 절벽에서 떨어져서 목이 부러진 것 같습니다."

"그렇게 보는 게 가장 합당할 것 같군요. 셜록 홈즈 선생님은 어떻게 생각하십니까?"

이렇게 말한 스태플턴은 한숨을 내쉬었는데 내게는 그것이 안도의 표시로 보였다. 내 친구가 인사하며 말했다.

"나를 아시는군요."

"왓슨 박사님이 오신 다음부터 우리는 홈즈 선생님이 오시기만을 기다리고 있었습니다. 그런데 오시자마자 이런 비극을 만나게 되셨군요."

"그렇게 말입니다. 나도 왓슨의 말이 맞는다고 생각합니다. 내일 런던으로 돌아가는데 뒤끝이 영 안 좋군요."

"이런, 내일 돌아가십니까?"

"네, 그럴 생각입니다."

"홈즈 선생님은 우리가 골머리를 썩이고 있는 사건들에 대해서 뭔가 아시는 게 있겠죠?"

홈즈가 어깨를 들썩였다.

"누구든 언제나 성공만 하라는 법은 없어요. 조사에 필요한 건 확실한 사실이지 전설이나 소문이 아닙니다. 그런 점에서 이번 사건은 정말 불만투성이입니다."

홈즈는 이번 사건에 전혀 관심이 없다는 투로 말했다. 스태플턴는 홈즈에게서 시선을 떼지 않다가 잠시 후에 나를 바라보며 말했다.

"이 사람을 우리 집으로 옮기고 싶지만 그러면 동생이 두려워할 테니 그건 안 되겠습니다. 얼굴을 덮어 두면 아침까지는 괜찮을 겁니다."

그의 말대로 하기로 했다. 스태플턴이 자기 집에 들렀다 가라고 권유했지만 홈즈와 나는 그의 청을 거절하고 헤어진 뒤 바스커빌 저택으로 향했다. 뒤돌아보니 넓은 황야를 천천히 걸어가는 스태플턴의 모습이 보였다. 그의 뒤로는 절벽이 달빛을 받아 은빛으로 반짝였다. 바로 그 경사면에 비참한 최후를 맞이한 사내가 검은 점처럼 찍혀 있었다.

13. 그물을 치다

"일촉즉발의 위험한 상황이었어. 정말 대담한 녀석이로군. 엉뚱한 사람이 자신이 친 덫에 걸렸다는 사실을 알면 보통은 정신을 못 차릴 텐데 놈은 아주 태연하게 넘어갔어. 왓슨, 런던에서도 말한 적이 있지만 우린 정말 대단한 적을 만났네."

"자네가 와 있다는 사실이 밝혀졌으니 큰일 아닌가?"

"처음에는 나도 그렇게 생각했지만 내게서 아무것도 알아낸 게 없으니 상관없겠지."

"자네가 왔다는 걸 알고 놈이 계획을 변경할까?"

"경계를 하거나 아니면 앞뒤 가리지 않고 바로 행동으로 옮길 거야. 머리가 좋은 범죄자들은 자기 꾀에 빠지기 십상일세. 놈도 그런 사람 중 하나인데, 우리를 멋지게 속였다고 생각할지도 모르지."

"지금 당장 잡아들이지 않아도 괜찮겠나?"

"왓슨, 자네는 타고난 행동가로군. 언제나 무엇인가를 하지 않으면 마음이 놓이지 않지? 하지만 잘 들어 보게. 오늘밤 저자를 체포했다고 치세. 그게 우리에게 무슨 득이 된단 말인가? 아무런 증거도 없지 않은가? 바로 그래서 저자가 영악하다는 걸세! 저자가 사람을 부리고 있었다면 한두 개쯤은 증거를 잡을 수도 있었을 거야. 하지만 저 거대한 개를 잡아들인다 해도 그게 주인의 목을 조를 끈이 되지는 않는다네."

"어찌 됐든 실제로 범죄가 벌어지지 않았는가?"

"아니, 범죄의 냄새도 나지 않는다네. 있는 거라고는 추측과 억측뿐이야. 이런 이야기와 증거를 법정에서 제시한다면 우리는 그저 웃음거리만 되고 말 걸세."

"찰스 경이 죽지 않았나?"

"외상이 전혀 없었어. 자네와 나는 찰스 경이 공포 때문에 죽었다는 사실을 알고 있네. 그리고 그가 느낀 공포의 원인도 알고 있지. 하지만 어떻게 해야 돌대가리 같은 배심원 12명을 납득시킬 수 있겠는가? 개가 있었다는 증거는? 이빨 자국이라도 나 있었나? 물론 우리는 사냥개가 시신에는 덤벼들지 않는다는 것을 알고 있네. 찰스 경은 개가 달려들기 전에 죽었고. 하지만 우리는 그 모든 사실들을 입증해야만 하네. 지금으로서는 불가능한 소리지."

"그렇군. 그렇다면 오늘 있었던 일은 어떤가?"

"오늘 일도 마찬가지일세. 사냥개와 탈옥수의 죽음을 직접 연관시킬 수는 없으니까. 무엇보다도 개를 보지 못했잖나? 우리는 그저 개가 울부짖는 소리만 들었을 뿐이라네. 개가 그 사내를 뒤쫓았다는 사실을 증명할 방법이 없지. 동기도 전혀 알 수가 없고. 지금은 범죄가 일어났다는 사실마저 입증할 수가 없네. 그것을 입증하려면 그 어떤 위험도 감수할 각오를 해야만 할 걸세."

"그럼 이제 어쩔 생각인가?"

"로라 라이언스 부인에게 사정을 잘 설명하면 우리에게 도움을 줄지도 몰라. 내가 기대하고 있는 것은 그거라네. 내게도 작전이 있으니 내일 일은 내일 걱정하세. 어쨌든 내일이 가기 전에 모든 일을 해결하고 싶으니까."

그 말을 끝으로 홈즈는 입을 다물었다. 그는 바스커빌 저택의 문 앞에 이를 때까지 가만히 생각에 잠긴 채 발걸음을 옮겼다.

"같이 들어갈 거지?"

"그래, 더 이상 숨어 있을 필요도 없지. 한 가지만 부탁하겠네, 왓슨. 헨리 경에게 사냥개 이야기는 하지 말게나. 셀던의 죽음은 자네가 스태플턴에게 말한 대로만, 그저 절벽에서 떨어져 죽었다는 정도만 일러 주게. 그러면 내일 헨리 경이 시련에 부딪치더라도 잘 빠져나올 수 있을 테니까. 자네가 쓴 보고서를 내가 잘 기억하고 있다면 헨리 경은 내일 스태플턴 남매와 저녁 식사를 같이 하겠지."

"맞아. 나도 초대를 받았다네."

"그럼 구실을 만들어서 헨리 경을 혼자 가도록 해 주게. 그 정도는 그리 어려운 일이 아닐 거야. 그것보다, 지금은 서둘러서 저녁 만찬에 참석하세. 너무 늦었다간 단둘이서 야참을 먹게 될지도 모르니까."

헨리 경은 셜록 홈즈의 얼굴을 보고 놀라기보다는 기뻐하는 표정이었다. 왜냐하면 요즘 며칠 동안 여러 가지 사건들이 계속해서 일어나는 바람에 홈즈가 런던에서 와 주기를 진심으로 기다렸기 때문이다. 하지만 내 친구는 가지고 온 짐도 없었고, 그 이유도 설명하지 않아서 헨리 경은 조금 이상하다고 느낀 듯했다. 나와 헨리 경은 당장 홈즈에게 필요한 것들을 챙겨 주었다. 늦은 저녁을 먹으며 우리는 오늘 있었던 일 중에서 헨리 경이 알아야 할 것들만 이야기해 주었다. 다만 그전에 배리모어 부부에게 셀던의 죽음을 알리는 괴로운 일을 해야만 했다. 배리모어 집사에게는 마음이 놓이는 소식이었겠지만, 그 소식을 들은 배리모어 부인은 앞치마로 얼굴을 가리고 격렬한 울음을 터뜨렸다. 세상 사람들은 셀던을 짐승이나 악마처럼 난폭한 자라고 했지만 그녀에게는 언제나 변함없이 귀여운 말썽꾸러기이자 자신을 따르던 동생이었다. 자신의 죽음을 슬퍼해 줄 여자가 하나도 없는 남자야말로 진짜 악마일 것이다.

"오늘 아침에 왓슨 씨가 외출한 뒤로 집에서 쭉 멍하게 보냈습니다. 약속을 지켰으니 조금은 칭찬해 주시죠. 혼자 외출하지 않겠다고 약속한 덕분에 즐거운 저녁 시간을 놓치고 말았습니다. 스태플턴 씨가 놀러 오라고 심부름꾼을 보냈거든요."

헨리 경의 말이 끝나자 홈즈는 차갑게 말했다.

"분명히 즐거운 저녁이 되었을 겁니다. 하지만 아까 절벽에서 떨어져 목이 부러져 죽은 사람이 헨리 경인 줄 알고 우리가 무척 슬퍼했던 사실은 모르시겠군요."

헨리 경이 놀라 눈을 둥그렇게 떴다.

"그게 무슨 말씀이십니까?"

"그 가엾은 사내가 경의 옷을 입고 있었거든요. 그 옷을 건네준 집사가 경찰에 끌려가 조사를 받게 될지도 모르겠습니다."

"그럴 리는 없을 겁니다. 아마 내 것이라는 표시는 어디에도 없을 테니까요."

"그렇다면 다행이군요. 집사뿐만이 아닙니다. 경도 아주 운이 좋았어요. 이번 사건에서는 여러분 모두가 법을 어긴 셈이니까요. 양심적인 형사라면 이 저택에 있는 사람들을 전부 체포할지도 모릅니다. 왓슨의 보고서가 유죄를 입증하는 결정적인 단서가 되겠죠."

"그건 그렇고, 사건 수사는 어떻게 되어 가고 있습니까? 이 복잡한 사건을 풀 만한 단서를 잡으셨습니까? 나나 왓슨 씨는 여기에 온 뒤로 일이 어떻게 돌아가는지 전혀 알 길이 없었습니다."

"머지않아 상황을 자세히 설명할 수 있을 겁니다. 조사하는 데 상당히 애를 먹었고, 아직 확실하지 않은 것도 몇 가지 남아 있습니다. 하지만 곧 모든 문제가 해결될 것 같습니다."

"이미 왓슨 씨에게 들으셨겠지만 우리는 기묘한 일을 겪었습니다. 황야에서 사냥개의 소리를 들었거든요. 그러니 모든 게 신빙성 없는 미신이라고만은 할 수 없습니다. 미국 서부에 있을 때 개를 키워 봤기 때문에 그게 개가 울부짖는 소리라는 걸 금방 알 수 있었습니다. 만약 선생님이 그 개에 재갈을 물리고 사슬로 묶어 놓을 수만 있다면, 맹세컨대 역사상 최고의 탐정이 되실 겁니다."

"경이 힘을 빌려 주신다면 그 개에 재갈을 물리고 사슬로 묶어 놓는 데 별 어려움이 없습니다."

"뭐든 말씀만 하십시오."

"고맙습니다. 한 가지 부탁이 있는데, 내가 무슨 일을 부탁하면 이유는 묻지 말고 그저 내 말대로만 해 주세요."

"알겠습니다."

"경이 그렇게만 해 주신다면 문제는 곧 풀릴 겁니다. 내 생각에는 틀림없이⋯⋯."

갑자기 말을 멈춘 홈즈는 내 머리 위쪽을 가만히 올려다보았다. 램프 불빛이 홈즈의 얼굴을 비추었다. 너무 긴장한 탓에 딱딱하게 굳어 버린 그 얼굴은 경계심과 기대를 나타내는, 윤곽이 뚜렷한 그리스 조각상 같았다.

"왜 그러나?"

"왜 그러십니까?"

나와 헨리 경이 동시에 물었다.

시선을 내린 홈즈의 얼굴을
보자 그가 격렬한 흥분을 억누
르고 있다는 사실을 잘 알 수
있었다. 표정은 냉정했지만 그
눈에 기쁨의 빛이 가득했던 것이다.
그가 정면의 벽에 나란히 걸려 있는 초상화를
가리키며 말했다.

"죄송합니다. 나도 모르게 그림에 빠져 버렸습니다. 왓슨은 내가 그
림을 볼 줄 모른다고 말하지만 그건 질투에 불과합니다. 그저 우리가
그림을 보는 관점이 다를 뿐이죠. 저 벽에 걸린 초상화들은 정말 훌륭
하군요."

헨리 경이 놀란 표정으로 친구를 바라봤다.

"그렇게 봐 주셔서 기쁩니다. 하지만 솔직히 말해서 나는 그림을 잘
모릅니다. 말이나 소라면 좀 볼 줄 알지만요. 홈즈 선생님이 이런 것에
관심이 있는 줄은 몰랐습니다."

"뛰어난 작품은 나도 알아볼 수 있습니다. 멋진 작품입니다. 저쪽에
푸른 비단옷을 입은 부인은 틀림없이 독일 출신의 영국 초상화가 넬러
의 그림이겠죠? 그리고 가발을 쓴 뚱뚱한 신사는 1784년에 궁정화가가
된 레이놀즈의 솜씨로군요. 전부 집안사람들의 초상화인 모양입니다."

"네, 그렇습니다."

"이름을 알고 있나요?"

"배리모어가 알려 줘서 대부분은 알고 있습니다."

"손에 망원경을 들고 있는 사람은 누구입니까?"

"바스커빌 해군 소장입니다. 서인도제도에서 로드니 제독의 부하로 있었습니다. 파란 옷을 입고 손에 두루마리를 들고 있는 분은 윌리엄 바스커빌 경입니다. 윌리엄 피트[9] 수상 시대에 하원에서 의장을 지냈죠."

"그럼, 바로 정면에 보이는 저 기사는 누구입니까? 레이스가 달린 검은 벨벳으로 만든 옷을 입고 있는 사람이요."

"저 사람이야말로 꼭 알아 두어야 할 사람입니다. 저 사람이 재앙의 원흉이 된 휴고입니다. 바스커빌 가의 전설이 저 사람에게서 시작되죠. 잊으려 해도 잊을 수가 없습니다."

나는 놀라움과 흥미가 섞인 눈빛으로 그 초상화를 바라보았다.

"세상에! 조용하고 온순한 사람처럼 보이는데요. 하지만 눈에 악마가 서려 있군요. 난 좀 더 건장하고 척 봐도 악한처럼 생긴 사람일 줄 알았습니다."

"틀림없이 휴고의 초상화입니다. 그림 뒤에 이름과 1674년이라는 연도가 적혀 있거든요."

그때부터 홈즈는 말을 하지 않았지만, 악행을 저지른 인물의 초상화에 매료되었는지 식사를 하면서 거듭해서 그림을 바라보곤 했다. 곧 헨리 경이 방으로 돌아가자 그제야 나는 그가 무슨 생각을 했는지 알 수 있었다. 홈즈는 침실에서 초를 가져오더니 나를 연회장으로 데리고 가서 세월의 흐름을 떠안고 있는 초상화를 촛불로 비췄다.

---

9) William Pitt (1708~1778). 영국의 정치가. 식민지 지배에 힘써 영국의 국력이 강대해지는 기초를 쌓았다. 이후 연립 내각의 수상을 지냈다.

"뭔가 생각나는 게 없나?"

나는 깃털 장식이 달린 챙 넓은 모자, 어깨까지 늘어뜨린 곱슬머리, 하얀 레이스가 달린 목깃에 둘러싸인 엄숙한 얼굴을 들여다보았다. 냉혹한 얼굴은 아니었지만 굳게 닫힌 얇은 입술과 차갑고 고집 있어 보이는 눈에는 쉽게 다가갈 수 없는 험악함이 묻어 있었다.

"누군가와 닮지 않았나?"

"헨리 경과 턱 선이 비슷한 것 같은데."

"듣고 보니 그렇군. 그럼 이렇게 하면 어떤가?"

의자 위로 올라간 홈즈는 왼손에 든 초로 그림을 비추며 오른손을 들

어 커다란 모자와 긴 곱슬머리 부근을 가렸다.

"이건!"

나는 놀라 소리를 질렀다. 캔버스 속에서 갑자기 스태플턴의 얼굴이 떠오른 것이다.

"이제야 눈치챈 모양이군. 나는 장식물에 현혹되지 않고 얼굴만 관찰하는 훈련을 쌓았다네. 변장한 사람을 꿰뚫어 보는 능력은 범죄를 수사하는 사람이 가장 먼저 갖춰야 할 자질이거든."

"정말 놀랍군. 스태플턴의 초상화라고 해도 믿겠어."

"그렇지. 영혼과 신체 모두에 나타나는 전형적인 격세유전이라고 봐도 좋겠어. 일족의 초상화를 조사해 보면 정말로 환생을 믿고 싶어질 정도라니까. 스태플턴은 틀림없이 바스커빌 가의 사람일 걸세."

"재산 상속을 노리고 음모를 꾸민 걸까?"

"그렇다네. 우연히 이 그림을 보게 된 덕분에 우리는 가장 찾기 힘들었던 중요한 연결 고리를 찾아냈네. 드디어 꼬리를 잡았어, 왓슨. 내일 저녁이면 녀석은 그물에 걸린 나비처럼 덧없이 날개를 팔락이고 있을 걸세. 핀으로 코르크에 고정시키고 그 밑에 카드를 써서 베이커 가에 있는 우리 표본에 추가해 주겠어."

그림 앞에서 물러나면서 홈즈는 갑자기 커다랗게 웃어 젖혔다. 그가 발작적으로 웃음을 터뜨리는 경우는 거의 없었지만 그럴 때면 누군가는 반드시 불행에 휩싸이고는 했다. 이튿날 아침, 나는 일찍 눈을 떴지만 홈즈는 더 일찍 일어나 있었다. 내가 옷을 갈아입고 있는데 마차가 다니는 길을 통해 집으로 들어오는 홈즈의 모습이 보였다.

"오늘은 좀 바쁠 것 같네. 이미 그물은 다 쳐 두었으니 이제 끌어올리기만 하면 돼. 오늘이 지나기 전에 날카로운 이빨을 가진 커다란 꼬치고

기가 걸릴지 아니면 그물을 뚫고 도망칠지 알 수 있을 걸세."

이렇게 말하면서 홈즈는 기쁘다는 듯이 손을 비벼 댔다.

"벌써 황야에 다녀온 건가?"

"그림펜에 가서 프린스타운 교도소에 셀던의 죽음을 알리고 왔다네. 이제 그 일로 자네들을 귀찮게 하지는 않을 걸세. 충실한 부하인 카트라이트에게도 연락했네. 무사하다는 사실을 알려 안심시켜 두지 않으면 주인의 무덤 곁에서 떠나지 않는 충실한 개처럼 그 돌집에서 한 발짝도 움직이지 않을지도 모르니까."

"다음은 뭘 해야 하지?"

"헨리 경을 만나야지. 아, 마침 저기 오고 있군!"

"홈즈 선생님, 안녕하십니까? 참모와 함께 전투 계획을 세우고 있는 장군처럼 보이는군요."

헨리 경이 말했다.

"정말로 그런 상황입니다. 지금 왓슨은 명령을 기다리고 있지요."

"그렇다면 내게도 명령을 내려 주시오."

"그렇게 하죠. 오늘 우리 친구인 스태플턴과 저녁 약속을 하셨죠?"

"홈즈 선생님도 함께 가시는 게 어떻겠습니까? 스태플턴 가 사람들은 손님맞이를 좋아하니 함께 가면 아주 좋아할 겁니다."

"죄송하지만 나와 왓슨은 런던으로 돌아가야 합니다."

"런던으로요?"

"네. 지금으로서는 런던에서 조사하는 편이 나을 것 같아서요."

헨리 경이 풀 죽은 표정을 지었다.

"사건이 해결될 때까지 여기에 머무르실 줄 알았습니다. 이 저택도 황야도 나 혼자 지내기에는 참으로 기분 나쁜 곳입니다."

"너무 걱정하지 마세요. 끝까지 나를 믿고 내가 말한 대로 하시면 됩니다. 스태플턴 가 사람들에게는 나도 함께 가고 싶었지만 급한 일이 생겨서 런던으로 가게 되었다고 전해 주세요. 그리고 바로 데번셔로 돌아올 예정이라는 사실도요. 이 사실을 잊지 말고 꼭 전달해 주셔야 합니다."

"선생님이 그렇게 하라시면 해야죠."

"어쩔 수가 없으니 이해해 주세요."

헨리 경의 얼굴이 어두워진 것을 보니 우리가 이 사건을 버렸다고 생각해서 기분이 상한 듯했다.

"언제 출발하실 겁니까?"

헨리 경이 싸늘한 목소리로 물었다.

"아침 식사를 마치면 바로 마차를 타고 쿰 트레이시까지 갈 생각입니다. 돌아오겠다는 표시로 왓슨의 짐을 여기에 남겨 두고 가지요. 왓슨, 스태플턴 씨에게 초대에 응하지 못해서 미안하다는 편지를 써서 경에게 전해 달라고 하면 어떻겠나?"

"나도 같이 런던으로 가고 싶습니다. 왜 나만 여기 다트무어에 남아 있어야 합니까?"

헨리 경이 말했다.

"여기가 경이 있어야 할 곳이기 때문입니다. 내 말대로 하겠다고 약속하지 않았습니까? 그러니 여기에 계십시오."

"알겠습니다. 그럼 여기에 있겠습니다."

"한 가지 더! 메리핏 저택까지는 마차로 가되 곧바로 마차를 돌려보내세요. 스태플턴 가 사람들에게 식사가 끝나면 경은 걸어서 집으로 돌아가겠다는 사실을 알려 줘야 합니다."

"황야를 걸어서 돌아오란 말입니까?"

"그렇습니다."

"하지만 그것만은 절대로 하지 말라고 그동안 주의를 주셨던 행동이 아닙니까?"

"오늘 밤에는 걸어서 돌아와도 안전합니다. 경이 용기 있는 분이라는 걸 알기 때문에 드리는 부탁입니다. 모쪼록 경이 내 말에 따라 주시는 것이 무엇보다 중요합니다."

"알겠습니다. 그렇게 하지요."

"그리고 목숨을 소중히 하신다면 메리핏 저택에서 돌아오실 때는 그림펜 도로로 난 길을 이용하세요. 절대 다른 길로 가면 안 됩니다."

"그대로 하겠습니다."

"좋습니다. 나도 오후까지는 런던으로 가야 하니 아침을 먹은 뒤 바로 출발하겠습니다."

나는 홈즈의 계획을 듣고 깜짝 놀랐다. 어젯밤에 홈즈가 스태플턴에게 내일 런던으로 떠날 예정이라고 말한 것은 기억하고 있었지만, 나도 함께 돌아가리라고는 생각지도 못했다. 홈즈 스스로 결정적인 순간이 왔다고 말했는데 그런 시기에 우리 둘 다 여기를 떠나도 괜찮을까? 나는 도무지 이해가 가지 않았지만 말없이 그를 따를 수밖에 없었다. 원망스러워하는 표정을 지은 친구에게 작별을 고하고, 두 시간 뒤에 우리는 쿰 트레이시 역에 도착해 마차를 돌려보냈다. 조그만 소년이 플랫폼에서 우리를 기다리고 있었다.

"선생님, 시키실 일은 없습니까?"

"카트라이트, 너는 이 기차를 타고 런던으로 돌아가거라. 도착하거든 바로 내 이름으로 헨리 바스커빌 경에게 '수첩을 놓고 왔으니 찾으면 등기우편으로 베이커 가에 보내 주기 바람.'이라고 전보를 쳐 다오."

"네, 알겠습니다."

"그리고 역 사무실에 가서 내 앞으로 온 전보가 없는지 좀 물어 보고."

소년은 전보 한 통을 가지고 돌아왔다. 홈즈가 그것을 내게 건네주었는데 다음과 같은 전문이 쓰여 있었다.

전보 받았음. 서명하지 않은 체포 영장을 가지고 5시 40분에 도착 예정임. — 레스트레이드

"오늘 아침에 보낸 전보의 답장일세. 레스트레이드 형사는 유능하니 그의 손을 빌리게 될지도 모르겠네. 그건 그렇고 왓슨, 어제 자네가 알게 된 로라 라이언스 부인을 찾아가서 그녀를 만나 보는 게 가장 좋을 것 같네."

드디어 홈즈의 작전이 뚜렷해졌다. 그는 헨리 경을 이용해서 스태플턴 가 사람들에게 우리가 런던으로 간 것처럼 보이게 했고, 결정적인 순간에 우리는 그곳에 다시 나타날 것이다. 그리고 헨리 경이 스태플턴 가 사람들에게 런던에서 온 전보를 알리면 그들은 더 이상 의심하지 않을 것이다. 이빨이 날카로운 꼬치고기 주위에 펼친 그물이 조여 들어가는 모습이 내 눈에 보이는 듯했다.

로라 라이언스 부인은 작업실에 있었다. 셜록 홈즈는 단도직입적으로 이야기를 꺼내 그녀를 당황하게 만들었다.

"나는 돌아가신 찰스 바스커빌 경의 죽음을 조사하고 있습니다. 여기 있는 친구 왓슨 박사에게 부인이 말씀하신 내용을 들었습니다. 하지만 부인이 뭔가 숨기고 있다는 말도 들었지요."

"제가 무엇을 숨기고 있다는 겁니까?"

그녀가 따지듯이 물었다.

"찰스 경에게 10시에 문이 있는 곳까지 와 달라고 부탁했다는 사실은 인정하셨죠? 그 시간, 그 장소에서 찰스 경은 사망했습니다. 부인은 그 둘 사이의 관계를 숨긴 채 이야기를 끝맺으셨더군요."

"아무런 관계도 없어요."

"그렇다면 정말로 놀라운 우연의 일치였겠군요. 그래도 역시 관계가 있었다는 사실을 증명해 보일 수 있는데요. 라이언스 부인에게는 솔직하게 말씀드리죠. 나는 이번 일을 살인 사건이라고 보고 있습니다. 그 증거를 따라가 보니 부인의 친구인 스태플턴 씨는 물론이고 그의 아내도 사건에 관여하고 있는 것 같더군요."

라이언스 부인이 자리에서 벌떡 일어났다.

"스태플턴 씨의 아내라고요?"

"그 사실도 알게 되었죠. 그의 누이동생이라고 알려진 사람이 사실은 그의 아내입니다."

그녀는 다시 자리에 털썩 주저앉았다. 양손으로 의자의 팔걸이를 움켜쥐고 있었는데 너무 힘껏 잡았기 때문에 분홍색 손톱이 하얗게 변했다.

"그 사람한테 아내가 있다고요? 아내? 말도 안 돼! 스태플턴 씨는 독신이에요!"

셜록 홈즈가 어깨를 으쓱했다.

"증거! 증거가 있나요? 있으면 보여 주세요."

당장이라도 덤벼들 듯한 그녀의 눈은 그 어떤 말보다도 진심을 잘 보여 주었다.

홈즈가 주머니 속에서 서류 몇 장을 꺼내면서 말했다.

"물론 보여 드리죠. 이 사진은 4년 전 요크셔에서 찍은 겁니다. 뒤에

'밴딜리어 부부'라고 적혀 있지만 남자가 누군지는 바로 알아보실 수 있 겠죠? 본 적이 있다면 여자도 누군지 아실 겁니다. 이 세 장의 서류는 당 시 세인트 올리버 사립학교를 경영하고 있던 밴딜리어 부부에 대한 믿 을 만한 사람들의 증언입니다. 읽어 보시면 이 두 사람이 누구인지 모든 의문이 말끔히 풀릴 겁니다."

라이언스 부인은 서류를 대충 훑어보았다. 이윽고 부인이 눈을 들어 우리를 바라보았을 때, 부인의 얼굴은 절망을 이기지 못하고 딱딱하게 굳어 있었다.

"홈즈 선생님, 이 사람은 제 이혼이 성사되면 결혼하자고 말했습니다. 이 악당같은 남자가 거짓말을 늘어놓아 저를 속인 거예요. 제게 한 말

중에 진실이라고는 눈곱만큼도 없었군요. 왜 그랬을까요? 저는 지금까지 전부 저를 위해서 한 일이라고 생각했는데. 하지만 이제 알았어요. 저는 한낱 도구에 지나지 않았던 거예요. 이렇게 속았는데 그 사람을 감쌀 필요는 없겠죠. 나쁜 짓을 저질렀으니 당연히 대가를 치러야 합니다. 자, 이제 뭐든지 물어보세요. 더 이상 숨길 필요가 없어요. 단, 한 가지만은 믿어 주세요. 그 편지를 쓸 때 저는 친절을 베풀어 주신 찰스 경에게 위험이 닥칠 거라고는 꿈에도 생각지 못했어요."

"그 기분은 잘 압니다. 부인이 그 일을 말씀하시는 건 괴롭겠지요. 그러니 내가 대신해서 이야기를 하는 편이 좋겠습니다. 잘못된 부분이 있으면 바로잡아 주세요. 편지를 쓰라고 한 건 스태플턴이죠?"

"네. 그 사람이 불러 주는 대로 썼어요."

"그가 찰스 경이라면 부인이 이혼하는 데 필요한 법적 비용을 대 줄 수 있으니 경에게 편지를 써서 도움을 받으라고 말했겠지요?"

"맞아요."

"그리고 부인이 편지를 보낸 뒤에는 약속 장소에 못 가게 했지요?"

"그 사람은 이렇게 말했어요. 다른 사람이 이혼 비용을 내는 것은 자기 자존심이 허락하지 않는다고요. 자신은 비록 가난하지만 우리 사이를 가로막는 장애물을 제거하기 위해서라면 전 재산을 털어서라도 직접 마련하겠다고도 했어요."

"정말 앞뒤가 꼭 들어맞는 이야기군요. 사망 기사를 읽기 전까지 그에게서 아무런 연락도 없었습니까?"

"네."

"그리고 찰스 경과의 약속에 대해서는 아무에게도 말하지 말라고 했겠죠?"

"네. 그자는 찰스 경의 죽음에 미심쩍은 점들이 있기 때문에 편지 내용이 밝혀지면 제가 의심을 받게 될 거라고 말했어요. 입 다물고 있으라고 협박한 셈이죠."

"그렇군요. 하지만 부인도 이상하다고는 생각하셨겠죠?"

라이언스 부인이 머뭇거리며 고개를 숙였다.

"저도 그 사람이 수상하다는 것을 알고 있었어요. 하지만 저를 속이지만 않았어도 끝까지 감싸 주었을 거예요."

"이제 와서 생각해 보면 부인은 정말 운 좋게 살아남은 겁니다. 부인은 스태플턴을 의심했고 스태플턴도 그 사실을 잘 알고 있죠. 그런데도 부인은 아직 살아 있습니다. 이 몇 달 동안 부인은 벼랑길을 걸어온 것과 다름이 없습니다. 이제 그만 가 봐야겠군요. 머지않아 다시 연락을 드릴 겁니다."

런던에서 출발한 급행열차를 기다리며 홈즈는 이런 말을 했다.

"사건이 막바지로 치달으면서 어려운 문제들이 하나하나 풀리기 시작하는군. 최근의 사건 중에서도 가장 기괴하고 충격적인 범죄 사건이 이제 곧 막을 내리게 될 걸세. 범죄학 연구가라면 1866년에 소러시아 고드노에서 일어난 사건과 비슷하다고 할지도 모르지. 물론 노스캐롤라이나 주에서 일어났던 앤더슨 살인 사건과도 비슷한 점이 있고. 하지만 이번 사건에는 다른 사건들에 없었던 몇 가지 특징이 있다네. 아직까지도 우리 한테는 그 교활한 사내의 범행이라는 증거가 없어. 그렇지만 오늘 밤 침대에 들기 전에는 끝장을 내고 말겠네."

런던에서 출발한 급행열차가 우렁찬 소리와 함께 역 안으로 들어왔다. 불도그를 연상시키는 조그맣고 다부진 체격의 사내가 일등 객차에서 뛰어내렸다. 우리는 악수로 그를 맞았다. 홈즈를 바라보는 레스트레

이드 형사의 눈에는 존경의 빛이 어려 있었다. 처음 홈즈와 함께 일을
한 다음부터 그도 홈즈에게 많은 점들을 배운 것이 분명했다. 나는 이론
가의 추리가 행동가에게 굴욕을 안겼고 그 덕분에 형사가 분발할 수 있
었다는 점을 잘 알고 있었다. 레스트레이드가 물었다.

"재미있는 사건이라도 있습니까?"

"몇 년 만에 터진 큰 사건입니다. 출발하기 전까지 아직 두 시간 정도
가 남았으니 우선 저녁부터 먹어야겠군요. 그런 다음에 당신의 목구멍

에 들러붙은 런던의 안개를 닦아 내고 다트무어의 맑은 밤공기를 마시게 해 드리죠. 레스트레이드, 그곳에 가 본 적은 있습니까? 아, 없다고요. 좋아요. 그렇다면 황야의 첫 방문은 잊을 수 없는 추억이 될 겁니다.”

14. 바스커빌 가의 사냥개

  결점이라고 할 수 있을지는 모르겠지만, 어쨌든 내가 생각하기로 셜록 홈즈의 결점 중 하나는 마지막 순간까지 자기 계획을 다른 사람에게 밝히기를 아주 꺼린다는 점이다. 부분적으로는 주위 사람들을 압도하고 놀래 주기를 좋아하는 그의 성격 때문이기도 했고, 한편으로는 만약의 경우를 대비하는 직업상의 신중함 때문이기도 했다. 하지만 그것은 홈즈의 대리인이나 보조자로 움직이는 사람들에게는 아주 괴로운 일이었다. 나는 그런 고통을 몇 번이고 맛보았었지만 그날 밤의 길고 긴 마차 여행 때처럼 고통스러운 적은 없었다. 눈앞에서 커다란 시련이 우리를 기다리고 있었다. 드디어 마지막 승부를 걸 때가 찾아온 것이다. 그런데도 홈즈는 전혀 입을 열지 않았고, 나는 그저 홈즈가 다음에 어떻게 할지 추측해 볼 따름이었다.
  차가운 바람이 얼굴에 부딪치고 좁은 길 양쪽으로 어두운 공간이 펼쳐지기 시작했다. 우리가 다시 황야로 돌아왔다는 사실을 알게 되자 내 마음은 기대로 떨리기 시작했다. 말이 한 걸음 내딛을 때마다, 마차 바퀴가 한 바퀴 돌 때마다 우리는 마지막 모험에 점점 가까워지고 있었다.

임대한 마차에 마부가 있었기 때문에 중요한 이야기는 할 수 없었다. 그래서 우리는 기대와 흥분에 휩싸여 신경이 점점 더 날카로워져도 그저 시시한 잡담이나 나눌 수밖에 없었다. 그런 팽팽한 긴장이 계속되다가 프랭클랜드 씨의 집 앞을 지나 마침내 활약의 무대가 된 바스커빌 저택에 가까이 다가가자 나는 오히려 마음이 차분해졌다. 우리는 마차로 현관까지 가지 않고 오솔길 입구에서 내렸다. 요금을 지불하고 마차를 그대로 쿰 트레이시로 돌려 보낸 다음, 메리핏 저택을 향해서 걷기 시작했다.

"레스트레이드, 무기는 가지고 왔습니까?"

작은 체구의 형사가 빙그레 웃으며 말했다.

"바지를 입으면 뒷주머니가 있고, 뒷주머니가 있으면 거기에는 늘 무엇인가를 넣어 두지요."

"좋아요. 우리도 만약의 경우에 대비해서 준비를 했습니다."

"홈즈 선생님, 끝까지 비밀로 할 생각입니까? 대체 어떤 사냥을 하는 겁니까?"

"매복입니다."

레스트레이드 형사가 음울한 구릉의 경사면과 그림펜 늪지대 부근을 덮고 있는 안개 바다를 바라보며 몸서리 쳤다.

"여긴 썩 기분 좋은 곳은 아니군요. 저기 주택의 불빛이 보입니다."

"저기가 바로 우리의 목적지인 메리핏 저택입니다. 걸을 때 발소리를 내지 마세요. 말소리도 작게 낮춰야 합니다."

우리는 조심스럽게 앞을 향해서 똑바로 나갔다. 저택에서 200미터쯤 떨어진 곳에 도착했을 때, 홈즈가 멈추라는 신호를 보냈다.

"여기가 좋겠군. 오른쪽에 있는 바위에 몸을 숨기면 딱 좋겠어."

"그럼 우리는 여기서 기다리는 건가?"

"그래. 여기서 매복하면 될 걸세. 레스트레이드, 당신은 저쪽 움푹 파인 곳에 몸을 숨기세요. 왓슨, 자네는 저 집에 들어가 봤지? 어떻게 생겼는지 설명해 줄 수 있겠나? 이쪽 끝에 창살이 달린 창은 어디 창인가?"

"부엌 창이 분명하네."

"저 불이 켜져 있는 방은?"

"식당일 거야."

"덧문이 열려 있군. 자네가 이곳 지형을 알고 있으니 가만히 다가가서 안의 상황을 살피고 와 주게. 제발 부탁이니 들키지는 말고."

나는 살금살금 오솔길을 따라 걸어가서 키 작은 과수목을 둘러싼 울타리 밑에 몸을 숨겼다. 그 울타리를 따라서, 커튼이 열려 있는 창으로 안을 잘 볼 수 있는 위치까지 움직였다. 방 안에는 헨리 경과 스태플턴의 모습만 보였다. 그들은 내 쪽에서 옆얼굴만 보였는데, 둥근 탁자에 앉아 있었다. 그들의 앞에는 커피와 포도주가 있었고 둘 다 담배를 피우고 있었다. 스태플턴은 뭔가 이야기를 하고 있었고 헨리 경은 창백한 얼굴로 멍하니 앉아 있었다. 저주받은 황야를 홀로 걸어서 돌아가야 한다는 사실 때문에 우울한 모양이었다.

잠시 후 스태플턴이 자리에서 일어나 방 밖으로 나갔다. 헨리 경은 다시 잔에 포도주를 따르더니 의자에 몸을 기댄 채 담배를 피워 댔다. 문이 열리는 소리가 들리더니 곧이어 구두를 신고 자갈 위를 걸어가는 발소리가 들렸다. 그 소리는 내가 몸을 숨기고 있는 울타리 맞은편으로 난 좁은 길을 따라갔다. 울타리에 숨어 바라보니, 박물학자는 과수원 한쪽

구석에 있는 창고 앞에 멈춰 섰다가 빗장을 풀고 안으로 사라졌다. 창고 안에서 싸우는 것 같은 묘한 소리가 들려왔다. 1분쯤 지났을까. 다시 한 번 빗장을 거는 소리가 들리더니 스태플턴은 내 옆을 지나서 집 안으로 들어갔다. 그가 손님이 기다리고 있는 방으로 들어가는 모습을 본 뒤, 나는 친구들이 기다리는 곳으로 가서 내가 본 것을 보고했다.

"여자가 안 보였다고?"

내가 보고를 마치자 홈즈가 물었다.

"그렇다네."

"방을 빼면 불이 켜진 곳은 부엌밖에 없는데, 그렇다면 여자는 어디에 있는 걸까?"

"글쎄, 그건 나도 잘 모르겠군."

앞에서도 말했지만 그림펜 늪지대에는 하얀 안개가 짙고 무겁게 깔려 있었다. 그 안개가 천천히 이쪽으로 흘러오기 시작했다. 저편에서 안개가 낮고 두꺼운 벽처럼 피어올랐다. 달빛을 받은 안개의 벽이 거대한 얼음판처럼 빛을 발했고 멀리에 있는 바위산은 얼음판에 박힌 바위처럼 보였다. 천천히 움직이고 있는 안개를 바라보며 홈즈가 초조하게 중얼거렸다.

"이쪽으로 안개가 오고 있네, 왓슨."

"방해가 될 것 같나?"

"이보다 더한 방해도 없을 걸세. 내 계획이 실패한다면 그건 안개 때문이야. 벌써 밤 10시가 다 되어 가니 헨리 경은 이제 곧 집으로 돌아갈 걸세. 저 안개가 길을 덮기 전에 나오지 않으면 계획은 고사하고 경의 목숨마저 위태로워질 거야."

밤하늘은 한없이 맑았다. 별이 차갑게 반짝이고 있었으며 반달이 주위 풍경을 부드러운 빛으로 감싸 주었다. 은가루를 뿌려 놓은 듯한 밤하늘을 배경으로 메리핏 저택이 시커멓게 서 있었는데 톱니처럼 생긴 지붕과 우뚝 솟은 굴뚝이 뚜렷하게 도드라져 보였다. 낮은 창문에서 흘러나오는 황금색 빛줄기가 과수원을 지나 황야까지 뻗어 나왔다. 그때 갑자기 한 줄기 빛이 사라졌다. 하인들이 부엌에서 나간 것이다. 이제 남은 건 식당에 켜 놓은 램프 불빛뿐이었다. 거기에서 살의를 감춘 주인과 아무것도 모르는 손님이 담배를 태우며 이야기를 나누고 있었다.

황야를 반쯤 뒤덮은 하얀 양모 같은 안개가 시시각각 집 쪽으로 다가오고 있었다. 안개는 이미 빛이 새어나오는 네모난 창 부근에서 희미하게 소용돌이 치고 있었다. 과수원의 맞은편 벽이 안개에 가려 보이지 않았다. 나무들은 하얀 증기의 소용돌이에 감긴 채 서 있었다. 안개는 순식간에 메리핏 저택을 양쪽에서 감싸고 천천히 소용돌이치면서 두꺼운 벽으로 변해 갔고, 2층과 지붕 부분은 안개 바다 위에 떠 있는 유령선처럼 보였다. 홈즈는 눈앞에 있는 바위를 손으로 세게 치기도 하고 답답하다는 듯이 땅을 발로 차기도 했다.

"경이 15분 안에 나오지 않으면 길을 알아볼 수 없을 거야. 앞으로 30분만 더 있으면 눈앞에 있는 손도 안 보이겠어."

"좀 더 높은 곳까지 물러나는 건 어떻겠나?"

"그래, 자네 말대로 하는 편이 낫겠네."

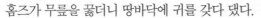

다가오는 안개에 밀려 우리는 메리핏 저택에서 800미터쯤 떨어진 곳까지 물러나고 말았다. 그래도 하얀 안개의 바다는 달빛에 반짝이며 자꾸만 천천히 밀려들었다.

"너무 멀리 왔어. 우리들이 있는 곳까지 오기 전에 습격을 당하면 큰일일세. 이제 더 이상은 뒤로 물러날 수 없어."

홈즈가 무릎을 꿇더니 땅바닥에 귀를 갖다 댔다.

"다행이야. 헨리 경이 오는 소리가 들리는 것 같아."

황야의 정적을 깨고 서둘러 걷는 구둣발 소리가 울렸다. 우리는 바위 틈에 몸을 웅크린 채 은빛에 둘러싸인 안개의 벽을 뚫어져라 응시했다. 구둣발 소리가 점점 가까워지더니, 커튼을 젖히고 나오듯 안개 속에서 기다리고 기다리던 사람이 모습을 드러냈다. 갑자기 짙은 안개에서 벗어나 맑은 밤하늘 밑으로 나온 그는 놀란 듯이 주위를 둘러보았다. 그러고는 종종걸음으로 좁은 길을 따라서 우리들이 숨어 있는 바위 앞을 지나 긴 언덕길을 올라가기 시작했다. 헨리 경은 불안을 느꼈는지 끊임없이 뒤를 돌아보았다.

"쉿! 조심하게! 드디어 온다!"

홈즈가 말했다. 그 다음, 권총의 공이치기를 뒤로 당기는 날카로운 소리가 들렸다.

천천히 밀려오는 짙은 안개 속에서 서둘러 다가오는 발소리가 희미하게 들려왔다. 안개는 우리들이 숨어 있는 곳에서 50미터도 떨어지지 않은 곳까지 밀려들었다. 우리 세 사람은 그 안개 속에서 어떤 끔찍한 것이 튀어나올지 몰라 불안에 휩싸인 채 가만히 바라보고 있었다. 나는 바로 옆에 있는 홈즈의 얼굴로 시선을 돌렸다. 그의 얼굴은 창백했지만 생기를 띠고 있었고, 눈은 달빛을 받아 반짝였다. 그런데 갑자기 그 눈이 둥그레지며 앞을 노려보더니 놀라움에 입이 떡 벌어졌다. 그 순간 레스트레이드가 공포에 질린 비명을 지르고는 땅바닥에 찰싹 몸을 붙였다. 나는 벌떡 일어나 권총을 쥐었지만 안개 속에서 튀어나온 무시무시한 것을 보고는 몸이 얼어붙어 버렸다.

개였다! 지금까지 한 번도 본 적이 없는 석탄처럼 까맣고 커다란 개였다. 벌어진 입에서는 불이 뿜어져 나왔고 눈은 번쩍번쩍 벌겋게 빛났으며 콧잔등에서 목덜미까지는 활활 불꽃이 타오르고 있었다. 미친 사람의 꿈속이라 해도, 안개 속에서 튀어나온 그 개의 검고 흉포한 얼굴만큼 끔찍하고 두려운 지옥의 생물은 볼 수 없을 것이다.

그 거대하고 검은 생물은 몸을 들썩이며 헨리 경의 뒤를 쫓고 있었다. 우리는 악마 같은 괴물의 출현에 얼어붙은 나머지 그 짐승이 우리 앞을 지나칠 때까지 넋을 놓고 있었다. 정신을 차린 홈즈와 나는 동시에 권총을 발사했다. 끔찍한 울부짖음이 들려왔다. 적어도 한 발은 맞은 듯했다. 그렇지만 그 개는 꿈쩍도 하지 않고 계속 달려 나갔다. 길을 따라 저 멀리까지 갔던 헨리 경이 뒤를 돌아보았다. 괴물을 본 그는 겁에 질린 나머지 두 손을 치켜든 채 멍하니 멈춰 서고 말았다. 달빛을 받은 그의 얼굴이 하얗게 질려 있었다.

하지만 개의 고통스러운 비명 소리를 듣고 우리는 두려움을 떨쳐 냈다. 상처를 입은 것이라면 이 세상에 존재하는 생물이 분명했다. 상처를 입혔다면 죽일 수도 있을 것이다. 그날 밤, 나는 홈즈처럼 발이 빠른 사람은 처음 보았다. 나도 발이 빠르다는 소리는 꽤 들었지만 나와 작은 체구의 형사 사이에 벌어진 거리만큼이나 홈즈와 나 사이의 거리가 벌어져 있었다. 앞쪽에서 헨리 경의 비명이 거듭 들려왔고, 개가 울부짖는 소리가 그 소리를 뒤덮었다. 짐승이 사냥감을 향해 뛰어들어 땅바닥에 쓰러뜨린 다음, 그 목을 물어뜯으려는 것이었다. 그 순간 홈즈가 괴물의 옆구리에 연속해서 다섯 발의 총알을 박아 넣었다. 단말마의 비명이 들

리더니 거대한 개가 허공을 한 번 물어뜯고는 그대로 쓰러져 다리를 격렬하게 떨다가 힘없이 축 늘어졌다. 나는 숨을 헐떡이며 몸을 굽혀 섬뜩한 빛을 발하는 머리에 총구를 겨눴다. 하지만 방아쇠를 당길 필요는 없었다. 거대한 개의 숨통은 이미 끊어져 있었다.

헨리 경은 의식을 잃고 쓰러져 있었다. 옷을 찢어 살펴봤지만 상처는 하나도 없었다. 늦지 않고 구해 냈다는 사실을 알자 홈즈의 입에서 감사의 기도가 새어 나왔다. 친구의 눈꺼풀이 움직이더니 조금씩 몸을 움직이려 애썼다. 레스트레이드 형사가 브랜디를 경의 입으로 흘려 넣자 그는 두려움이 가득한 눈을 뜨고 우리를 올려다보았다.

"아, 그게 뭐였죠? 대체 뭐였습니까?"

"그게 뭐든 이미 죽었습니다. 바스커빌 가의 유령을 깨끗하게 해치운 거죠."

눈앞에 쓰러져 있는 것은 그 크기나 모습으로 봐서 무시무시한 괴수라고 할 수 있었다. 순종 블러드하운드도, 마스티프도 아니었다. 아무래도 그 둘의 잡종 같았다. 몸매는 날씬했지만 얼굴은 험상궂었고 몸집은 암사자만큼이나 컸다. 죽어서 움직이지 못하는 지금까지도 거대한 턱에서 푸른 불꽃이 피어오르는 것처럼 보였다. 잔인해 보이는 움푹 들어간 눈 주위에서도 불꽃이 피어올랐다. 빛을 발하고 있는 콧잔등에 손을 댔다가 떼어 보니 손가락이 어둠 속에서 희미하게 빛을 발했다.

"인[10]이야."

내가 중얼거렸다. 홈즈는 죽은 개의 냄새를 맡으면서 말했다.

"정말 치밀한 녀석이군. 냄새를 맡는 데 방해가 될 만한 것들은 전부 지워 버렸어. 헨리 경, 이렇게 끔찍한 일을 당하게 해서 정말 죄송합니다. 개라는 사실은 알고 있었지만 이렇게 끔찍한 녀석일 줄은 상상도 못했거든요. 거기다 짙은 안개가 끼어 있는 바람에 달려오는 녀석을 막아 낼 시간도 거의 없었어요."

"선생님 덕분에 목숨을 건졌습니다."

"그전에 경을 위험에 빠뜨렸지요. 이젠 일어날 수 있겠습니까?"

"브랜디 한 모금만 더 주십시오. 그럼 기운을 되찾을 수 있을 것 같습니다. 자! 나 좀 일으켜 세워 주십시오. 이제 어떻게 할 겁니까?"

"경은 여기서 기다리세요. 오늘은 더 이상 모험을 해서는 안 되겠군요. 조금만 기다리시면 우리 중 한 사람이 저택까지 모셔다 드리지요."

헨리 경은 자리에서 일어서려다가 중심을 잃었다. 아직도 얼굴은 하얗게 질려 있었으며 손발을 떨고 있었다. 바위가 있는 곳까지 데려가 앉히자 두 손으로 얼굴을 감싸 쥐었다.

"역시 안 되겠군요. 우리는 나머지 일을 처리해야 합니다. 한순간도 지체할 수가 없어요. 증거는 이미 손에 넣었으니 이제 적을 붙잡기만 하면 모든 일이 끝나요."

빠른 걸음으로 좁은 길을 걸어가며 홈즈가 말했다.

"저 집에 있을 가능성은 거의 없네. 총소리를 듣고 실패했다는 사실을 깨달았을 테니 말이야."

---

10) 어두운 곳에서 빛을 내는 화학 원소. 독성이 있고 공기 중에서 불붙기 쉬우며, 성냥이나 살충제의 원료로 쓰인다.

"거리도 꽤 멀고, 이 안개 때문에 총성이 들리지 않았을 수도 있지 않겠나?"

"놈은 개를 따라 나섰을 거야. 다시 데려가야 하니까. 틀림없이 그랬을 거야. 벌써 도망갔을 걸세. 하지만 집을 샅샅이 수색해서 확인해 보는 것도 괜찮겠지."

현관이 열려 있었기 때문에 우리는 일제히 뛰어들어 차례대로 방을 뒤지며 돌아다녔다. 복도에서 마주친 나이 든 하인은 놀랐는지 완전히 넋이 나가 있었다. 식당에만 불이 켜져 있었기 때문에 홈즈가 램프에 불을 붙여서 구석구석 집안을 뒤지며 돌아다녔다. 하지만 우리가 찾는 남자의 그림자도 보이지 않았다. 2층에 있는 방문은 잠겨 있었다.

"누군가 안에 있는 것 같습니다! 움직이는 소리가 들립니다. 문을 열어야겠어요!"

레스트레이드 형사가 외쳤다. 희미한 신음 소리와 옷깃이 스치는 소리가 들려왔다. 홈즈가 구둣발로 자물쇠를 차자 문이 열렸다. 우리 셋은 권총을 손에 들고 방 안으로 쏟아져 들어갔지만 방 안에도 우리가 찾는 대담무쌍한 악당의 모습은 없었다. 우리의 눈에 들어온 것은 예상치 못했던 기괴한 것이었다. 우리는 너무 놀라 한동안 멍하니 서 있을 수밖에 없었다.

방 안은 조그만 박물관처럼 만들어져 있었다. 벽에는 유리 뚜껑이 달린 상자가 나란히 늘어서 있었는데 거기에는 나비와 나방의 표본이 가득 담겨 있었다. 광기 어린 위험한 사내가 자신의 즐거움을 위해서 만들어 낸 것이었다. 방 한가운데에 낡고 벌레 먹은 대들보를 지탱하려고 세운 기둥이 있었는데 거기에 한 사람이 묶여 있었다. 시트로 둘둘 감아놓았기 때문에 처음에는 남자인지 여자인지도 알 수가 없었다. 목에 수

건을 걸어 기둥 뒤에 묶어 놓았고 또 다른 수건 한 장이 얼굴을 반쯤 덮고 있었으며, 그 위에 슬픔과 부끄러움이 묻어 있는 의문으로 가득한 검은 눈이 우리를 바라보고 있었다.

서둘러 입을 막고 있던 수건을 풀고 시트를 풀었다. 바닥으로 무너지듯 쓰러진 것은 스태플턴 부인이었다. 힘없이 아름다운 얼굴을 밑으로 떨어뜨리자 목에 채찍으로 맞아 벌겋게 부어오른 자국이 있었다. 홈즈가 외쳤다.

"짐승 같은 놈! 레스트레이드, 브랜디 좀 주세요! 의자에 앉히세. 기절했어. 끔찍한 일을 당해 완전히 지쳐 있군."

그녀가 다시 눈을 떴다.

"그 사람은 무사한가요? 잘 빠져 나갔나요?"

"우리 손에서 벗어날 수는 없어요, 부인."

"아니, 아니요. 남편의 일을 묻고 있는 게 아니에요. 헨리 경은? 무사하신가요?"

"네. 무사해요."

"그럼, 개는요?"

"죽었어요."

그녀는 마음이 놓이는 듯 커다랗게 한숨을 쉬었다.

"신이시여, 감사합니다! 그런 악랄한 인간도 없을 거예요. 그가 무슨 짓을 했는지 보세요."

그녀가 옷소매를 걷어 올렸다. 팔 전체에 상처가 가득해서 보기만 해도 소름이 돋았다.

"하지만 이런 건 아무것도 아니에요. 아무것도 아니죠! 그 사람은 제 마음, 제 영혼을 짓밟고 상처를 주었어요. 사랑받고 있는 거라고 생각하는 동안에는 아무리 괴롭힘을 당해도, 속아도, 무관심해도 견딜 수 있었습니다. 하지만 깨닫게 되었죠. 내가 속았다는 걸, 도구로 이용당하고 있었다는 걸."

이렇게 말하며 그녀는 애달프게 흐느끼기 시작했다.

"이제 더 이상 그를 감싸지는 않겠죠? 그가 어디로 도망갔는지 가르쳐 주십시오. 그 사람의 악행을 도와주셨다면 그에 대한 보상으로 우리를 도와주세요."

"도망갈 곳은 거기밖에 없어요. 늪의 한가운데 있는 섬인데 예전에 주석을 캐던 폐광이 있어요. 거기서 개를 길렀고, 몸을 숨길 만한 곳도 준비해 놨어요. 도망갔다면 거기로 갔을 거예요."

하얀 양털 같은 안개의 벽이 창을 감싸고 있었다. 홈즈가 램프로 창을 비췄다.

"보세요. 이런 안개 속에서 그림펜 늪지대로 가는 길을 찾을 수는 없을 거예요."

그녀가 손뼉을 치며 웃기 시작했다. 그 눈과 이에 이상한 빛이 감돌았다.

"만약 들어갔다 하더라도 영영 돌아오지는 못할 거예요. 이런 밤에 표시로 박아 놓은 얇은 막대기를 어떻게 찾아낼 수 있겠어요? 그 사람과 함께 늪지를 빠져나갈 수 있도록 막대기를 박아 놓았거든요. 오늘 그것을 전부 뽑아 버렸더라면! 그랬다면 그는 더 이상 어디로도 도망가지 못했을 텐데!"

안개가 걷힐 때까지 추격은 포기할 수밖에 없었다. 그래서 레스트레이드 형사에게 메리핏 저택을 맡긴 뒤, 홈즈와 나는 헨리 경을 데리고 바스커빌 저택으로 돌아왔다. 더 이상 스태플턴 가의 진실을 숨길 수 없었기 때문에 헨리 경에게 모든 사실을 이야기했다. 그는 사랑하는 여인의 정체를 알았으면서도 태연하게 그 고통을 견뎌 냈다. 하지만 그날 밤의 사건에서 충격을 받아 극도로 신경이 쇠약해져서 날이 밝기 전에 쓰러지고 말았다. 모티머 박사가 고열에 시달리며 신음하는 헨리 경을 간호해 주었다. 나중에, 헨리 경은 저주받은 저택의 주인이 되기 전처럼 다시 건강한 몸을 되찾기 위해서 모티머 박사와 함께 세계 일주 여행을 떠나기도 했다.

한편, 이 기괴한 이야기도 급속하게 마지막을 향해 달려가고 있다. 오랫동안 우리를 시커멓게 둘러싸고 있던 공포와 억측에 대해서 기술했는데 이제 그 비극도 결말을 맞이하게 된 것이다. 그 거대한 개가 죽은 다음 날 아침에 안개가 걷혔다. 우리는 스태플턴 부인의 안내를 받아 늪지를 빠져나갈 수 있다는 지점까지 갔다. 남편이 도망간 길을 서둘러 가르쳐 주는 그녀를 보니 얼마나 공포에 떨며 생활했는지 알 수 있었다. 넓게 펼쳐진 늪지에 토탄질의 단단한 흙이 가늘게 뻗어 있었다.

그곳에 부인을 남겨 두고 우리는 앞으로 나아갔다. 가늘게 뻗은 길이 끝나는 곳에서부터 얇은 나무를 박아 놓은 이정표가 시작되었다. 녹색 부평초로 뒤덮이고 깊이를 알 수 없는 작은 연못과 사람이 접근할 수 없을 정도로 악취를 풍기는 늪 사이로 등심초가 군락을 이루고 있었다. 그 군락을 따라서 좁다란 길이 지그재그로 이어졌는데, 무성하게 자란 갈대며 미끈미끈한 파란 물풀에서 피어오르는 썩은 내와 지독한 유독가스가 얼굴을 뒤덮었다. 우리는 몇 번이고 발을 헛디뎌서 검은 늪에 허벅지까지 빠져들곤 했다. 그럴 때마다 몇 미터에 걸친 주위의 늪지가 부드럽게 흔들렸다. 걸음을 뗄 때마다 구두 굽에 끈적끈적한 진흙이 들러붙었다. 발을 잘못 내딛으면 악의를 감추고 있던 손이 무시무시한 수렁 속으로 끌고 들어가는 것 같은 아주 불쾌한 느낌이 들었다.

우리는 이렇게 위험하기 짝이 없는 길을 누군가가 지나간 흔적 딱 하나를 발견했다. 진흙 가운데 무성하게 자라난 황새풀 사이에 시커먼 물체 하나가 튀어나와 있었던 것이다. 그것을 잡으려던 홈즈가 발을 헛디뎌 허리까지 빠져들고 말았다. 우리 모두가 그를 끌어 내지 않았다면 홈즈는 두 번 다시 단단한 땅을 밟지 못했을 것이다.

그는 검은 구두 한쪽을 치켜들었다. 구두 안쪽 가죽에 '메이어스 구두점, 토론토 시'라는 마크가 찍혀 있었다. 홈즈가 말했다.

"진흙으로 목욕한 보람이 있었군. 헨리 경이 잃어버린 구두일세."

"스태플턴이 도망가다가 버린 거겠지."

"그럴 거야. 개에게 냄새를 맡게 한 뒤에도 계속 가지고 있었던 거야.

실패했다는 사실을 알고 도망칠 때도 손에 쥐고 있었고. 녀석이 적어도 여기까지 무사히 왔다는 건 분명해."

하지만 그 후의 일은 억측할 수는 있어도 확실히 알 수는 없었다. 게다가 늪지에서는 진흙이 스며들어 빨리 발자국을 지워 버렸으므로 더 이상 발자국을 찾을 가능성도 없었다. 마침내 늪지에서 벗어나 좀 더 딱딱한 땅 위로 올라선 다음부터는 주의 깊게 주변을 살폈다. 하지만 도움이 될 만한 조그만 흔적도 발견하지 못했다. 만약 늪지가 거짓말하는 것이 아니라면 스태플턴은 밤안개 속으로 간신히 도망쳤지만 은신처인 섬에는 다다르지 못했다는 이야기가 된다. 냉혹하고 잔인한 사내는 그림펜의 늪지 어딘가로 빨려 들어가 영원히 잠든 것이다.

스태플턴이 그 괴물 같은 개를 남몰래 기르고 있던 늪지 한가운데의 섬에서는 수많은 증거품이 나왔다. 커다란 마차 바퀴와 폐기한 광물들로 반쯤 차 있는 수직갱도 등을 보고 폐광의 위치를 찾아냈다. 폐광 주위에는 옛날 광부들이 묵던 무너져 가는 오두막이 여기저기에 널려 있었다. 그들은 틀림없이 늪지의 악취를 견디지 못해 이곳을 떠났을 것이다. 한 오두막에 갈고리가 달린 쇠사슬과 먹다 남은 뼈다귀들이 이곳저곳에 널려 있었다. 거기서 개를 기른 듯했다. 뼈다귀 사이에는 갈색 털이 들러붙은 두개골이 나뒹굴고 있었다.

"개의 뼈로군. 털이 곱슬곱슬한 스패니얼이야. 안됐지만 모티머 박사는 더 이상 자기 애완견을 볼 수 없겠군. 여기에 우리가 풀지 못한 수수께끼는 없을 걸세. 스태플턴은 개의 모습은 숨겼어도 울부짖는 소리까지 숨길 수는 없었어. 그래서 평소에도 그 기분 나쁜 소리가 들려왔던 걸세. 꼭 필요할 때는 메리핏 저택의 창고에 숨겨 두었겠지만, 그랬다가는 사람들의 눈에 띌 수도 있어서 위험했지. 그래서 자기 노력이 마지막으로 열매를 맺을 것 같을 때만 여기서 데리고 나간 거야.

이 깡통 속에 들어 있는 풀 같은 건 개에게 바른 발광제일 걸세. 바스커빌 가에 내려오는 사냥개 전설을 이용해서 찰스 경이 공포에 질려 죽게 하려고 그랬을 거야. 황야의 어둠 속에서 그런 괴물에게 쫓긴다면 누구라도 죽은 탈옥수처럼 비명을 지르며 필사적으로 도망칠 테니까. 헨리 경도 그랬고 우리도 다를 바 없었을 걸세. 정말로 교묘한 수법이야. 자신이 노리는 상대를 죽음으로 내몰 수 있는 데다가 만약 농부들이 황야에서 그 개를 봤다 하더라도 누가 감히 정체를 밝혀내려는 마음을 먹겠나? 왓슨, 런던에서도 이야기했지만 다시 한 번 말하겠네. 이 늪지에 잠긴 사내만큼 위험한 녀석을 추적해 본 적은 없어."

이렇게 말한 홈즈는 여기저기 파란 부평초가 널려 있는 거대한 늪지를 가리켰다. 그 너머에 늪지로 쏟아질 것만 같은 적갈색 황야가 있었다.

15. 사건 회상

  차가운 밤안개가 낀 11월 말, 홈즈와 나는 활활 타오르는 난로를 둘러 싸고 앉아 있었다. 데번셔의 사건이 비극적인 결말을 알린 뒤 홈즈는 매우 중대한 사건을 두 건이나 처리했다. 첫 번째는 넌파레일 클럽의 카드 사기 사건과 관련된 업우드 대령의 비열한 범죄를 밝혀낸 것이었고, 두 번째는 수양딸인 카레르 양을 살해했다는 혐의를 받고 있던 몽팡지에 부인의 무죄를 증명한 일이었다. 그 딸은 6개월 후에 뉴욕에서 발견되었는데 멀쩡히 살아 있었을 뿐만 아니라 결혼까지 한 상태였다. 이 사건은 아직도 기억하고 있는 사람이 있을 것이다.

  복잡하고 중요한 사건을 연속해서 해결했기 때문에 홈즈는 기분이 몹시 좋았다. 그래서 나는 홈즈를 졸라 바스커빌 사건에 대해서 자세한 이야기를 들어 보기로 했다. 나는 늘 적당한 때가 오기를 기다리고 있었다. 왜냐하면 홈즈는 한 번에 한 가지 사건밖에 취급하지 않고, 명석하고 논리적인 두뇌는 조사하고 있는 사건 외에는 다른 것을 생각하지 않으

며 지난 일을 떠올리고 싶어 하지 않는다
는 사실을 잘 알고 있었기 때문이
다. 그러던 중에 신경쇠약을
치유하기 위해 여행하던 헨
리 경이 모티머 박사와 함
께 런던에 들렀다. 그날 오
후에 두 사람이 홈즈를 찾
아왔기에 자연스럽게 바스
커빌 사건에 대한 말을 꺼
낼 수 있었다.

"그 사건은 말일세, 스태
플턴이라는 가명을 썼던 사내의 입장에서 생각해 보면 모든 것이 간단
명료하게 풀린다네. 하지만 처음 우리는 동기를 밝혀낼 만한 단서를 잡
지 못했고, 단편적인 사실들밖에 몰랐기 때문에 더할 나위 없이 복잡한
사건으로 보였던 거지. 그 후에 스태플턴 부인과 두 번 정도 이야기를
나눈 덕분에 이제 그 사건에 대해서는 모르는 게 하나도 없다네. 사건
리스트에서 'B'로 시작하는 항목을 찾아보면 메모가 몇 장 있을 거야."

"그보다는 자네가 직접 이 사건이 어떻게 된 건지 그 경위를 이야기해
줬으면 하는데."

"좋고말고. 하지만 나도 사실을 전부 기억하고 있다고는 장담할 수 없
네. 정신을 집중한 뒤에는 묘하게도 지나간 일의 기억이 사라져 버리거
든. 사건을 의뢰받아서 그와 관련된 분야에 대해 전문가에게도 뒤지지
않을 만큼 조사한 법정 변호사도 재판이 끝나고 한두 주가 지나면 그 사
건을 잊어버리는 것처럼 말이야. 나도 예외는 아니어서 카레르 양 사건

때문에 바스커빌 저택에 관한 기억이 희미해졌네. 내일 내 관심을 끌 만한 사건이 또 일어나면 이번에는 그 프랑스 미녀와 악명 높은 업우드 대령에 관한 기억이 희미해질 걸세. 어쨌든 그 사냥개 사건에 대해서는 되도록 순서에 따라서 말해 보겠네. 내가 빠뜨린 게 있으면 자네가 지적을 해 주게나.

조사해 봤는데 역시 그 초상화는 거짓말을 하지 않았네. 내 짐작이 맞았어. 그 사내는 바스커빌 가의 일족이었지. 로저 바스커빌의 아들, 즉 찰스 경의 동생인 로저는 평판이 나빠지는 바람에 도망치다시피 남아메리카로 갔고 거기서 독신으로 살다 죽었다고 알려져 있었어. 하지만 로저는 그곳에서 결혼했고 아들이 하나 있었다네. 그게 바로 스태플턴이라는 사내로, 이름도 아버지와 같았지. 그는 코스타리카의 미녀인 베릴 가르시아라는 여성과 결혼했는데 거액의 공금을 횡령한 뒤 밴딜리어라고 이름까지 바꾸고는 영국으로 도망 왔다네. 그리고 요크셔의 동부에 학교를 설립했지. 왜 그런 특수한 분야에 종사하게 됐는가 하면, 귀국하는 배에서 우연히 폐병을 앓는 교사를 알게 되었기 때문일세. 그 교사의 재능을 이용하면 학원을 성공적으로 경영할 수 있겠다고 생각한 거지. 처음에는 순탄하게 일이 풀렸지만 그 프레이저라는 교사가 죽고 나서부터는 평판이 나빠졌고 결국에는 아주 불명예스럽게 추락하고 말았다네. 밴딜리어 부부는 재산을 정리하고 이름을 스태플턴이라고 바꿨어. 곤충학에 취미가 있었던 스태플턴은 앞으로의 계획을 가슴에 품은 채 영국 남부로 왔지. 내가 대영박물관에서 조사해 보니 그자는 그 분야의 권위자이기도 해서 요크셔에 있을 때 발견한 어떤 나방에 밴딜리어라는 학명을 붙이기도 했더군.

지금부터 우리의 흥미를 끄는 시기로 접어든다네. 그는 여러 가지로 조사한 끝에 단 두 사람만 제거하면 거액의 재산을 손에 넣을 수 있다는 사실을 알았네. 데번셔에 살기 시작할 무렵에는 아직 구체적인 계획을 세우지는 않았을 거야. 하지만 아내를 동생이라고 속이고 데리고 간 걸 보면 틀림없이 처음부터 무슨 일을 꾸밀 생각이었겠지. 계획은 세우지 않았지만 그녀를 미끼로 삼으려고 했을지도 몰라. 결국 그는 재산을 손에 넣을 수만 있다면 그 어떤 수단이라도 동원하고 모든 위험을 감수하겠다고 각오했네. 처음으로 취한 행동은 조상 대대로 내려온 저택에서 최대한 가까운 곳에 집을 장만하는 일이었고, 그 다음으로 취한 행동은 찰스 바스커빌 경을 비롯한 주위 사람들과 친구가 되는 일이었다네.

스태플턴에게 집안에 내려오는 마견 전설을 말해 준 사람은 늙은 찰스 경이었네. 결국 그는 죽음을 자초한 셈이 되어 버렸지. 스태플턴은 노인의 심장이 약해서 충격을 받으면 죽을 수도 있다는 사실을 알고 있었어. 아마 모티머 박사에게서 들었을 거야. 그리고 찰스 경이 그 기분 나쁜 전설을 진심으로 믿고 있다는 것도 알았네. 머리가 좋은 스태플턴은 찰스 경을 죽이고 자신은 그 혐의에서 벗어날 수 있는 방법을 바로 생각해 냈다네. 그는 그 생각을 교묘하게 실행에 옮겼지. 보통 사람 같으면 그저 사나운 개를 이용하는 정도에 그쳤을 걸세.

진짜 마견처럼 보이게 하기 위해 궁리한 부분에서 바로 스태플턴의 교묘한 천재성을 엿볼 수 있네. 그 개는 런던의 풀햄 가에 있는 로스 앤 맹글스라는 상점에서 샀더군. 그 상점에 있는 개 중에서 가장 사납고 거친 개를 고른 거지. 그자는 개를 데리고 노스 데번션 열차를 탄 뒤, 사람들의 눈을 피하기 위해서 광활한 황야를 걸어서 집으로 돌아갔네. 곤충 채집 때문에 그림펜의 늪지대에 들어간 적이 있었던 스태플턴은 개를 남몰래 키울 장소도 이미 찾아 놓았지. 거기에 개를 숨겨 두고 기회를 엿보고 있었던 거라네.

하지만 기회는 좀처럼 찾아오지 않았어. 밤에 노인을 저택 밖으로 끌어낼 재간이 없었던 걸세. 개를 데리고 노인을 기다린 적도 있었지만 전부 헛수고로 끝나고 말았네. 그러는 동안에 그자가…… 아니, 그자가 아니라 개라고 하는 편이 옳겠지. 아무튼 그 개가 농부들의 눈에 띄었고 그래서 다시 악마의 개에 대한 전설이 부활했다네.

스태플턴은 자기 아내를 이용해 찰스 경을 유혹해서 파멸의 길로 몰고 가려고 했지만 뜻밖에도 아내는 남편의 말을 들어 주지 않았어. 노신사를 사랑의 덫으로 유인해 꼼짝 못하게 만든 다음, 마음대로 요리하겠다는 남편의 생각을 그녀는 도저히 받아들일 수 없었던 거지. 얼러 보기도 하고 달래 보기도 하고 심지어 폭력을 휘두르기도 했지만 그녀는 말을 듣지 않았다고 하네. 그건 죽어도 싫다고 하는 바람에 스태플턴은 한동안 방법을 찾아낼 수가 없었어.

하지만 녀석은 드디어 방법을 찾아냈지. 그를 친구라고 착각하고 있던 찰스 경이 로라 라이언스 부인의 불행을 도울 때 스태플턴을 대리인으로 내세웠다네. 그는 독신인 척하며 그녀의 마음을 사로잡았지. 이혼이 성립되면 라이언스 부인과 결혼할 생각이 있는 것처럼 행동했다네. 그런데 찰스 경이 모티머 박사의 의견에 따라 바스커빌 저택을 떠나려 한다는 사실을 알고 계획이 물거품이 될지도 모른다는 생각을 했지. 겉으로는 자신도 모티머 박사와 같은 생각인 척했지만.

어쨌든 계획을 바로 실행하지 않으면 상대는 손이 닿지 않는 곳으로 떠날 위기였네. 그래서 라이언스 부인의 마음을 움직여 찰스 경이 런던으로 떠나기 전날 밤에 만나 달라는 편지를 쓰도록 했어. 그런 다음에 그럴 듯한 이유를 붙여서 그녀에게 약속을 지키지 못하도록 했고. 이렇게 해서 스태플턴은 기다리고 기다리던 기회를 잡은 걸세.

저녁에 마차로 쿰 트레이시에서 돌아온 스태플턴은 개를 지옥의 사냥개로 분장시킨 뒤 찰스 경이 기다리고 있을 문까지 서둘러 갔다네. 주인의 명령이 떨어지자 개는 나무 문을 넘어서 찰스 경을 쫓았고, 그는 비명을 지르며 주목 오솔길을 따라 뛰었지. 거기는 나무가 무성하게 자라나 어두운 터널처럼 생긴 길이 아니었나? 그런 곳에서 거대한 검은 괴물이 입에서 퍼런 불을 내뿜고 눈가에 불꽃을 튀기며 뒤쫓아 온다고 생각해 보게. 온몸의 털이 곤두설 만큼 두려웠을 걸세. 그래서 찰스 경은 길이 끝나는 곳까지 와서 공포와 심장 발작 때문에 쓰러져 죽었다네. 그는 흙 위를 밟으며 도망갔지만 개는 길옆에 있는 잔디를 밟으며 달렸지. 그래서 개의 자취는 없고 그의 발자국만 보였던 거야. 쓰러져 움직이지 않는 찰스 경을 본 개는 가까이 다가가서 냄새만 맡고 그대로 돌아가 버렸지. 모티머 박사가 봤다던 개의 발자국은 그때 찍힌 거고. 개 주인은 자신에게 돌아온 개를 데리고 그대로 그림펜 늪지대로 향했고, 경찰은 사건의 수수께끼를 풀 수 없었으며, 그곳 사람들은 공포에 빠졌고, 결국 우리가 조사하게 된 거지.

찰스 경의 죽음에 대한 이야기는 이 정도로 해 두겠네. 정말 교활하기 짝이 없는 범행이었다네. 이것이 전설이나 우연이 아니라 범죄라는 사실을 입증하고 진범을 잡아 고발하기가 거의 불가능할 정도였으니까. 유일한 공범자인 사냥개는 절대로 배신하지 않을 존재였고 쉽게 생각해 낼 수 없는 기발한 수법을 썼기 때문에 그 효과를 톡톡히 본 셈이지. 이 사건에 관계된 두 여자, 스태플턴 부인과 로라 라이언스 부인은 스태플턴이 범인일지도 모른다고 의심했네. 스태플턴 부인은 남편이 찰스 경에 대해서 음모를 꾸미고 있으며 개가 있다는 사실도 알고 있었지. 라이언스 부인은 그런 것은 몰랐지만 약속 시간에 찰스 경이 죽었다는 사실과 스태플턴만이 그 약속을 알고 있었다는 사실 때문에 의혹을 품었네. 하지만 스태플턴은 이 두 여자들을 손아귀에 쥐고 있어서 완전히 마음을 놓을 수 있었지. 이렇게 해서 목적의 반은 달성했지만 나머지 반은 그리 만만치가 않았어.

스태플턴은 캐나다에 상속인이 있다는 사실을 몰랐을 거야. 어쨌든 친구인 모티머 박사에게 그 이야기를 들었고, 헨리 바스커빌 경이 올 거라는 소식도 자세하게 들었다네. 처음에는 캐나다에서 온 청년을 런던에서 죽일 수 있을 거라고 생각했지. 그는 찰스 경을 덫으로 유인하기를 거부한 아내를 믿을 수 없었네. 그리고 부인을 눈에 띄지 않는 곳에 오랫동안 놓아두면 자기 말을 듣지 않을 우려도 있었어. 그래서 아내를 데리고 런던에 왔다네. 두 사람이 머문 곳은 크레이븐 가에 있는 맥스버러 호텔이었어. 사실 거기는 카트라이트가 증거를 찾으려고 돌아다녔던 호텔 중 한 군데였지.

스태플턴은 아내를 호텔 방에 가두고 턱수염을 붙여 변장한 뒤에 모티머 박사를 미행해서 베이커 가까지 따라왔고, 그 다음에는 노섬버랜드 호텔까지 미행했다네. 스태플턴 부인은 남편의 계획을 어렴풋이 눈치채고 있었네. 하지만 지독하게 학대를 받고 있었으니 남편에 대한 두려움이 너무 커서 사냥감이 된 사람에게 편지를 쓸 용기는 내지 못했지. 만약 편지가 남편의 손에 넘어가기라도 하면 자기 생명마저 보장할 수 없는 상황이었으니까. 그러다 마침내 글자를 오려 내 문장을 만들어 보내야겠다는 생각을 했고, 받는 사람의 이름을 쓸 때는 필적을 바꿨다네. 그건 자네도 잘 알고 있을 걸세. 그것이 최초의 경고로 헨리 경에게 배달된 것일세.

스태플턴에게는 헨리 경이 몸에 지니고 있던 물건이 필요했네. 사냥개를 사용해 헨리 경을 해치기 위해서는 개가 확실하게 경의 뒤를 쫓아야만 하니까. 타고난 민첩성과 대담함을 발휘해서 스태플턴은 바로 일을 해치웠다네. 호텔의 구두닦이나 하녀를 돈으로 매수해서 구두를 훔쳐 오도록 했을 걸세. 그런데 처음 훔친 구두는 새 것이라 아무 도움이 안 됐지. 그래서 그것을 원래대로 되돌려 놓고 다른 구두를 손에 넣었다네. 참으로 많은 것을 암시해 주는 일이었어. 그때 나는 이 사건에 진짜 개가 연관되어 있다는 사실을 알 수 있었지. 새로 산 구두는 필요가 없고 어떻게 해서든 낡은 구두를 손에 넣으려 했어. 그것도 한쪽으로 충분한 듯했으니, 개가 연관되어 있다는 것 말고 또 무슨 가정을 할 수 있겠나? 일이 이상하고 기괴해 보일수록 더욱 확실하게 조사해 볼 필요가 있다네. 사건을 복잡하게 만드는 점을 과학적으로 잘 생각해 보면 대부분은 확실하게 설명할 수 있는 것들이거든.

그 일이 일어난 다음 날 아침, 헨리 경과 모티머 박사가 이곳을 찾아왔을 때도 스태플턴은 마차로 둘을 미행했다네. 우리 집 주소와 내 얼굴을 알고 있었다는 점, 그리고 그 외의 행동들로 봐서 스태플턴은 바스커빌 사건 말고도 다른 범죄도 일으켰을 거라고 생각했지. 지난 3년 동안 영국 서부에서 커다란 강도 사건이 네 건 있었다네. 그런데 모두 범인을 잡지 못했어. 마지막 사건은 지난 5월 포크스턴 대저택에서 일어났는데 복면을 한 도둑이 자신을 본 시동侍童에게 무자비하게 총질을 한 점이 좀 특이했지. 나는 스태플턴이 떨어져 가는 자금을 모으기 위해 이런 식으로 몇 년간 상당한 악행을 저질렀다고 생각하네.

그날 아침 스태플턴이 우리를 따돌리고 도망친 것이나 마부에게 내 이름을 대고 돌려 보낸 점으로 미루어 녀석이 아주 머리 좋고 대담하다는 사실을 알 수 있었네. 그때 내가 사건에 관여하기 시작했다는 것을 알고 런던에서 헨리 경을 해치우기는 어렵겠다고 생각했겠지. 그래서 다트무어로 돌아가 그를 기다리기로 했던 거라네."

"잠깐! 자네는 이 사건을 순서대로 잘 말하고 있지만 한 가지 빠진 게 있네. 스태플턴이 런던에 있는 동안 그 개는 어떻게 한 거지?"

"그 점도 생각해 봤다네. 그것도 틀림없이 중요한 문제니까. 스태플턴에게는 동료가 있었을 거야. 그렇다고 해서 계획을 완전히 밝혀서 약점을 드러내는 짓은 하지 않았겠지만. 메리핏 저택에 안소니라는 나이 든 하인이 있었지? 안소니가 스태플턴 부부와 인연을 맺은 것은 몇 년 전 일이네. 그러니까 부부가 학교를 운영하던 때였지. 그렇다면 안소니는 스태플턴 남매가 실은 부부였다는 사실도 알고 있었을 거야. 이 노인은 벌써 사라졌는데 사실 그도 외국에서 도망친 사람이라네. 영국에 안소니라는 이름을 가진 사람은 그다지 많지 않지만 스페인이나 스페인어를 사용하는 미국에 가면 아주 흔히 볼 수 있어. 어때, 재미있지 않나? 스태플턴 부인도 그랬지만, 이 노인도 영어를 아주 잘했다네. 다만 약간 혀 짧은 소리를 냈지. 난 그림펜 늪지에서 이 노인을 본 적이 있었는데 스태플턴이 표시해 둔 막대기를 따라서 걸어가더군. 이런 것을 보면 주인이 없는 동안 그가 개를 돌봤을 걸세. 하지만 그는 무슨 목적으로 개를 기르는지는 몰랐을 거야.

스태플턴 부부가 데번셔로 돌아간 바로 그 다음에 헨리 경과 자네가 그곳으로 갔네. 그동안 내가 무슨 일을 했는지 잠깐 이야기해 볼까? 활자를 오려 붙인 편지를 조사할 때, 어떤 무늬가 들어 있나 꼼꼼하게 검사한 적이 있었지? 눈앞에 편지를 가져왔을 때, 희미하게 화이트 재스민 향수 냄새가 났다네. 범죄 수사 전문가라면 향수 75가지 정도는 구분할 줄 알아야 해. 나는 냄새를 맡아 보고 사건에 여자가 관계되어 있음을 알았지. 그래서 처음부터 스태플턴 남매를 주의 깊게 살폈다네. 이런 점들을 통해서 나는 서부로 가기 전부터 개에 관한 사실과 범인에 대해서 어느 정도 감을 잡을 수 있었지.

나는 스태플턴을 감시하기로 했다네. 하지만 자네들과 함께 있으면 그는 나를 경계할 것이 분명했네. 그래서 하는 수 없이 자네를 포함한 모든 사람들을 속여 나는 마치 런던에 있는 것처럼 해 놓고 조용히 무대로 뛰어든 걸세. 자네 생각만큼 고생하지는 않았네. 그리고 수사를 위해서라면 사소한 고통 정도는 감수해야 하고. 아무튼 나는 꼭 필요할 때만 사건의 무대 가까이에 있는 황야의 돌집에 머물렀고 대부분은 쿰 트레이시에서 지냈다네. 카트라이트를 데려갔는데 그 아이는 시골 소년으로 변장하고 정말 열심히 일해 줬지. 녀석이 음식과 깨끗한 옷가지를 가져다줬어. 내가 스태플턴을 감시할 때는 카트라이트가 자네의 움직임을 감시해 주었고, 그래서 나는 전체적인 상황을 알 수 있었던 걸세.

자네가 보낸 보고서는 일단 베이커 가로 전송됐다가 곧바로 쿰 트레이시로 가도록 손을 써 놨다네. 이건 전에도 말했지? 자네의 보고서는 정말 큰 도움이 됐어. 특히 스태플턴이 별생각 없이 말했던 자신의 경력은 결정적이었다고 할 수도 있지. 덕분에 스태플턴 일가의 정체를 알아냈고 상황도 확실하게 파악할 수 있었으니까. 이 사건에 탈옥수 소동과 배리모어 부부가 얽혀 들어 일이 복잡해지기 시작했다네. 그것도 자네가 아주 잘 해결해 줬어. 나도 나름대로 조사를 해서 같은 결론을 내리기는 했지만.

자네가 황야에서 나를 발견했을 때는 이미 사건의 전모를 확실하게 파악하고 있었다네. 하지만 고소할 만한 확실한 증거가 없는 게 문제였어. 그날 밤, 스태플턴은 헨리 경을 살해하려다 결국 탈옥수를 살해하고 말았지만 그것도 그를 살인범이라고 할 만한 결정적인 단서는 아니었다네. 결국 현행범으로 잡아들일 수밖에 없다고 생각했지. 그렇게 하기 위해서는 헨리 경을 미끼로 쓸 수밖에 없었고, 경을 지키는 사람 하나 없이 홀로 황야에 내보내야 했네. 간신히 사건을 해결하고 스태플턴을 파멸로 몰고 갔지만 우리 의뢰인은 상당한 충격을 받았어. 헨리 경을 그런 지경에 빠뜨린 것은, 솔직히 말하자면 내 수사가 완벽하지 못했기 때문일세. 하지만 나도 설마 개가 그토록 무시무시할 줄은 꿈에도 생각지 못했다네. 게다가 개가 뛰어나올 때까지 전혀 앞을 분간하지 못할 정도로 안개가 짙게 낄 줄도 몰랐고 말이야.

수사에 성공하기는 했지만 희생을 치른 셈일세. 전문의와 모티머 박사가 일시적인 것이라고 했으니, 헨리 경은 오래 여행을 하는 동안 신경쇠약도 좋아질 거고 마음의 상처도 아물겠지. 헨리 경은 진심으로 그 여자를 사랑하고 있었으니, 이번 어두운 사건 중에서도 그녀에게 속았다는 사실이 경에게 가장 커다란 상처가 되었을 걸세.

이제 이번 사건에서 스태플턴 부인이 맡은 역할만 설명하면 끝이네.

그녀가 스태플턴의 말대로 움직인 건 사실이지만 그게 사랑 때문이었는지 두려운 때문이었는지는 확실하지 않아. 나는 양쪽 다였을 거라고 생각하네만. 사랑하면서도 두려워한다는 건 결코 모순된 감정이 아니니까. 어쨌든 그것 때문에 그녀는 남편의 말대로 움직였지. 그녀는 동생으로 행동하라는 명령에는 따랐지만 살인을 도우라는 명령에는 따르지 않았네. 스태플턴도 자신의 힘에는 한계가 있다는 사실을 깨달았지. 그녀는 남편의 이름이 밝혀지지 않도록 하면서 몇 번이나 헨리 경에게 적극적으로 경고하려 했다네. 스태플턴도 질투심을 느낀 모양이야. 헨리 경이 그녀에게 다가가려 하자 자신이 세웠던 계획의 일부였음에도 자신도 모르게 화가 나서 둘 사이를 방해하고 말았으니까. 그때까지만 해도 자신의 난폭한 성격을 조용한 태도로 잘 감추고 있었는데 말일세. 어쨌든 스태플턴은 둘이 친해지도록 만들었고, 헨리 경을 종종 메리핏 저택으로 찾아오도록 했다네. 그러다 보면 기회를 잡을 수 있으리라 생각했던 거지. 그런데 결정적인 순간에 그녀가 갑자기 반항했다네. 탈옥수의 죽음에 관해서 들은 이야기가 있었고, 헨리 경이 식사를 하러 갔던 날 저녁에 개가 창고에 있다는 사실을 알았기 때문이지. 그녀는 남편이 계획하고 있는 살인에 대해서 따지듯 덤볐고 결국은 큰 싸움이 벌어졌네. 스태플턴은 그때 처음으로 다른 여자가 있다는 사실을 이야기했지.

그 순간, 그녀의 사랑이 증오로 변했다는 사실을 깨달은 스태플턴은 분명히 아내가 배신할 거라고 생각했다네. 그래서 그녀가 헨리 경에게 경고하지 못하도록 묶어 두었던 거지. 그 지역 사람들이 헨리 경의 죽음 역시 바스커빌 가에 내려오는 저주 때문이었다고 믿게 된다면, 아마 그렇게 되었을 테지만, 이미 끝나 버린 일이니 아내의 입을 충분히 막을 수 있을 거라고 믿었을 거야. 하지만 그건 스태플턴의 오산이 아니었을까? 우리가 사건 현장에 없었다 하더라도 그의 운명은 거의 결정된 거나 마찬가지였을 걸세. 그 정도의 일을 당하면 스페인 계통의 여자들은 쉽게 용서해 주지 않거든. 왓슨, 이제 메모가 없으면 이 기괴한 사건을 자세히 설명할 수 없을 것 같네. 뭔가 중요한 걸 놓치지는 않았나?"

"나이 든 찰스 경은 악마의 개로 위협해서 죽일 수 있었겠지만 헨리 경은 겁을 줘서 죽이기는 어려웠을 텐데."

"그 개는 매우 난폭한 데다가 먹이도 거의 주지 않아 굶주려 있었다네. 개의 모습을 보고 충격을 받아 죽지는 않더라도 너무 놀라서 싸울 기력을 완전히 잃고 말았을 걸세."

"그도 그렇군. 한 가지 더 이해되지 않는 부분이 있네. 가령 스태플턴이 재산을 상속하게 됐다 하더라도 자기 이름을 숨기고 저택 가까운 곳에서 살았다는 사실은 어떻게 설명할 생각이었을까? 상속권을 주장한다면 세상 사람들에게 의심을 받아 조사 받게 될 것이 아닌가?"

"꽤 어려운 질문이로군. 그것까지 대답을 해 달라는 건 자네 욕심일세. 나는 과거와 현재만을 조사하니까. 미래의 일은 그 누구도 대답할 수 없을 걸세. 스태플턴 부인은 남편이 그 문제에 대해서 이야기하는 것을 몇 번 들었다고 하네. 세 가지 방법이 있었다더군. 첫 번째는 남아메리카에서 재산권을 청구하고 그곳의 영국 기관에서 신원을 확인받아 재산을 손에 넣는 방법일세. 그렇게 하면 영국에 발을 들여놓지 않아도 일을 처리할 수 있으니까. 두 번째로는 한동안 런던에 살면서 감쪽같이 변장하는 방법도 생각했다고 하네. 마지막으로 공범자를 끌어들여서 증명서와 그 밖의 서류를 만들어 그를 상속인으로 내세운 다음 수입을 분배하는 방법도 있었고. 스태플턴은 머리가 좋은 녀석이니 분명히 해결책을 발견했을 거야.

그건 그렇고 왓슨, 이 몇 주일 동안 계속해서 복잡한 사건들만 다뤘네. 오늘 하룻밤만이라도 머리를 즐거운 일에 써 보고 싶은데. 어때, 괜찮은 생각 아닌가? 가극 〈위그노〉의 특석 티켓을 구했어. 드 레즈케의 노래를 들어 본 적 있는가? 미안하지만 30분 후에 나갈 수 있도록 준비해 주고, 가는 길에 마르시니에 들러서 저녁 식사를 하세."